Ines Vitouladititis, 1987 geboren, Kinderpflegerin und dreifache Mutter, verfasste schon früh Gedichte und Kurzgeschichten und schreibt seit ihrem dreizehnten Lebensjahr mit viel Herzblut und Leidenschaft Manuskripte unterschiedlichen Genres. Ihr Debütroman *Nilah Taro und der Schwarze Flügel* erschien als erster Band einer Romantasy-Trilogie im September 2020 im Wortschatten-Verlag. Mit *Mitbewohner küsst man nicht*, einem humorvollen wie romantischen New-Adult-Roman, veröffentlicht die Autorin ihr erstes Buch im dp Verlag.

INES VITOULADITIS

MITBEWOHNER

küsst MAN NICHT

Erstausgabe August 2021

© 2021 dp Verlag, ein Imprint der dp DIGITAL PUBLISHERS GmbH

Made in Stuttgart with ♥
Alle Rechte vorbehalten

Mitbewohner küsst man nicht

ISBN 978-3-96817-936-0
E-Book-ISBN 978-3-96817-840-0

Covergestaltung: Anne Gebhardt
Umschlaggestaltung: ARTC.ore Design
Unter Verwendung von Abbildungen von
shutterstock.com: © Reinke Fox, © cve iv, © Black or White,
© mirrelley, © GoodStudio
Lektorat: Astrid Rahlfs
Satz: dp DIGITAL PUBLISHERS GmbH
Druck und Bindung: Books on Demand GmbH, Norderstedt

Kapitel 1

Der Anfang vom Ende

Ein türkisfarbenes Tuch elegant um das nackte Haupt geschlungen, mit eingefallenen Wangen und einer ungesund gelblichen Gesichtsfarbe – das war die erste und zugleich letzte Erinnerung, die ich an Cassidy McEvans hatte. Resigniert und auffallend dürr hatte sie ihren Einkaufswagen in Begleitung einer älteren Frau (vermutlich ihrer Mutter) durch den Supermarkt geschoben und die freundliche Begrüßung ihres Angestellten und zugleich meines Langzeitverlobten Marten scheinbar gar nicht wahrgenommen. Wie ein Gespenst hatte sie ausgesehen, wie ein blasses Abziehbild ihrer selbst, an jenem sonnigen Dienstag, drei Wochen bevor sie starb.

Es war absolut kein Vergleich zu dem, was ich nun sah; diese strahlende, dezent geschminkte Frau auf dem Foto in der Kirche, das von einem schwarzen Rahmen gehalten wurde, schien von oben auf mich herabzublicken. Ihr Haar war, bevor es ausgefallen war, flammend rot und lockig gewesen, ihre Lippen voll, ihre Zähne makellos. Cassidy McEvans sah aus, als wäre sie einer Shampoo-, Zahnpasta- und Make-up-Werbung zugleich entsprungen. Wäre sie nicht tot und wäre das hier nicht ihre Beerdigung gewesen, hätte man glatt neidisch auf ihre Schönheit werden können.

Eigentlich wollte ich gar nicht hier sein. Das schwarze Kleid, das ich trug, kniff an allen möglichen und unmöglichen Stellen. Ich spürte jede einzelne Haarnadel des zusätzlich mit mehreren Tonnen Haarspray fixierten Dutts und in Gedanken hatte ich seit unserem Erscheinen in der Kirche mindestens dreimal ausgerechnet, um welche Uhrzeit wir zu Hause sein würden. Die Trauerrede, ein kurzes Gespräch – und – *mussten* wir wirklich zum Essen bleiben? So nahe hatte Marten ihr doch gar nicht gestanden. Er leitete bloß eine ihrer Kanzleien.

Die Dame zu meiner Linken räusperte sich und bedachte mich mit einem strafenden Blick. Erst jetzt fiel mir auf, dass ich mit meinen Fingernägeln ungeduldig auf die Holzbank getrommelt hatte, wie so oft, wenn ich äußerlich ruhig bleiben musste, obwohl ich innerlich mehr als nervös war.

Ich schenkte ihr ein kleines, entschuldigendes Lächeln, schlug meine Beine übereinander, legte Marten eine Hand auf den Oberschenkel und räusperte mich ebenfalls diskret, um ihn darauf aufmerksam zu machen, dass die Trauerrede geendet hatte und nun die Verwandten zu Wort kamen. Das durchkreuzte zwar meine Tagesplanung, aber wenn sie sich ein wenig ranhielten, würden wir es dennoch schaffen, vor 18 Uhr zu Hause zu sein.

Während ein untersetzter Mann mit Schnauzbart und zu engem Anzug das Podium unter Schnauflauten erstieg, hob Marten kurz den Blick, schien erst in diesem Augenblick zu bemerken, wo er sich gerade befand, und steckte endlich sein Smartphone in die Tasche seines Jacketts. Ich unterdrückte ein Aufseufzen.

Selbst auf einer Beerdigung konnte er das blöde Ding nicht aus den Händen lassen – eine scheußliche Sucht. Andererseits, da er gerade einen Blick darauf geworfen hatte ...

„Hat sie irgendwas geschrieben?", raunte ich ihm so leise wie möglich zu.

„Nein. Weshalb auch", Marten schnaubte Luft durch die Nase, drückte sich das ohnehin schon platt am Kopf anliegende, blonde Haar noch platter, schob sich mit dem Zeigefinger die Brille höher auf die Nase und senkte seine Stimme zu einem beschwörenden Flüstern. „Sie kriegt das schon hin, Jo. Und er – er kriegt das auch hin! Hör endlich auf, dir ständig Sorgen um ihn zu machen."

„Ich bin seine Mutter, es ist ja wohl meine verdammte Pflicht, mir Sorgen zu machen", wisperte ich zurück.

Marten schnaubte erneut. Wir tauschten einen ungeduldigen Blick miteinander. Ich klimperte mit meinen künstlichen Wimpern, er verdrehte die Augen.

„Elliot ist vier Jahre alt, Jo! Vier! Er ist kein Säugling mehr. Er ist nicht mehr im Brutkasten."

Der Brutkasten! Wie konnte er mich nur jetzt daran erinnern! Ich kniff wie vor Schmerz die Augen zusammen, um dieses schreckliche Bild so schnell wie möglich wieder aus meinem Kopf zu vertreiben. Natürlich wusste ich, dass er nicht mehr im Brutkasten lag! Dass all die Schläuche und Maschinen ihn nicht mehr am Leben erhielten, um das er wie ein Löwe gekämpft hatte. Dass er kein 35 Zentimeter kleines und 820 Gramm leichtes, stilles Häuflein Elend mit einem herzförmigen Pflaster im Gesicht und zu großen Strümpfen an den Füßchen mehr war. Dass er stärker geworden war –aber er war immer noch so klein. Er war immer noch so zart. Er war immer noch mein Baby.

Ich verschränkte die Arme vor der Brust und tat, als würde ich aufmerksam zuhören, während sich mein pochendes Herz nur langsam wieder zu beruhigen begann. Marten konnte wirklich unsensibel sein. Manchmal glaubte ich fast, die schlimme Zeit hatte ihn gar nicht so sehr mitgenommen wie mich. Während unser Sohn zu meinem kompletten Lebensinhalt geworden war, um den sich ab dem Tage seiner Geburt einfach alles drehte, hatte Marten stets seine Arbeit gehabt, die ihn abgelenkt hatte.

Es dauerte, bis das Blut in meinen Ohren nicht mehr allzu laut rauschte und ich wieder aufnahmefähig war.

„Cassidy hatte alles", begann eine Frau mittleren Alters, die während der Abschweifung meiner Gedanken offenbar den Mann mit dem Schnauzbart abgelöst hatte, und tupfte sich mit einem violett karierten Taschentuch die Augen trocken. „Ein wundervolles Kind, ein schönes Haus und ganz großartige Eltern, die ihr immer zur Seite standen ... Cassidy hatte viele, viele Freunde und zwei gut laufende Kanzleien mit vielen treuen Mitarbeitern, die allesamt heute hier sind, um ihr die letzte Ehre zu erweisen ..."

„Und was ist mit dem Mann?", raunte ich Marten zu.

„Wie bitte?" Ertappt und mit irritiertem Blick schob er das Handy zurück in seine Jackettasche. Seine hellblauen Augen musterten mich kurz, als hätte er gar nicht gewusst, dass ich schon die ganze Zeit über neben ihm gesessen hatte. Mit fragendem Ausdruck im Gesicht schob er sich seine Brille zurück auf den Nasenrücken.

„Was ist mit dem Mann?", wiederholte ich betont leise. „War sie nicht verheiratet?"

Marten rümpfte die Nase.

„Hat sie verlassen, als sie krank wurde. Hat nur ihr Geld gewollt und sie betrogen und alles", flüsterte er zurück.

Ich erschauderte.

„So ein elender Mistkerl!"

„Ja", Marten zog das Wort in die Länge wie Kaugummi.

Die Dame zu meiner Linken räusperte sich erneut, und bedachte mich mit einem Kopfschütteln. Abschätzig betrachtete ich sie. Ich konnte mich nicht entscheiden, was hässlicher war: ihr Hut, ihr Kostüm oder ihre Schminke. Wie konnte jemand mit einem so schlechten Geschmack nur so streng mit anderen Leuten sein?

Schweigend wandte ich mich wieder zu Marten um. Arme Cassidy. Ich hatte sie zwar nicht gekannt, aber ein solches Schicksal gönnte ich niemandem. Ihr Mann musste ein schrecklicher Mensch sein. Er hatte sie verlassen, als sie ihn am meisten gebraucht hatte. Eine Gänsehaut kroch mir über den gesamten Körper. Wahrscheinlich war er nicht einmal zu ihrer Beerdigung erschienen. Ich beugte mich etwas näher zu Marten. Ein Glück, dass er nicht so war. Er war sogar das exakte Gegenteil von Cassidy McEvans Ehemann.

„Aber du bleibst für immer und ewig bei mir, oder? Auch wenn ich einmal krank werde? Oder alt und faltig? Oder fett und unansehnlich?", säuselte ich ihm ins Ohr, ganz ohne die Frage todernst zu meinen oder wirklich eine Bestätigung dafür bekommen zu wollen.

Natürlich würde er für immer bei mir bleiben! Wir waren seit zehn Jahren ein Paar, die letzten sechs davon miteinander verlobt. Hatten unseren ersten Kuss und das erste Mal miteinander erlebt. Hatten ein Kind. Planten ein weiteres. Besaßen ein gemeinsames Haus, in das wir mehr Geld, Arbeit und Energie gesteckt hatten, als wir damals, bevor Marten im Job so aufgestiegen war, eigentlich zur Verfügung gehabt hatten. Unser ganzes bisheriges Leben war nach Plan gelaufen, und durchorganisiert bis an unser Lebensende. Ich wusste bereits, wie unser zweites Kind heißen würde, (natürlich hatte ich Namen für beide Geschlechter in petto, sicher ist sicher) wo wir unsere goldene Hochzeit feiern würden und – so makaber das auch wirken mochte – wer unsere Särge anfertigen sollte. *Natürlich* würde er für immer bei mir bleiben!

Und in eben diesem Moment geschah es. In eben dieser Sicherheit, dass es mir, Josephin Carter, ganz gewiss niemals so ergehen würde wie Cassidy McEvans. Irgendetwas in Martens Haltung veränderte sich plötzlich. Mit einem Male war er vollkommen ernst, wirkte versteift und rutschte, wie um Abstand zwischen uns zu bringen, einen guten halben Meter weiter nach rechts. Es war, als würde der Mann, den ich seit über zehn Jahren kannte, sich unmittelbar vor meinen Augen in einen Fremden verwandeln.

„Um ehrlich zu sein …“, er sah mich nicht an, sondern fummelte unbeholfen an seiner Jackettasche herum, in welcher das Handy steckte, „… um ehrlich zu sein – nein. Ich … ich werde dich verlassen. Es tut mir leid, Jo, aber ich habe jemanden kennengelernt und … es liegt nicht an dir, weißt du …“

Zuerst hielt ich es für einen Scherz. Doch Marten war kein Freund von Scherzen, und die tiefe Ernsthaftigkeit in seinem Gesicht zeigte deutlicher als alles, dass er die Wahrheit gesagt hatte. Wie ein paradoxes Echo wiederholten sich seine Worte immer wieder und wieder in meinem Kopf.

Ich werde dich verlassen ... ich habe jemanden kennengelernt ...

Ich werde dich verlassen ... ich habe jemanden kennengelernt ...

Ich spürte, wie mir alle Farbe aus dem Gesicht wich und sich ein Gefühl von Kälte in mir ausbreitete. Mein Magen krampfte sich ruckartig zusammen und eine überwältigende Übelkeit ergriff von mir Besitz. Obwohl Marten nach wie vor flüsterte, hatte ich mit einem Male das Gefühl, alle Menschen in dieser Kirche würden uns zuhören.

Mit einem schiefen Lächeln, das nicht seine Augen erreichte, hob er die Schultern an und ließ sie wieder sinken.

„Hey, Jo ...", unbeholfen streckte er den Arm aus und tätschelte kurz meine Schulter, „... ich wollte nicht, dass du es so erfährst, echt nicht. Und vor allem nicht hier und heute. Auf einer Beerdigung. Ich meine, ist irgendwie makaber, findest du nicht? Aber na ja, was sollte ich tun? Du hast ja gefragt, und belogen werden wolltest du sicher nicht. Wir wissen doch beide, wie wichtig Ehrlichkeit ist. Wir finden schon eine vernünftige Lösung für alles."

Ich hatte ja gefragt ... Es war also meine Schuld? Wie betäubt starrte ich ihn an, während die Bedeutung hinter seinen Worten langsam, ganz langsam zu mir durchdrang und das Grauen, von dem ich dachte, dass es mich bereits erfüllt hatte, seine gesamte monströse Größe entfaltete.

Man erwartet immer, dass man in Momenten wie diesem das Gefühl hat, der Boden würde einem unter den Füßen weggezogen werden und die Erde würde aufhören, sich zu drehen. Aber es war nicht so. Es fühlte sich ganz anders an. Eher wie der Augenblick, in dem man sich den kleinen Zeh am Tischbein anstößt und instinktiv die Luft anhält ... in Erwartung eines Schmerzes, der einem jeglichen Atem raubt.

Und plötzlich spürte ich alles noch viel intensiver – das enge schwarze Kleid, das an allen möglichen und unmöglichen Stellen zwickte, und das ich nur seinetwegen angezogen hatte, da er es früher so gern an mir gesehen hatte. Dabei passte es mir gar nicht mehr richtig. Die vielen Haarnadeln, die sich mit einem schrecklichen Stechen jäh tiefer und tiefer in meine Kopfhaut einzugraben und blutige Wunden zu hinterlassen schienen. Die künstlichen Wimpern, die mit einem Male furchtbar schwer waren. Die Schuhe, die meine Zehen einquetschten und meine Fersen wund rieben. Das Make-up, das ich aufgelegt hatte, und das plötzlich in jeder einzelnen Pore juckte und brannte.

Da saß ich also, auf der Beerdigung einer Frau, die ich nur ein einziges Mal in meinem Leben gesehen hatte, und hatte plötzlich etwas mit ihr gemein. Ich wandte mich von Marten ab, richtete meinen Blick nach vorn und weinte stumme, unaufhaltsame Tränen, weil das Leben, dessen ich mir stets so sicher gewesen war, urplötzlich zerbrochen war. Schweigend reichte die schäbig gekleidete Dame zu meiner Linken mir ein nach

Weichspüler duftendes Taschentuch, das ich, ohne sie anzusehen, annahm. Und ich weinte und weinte, und niemandem fiel sie auf, diese weinende, dunkelhaarige Frau, die neben dem blonden Kerl mit dem Handy saß. Denn es war nun einmal eine Beerdigung, und auf Beerdigungen weinen Menschen.

Kapitel 2

Eine ungeplante Begegnung

„Das hier klingt doch nett, Darling." Meine Mutter, die ich seit meiner Kindheit nur bei ihrem Vornamen Elinor nannte, schob mir mit einem aufgesetzten Lächeln eine Tasse Kaffee und die Tageszeitung über den Tisch.

Die Seite mit den Wohnungsanzeigen war aufgeschlagen, und wie schon so oft, hatte sie alle, die ihr geeignet erschienen (also *alle*) mit einem roten Edding markiert. Natürlich hätte sie mir niemals ins Gesicht gesagt, dass es an der Zeit war, mir eine Wohnung zu suchen, Elliot und meinen ganzen Kram einzupacken und sie wieder in Ruhe zu lassen. Und doch schien mir jede einzelne, rot markierte Anzeige hysterisch „ZIEHT ENDLICH AUS!" entgegenzuschreien.

Müde nickend schaufelte ich zwei Löffel Zucker in meine mintfarbene Lieblingstasse, rührte um und tat zumindest so, als würden die Anzeigen mich interessieren, während mir der Duft des Kaffees in die Nase zog. In Wahrheit waren meine Augen zwar auf die unzähligen Buchstaben gerichtet, in meinem Kopf spielten sich derweil aber wieder und wieder die Szenen nach der Beerdigung ab.

„Hast du denn einen Favoriten, was die Stadt angeht?", erkundigte Elinor sich eifrig, wobei sie mein Desinteresse entweder nicht bemerkte oder bewusst ignorierte. „Es würde die Sache natürlich vereinfachen, wenn du diesbezüglich nicht allzu eingeschränkt wärest."

„Na ja, ich würde schon gerne weiterhin in den USA wohnen", gab ich eine Spur zu bissig zurück. Auch dies ignorierte Elinor mit einem nach wie vor interessiert auf die Wohnungsannoncen gehefteten Blick.

Es waren inzwischen drei Monate vergangen, seit Elliot und ich aus unserem Traumhaus ausgezogen waren und es Marten überlassen hatten. Dass seine Neue nur kurze Zeit später an unserer statt dort eingezogen war, hatte er nicht einmal versucht, vor mir zu verbergen. Wie gekränkt ich immer noch war und wie sehr sein Sohn unter der plötzlichen Trennung litt, den er seit dato nur einmal wöchentlich kurz unter Elinors Aufsicht sah, (denn ich hatte immer noch nicht die Kraft dazu, ihm unter die Augen zu treten) schien er nicht einmal wahrzunehmen. Unser Kontakt beschränkte sich einzig und allein auf kurze Textnachrichten, in denen er sich distanziert nach Elliots Befinden erkundigte und in denen ich, wenn ich allzu verzweifelt war, schrieb, dass ich ihn vermisste. Diese Nachrichten ignorierte er jedoch geflissentlich.

Die Küchenuhr zeigte längst Mitternacht an. Elliot schlief seit Stunden, (um Punkt 18:30 Uhr war er wie immer im Bett gewesen) und ich saß wieder einmal hellwach in der Küche und dachte über mein Leben nach. Beziehungsweise über das, was davon noch übrig geblieben war – ein Scherbenhaufen aus hingeworfenen Erinnerungen und zerbrochenen Träumen. Ob ich es zu schätzen wusste, dass meine Mutter mir Gesellschaft leistete, während ich mich selbst bemitleidete? Manchmal. Ob ich mir wünschte, sie würde einfach zu

Bett gehen und mich nicht mit ihrer bloßen Anwesenheit, ihren vielsagenden Blicken und den ganzen Worten unter Druck setzen? DE – FI – NI – TIV!

Seufzend nippte ich an meinem noch heißen Kaffee, während meine Mutter sich über die ausgebreitete Zeitung lehnte, die dabei geräuschvoll knisterte, und auf eine der Anzeigen tippte. Ich biss mir auf die Unterlippe. Ihre perfekt manikürten Fingernägel schienen meine trockenen Hände mit abblätternden Nagellackresten geradezu zu verhöhnen. Früher hatten meine Hände nie derart ungepflegt ausgesehen. Doch wozu Nägel lackieren? Wozu Handcreme auftragen, wenn da doch niemand war, der diese Hände in seinen hielt?

Den Verlobungsring hatte ich trotz allem nie abgelegt, und ich hatte auch nicht vor, es in nächster Zeit zu tun. Gedankenverloren ließ ich meine Finger über den glitzernden Stein gleiten. Es kam mir wie gestern vor, dass Marten ihn mir angesteckt hatte. Mit zitternden Fingern. In Madrid. Im Casa de Campo. Und er hatte diesen wundervollen, blauen Anzug getragen, der so gut zu der Farbe seiner Augen passte ...

„Das liest sich doch nett", flötete Elinor erneut, dieses Mal mit jenem leicht drängenden Unterton in der Stimme, den ich in den letzten Wochen so oft gehört hatte.

Ich fuhr unwillkürlich zusammen und verschüttete ein wenig Kaffee. Tatsächlich hatte ich in meinem Tagtraum gerade völlig vergessen, dass ich mit ihr in ihrer Küche saß und Wohnungsanzeigen studierte und nicht in Madrid war, wo mir der warme Wind durch die Haare strich. Schweigend griff ich nach der

Küchenrolle und tupfte die Tropfen vom Tisch. Elinor tat, als habe sie nichts bemerkt.

„Eine WG. So was ist doch gerade total angesagt bei euch jungen Leuten. Voll abgefahren, wie ihr sagen würdet."

„*Niemand* sagt so etwas." Ich schüttelte widerwillig den Kopf und wandte mich wieder meinem Kaffee zu.

Dass ich keine sechzehn Jahre mehr war, schien an ihr vorübergegangen zu sein. Kein Wunder: Sie hatte sich nie sonderlich für mich und mein Leben interessiert und mich und Elliot (dessen war ich mir durchaus bewusst) bloß aufgenommen, weil wir mitten in der Nacht vollbepackt mit Koffern und Spielzeug bei ihr geklingelt hatten und mein Vater, bei dem ich aufgewachsen war, leider nicht mehr lebte. Er hätte sicher nicht versucht, uns so schnell wie möglich wieder loszuwerden.

Und während meine Mutter mir einen flammenden Vortrag über die Vorteile von Wohngemeinschaften zu halten begann, (und ich war mir sicher, *sie* hatte *nie* in einer gelebt) ließ ich meinen Blick aus dem Fenster und über den Garten schweifen, über dem sich die nächtliche Dunkelheit niedergelassen hatte und der nur spärlich vom Mondlicht beleuchtet wurde. In diesem Garten hatte ich als Kind gespielt, hatte Sandkuchen gebacken, Seifenblasen gepustet und Regenwürmer gesammelt. Wie sehr hatte ich mir für Elliot die gleiche unbeschwerte Kindheit gewünscht. Doch nun – würde ich allein sie ihm bieten können? Ohne das Haus? Ohne eine dauerhaft anwesende Vaterfigur? Ohne das Vorleben einer sicheren, festen und glücklichen Ehe? Was, wenn die Trennung ihn schwerer traumatisiert hatte, als ich bisher gedacht hatte? Wenn er nie wieder jemandem würde vertrauen können? Wenn er völlig beziehungsunfähig werden würde oder drogenabhängig oder alkoholkrank?

„Also los", meine Mutter versetzte mir einen sanften Stoß gegen die Schulter und holte mich somit zurück in die Gegenwart.

Ich erschauderte, während das Bild des erwachsenen, drogen- und alkoholkonsumierenden Elliot vor meinem inneren Auge nur langsam verblasste.

„Was?", irritiert erwiderte ich ihren Blick.

Sie sah ziemlich aufgeregt aus. Sollte mir das zu denken geben? Was plante sie?

„Tut mir leid, Elinor, ich … habe gerade nicht richtig zugehört. Was sagtest du?"

„Dass ihr jungen Leute doch eher im Internet nach Wohnungsanzeigen sucht." Dramatisch riss sie die Zeitung vom Tisch, knüllte sie zusammen und schleuderte sie in Richtung Papierkorb, den sie um etwa zwei Meter verfehlte. „Weg damit! Also?"

Ich betrachtete das am Boden liegende Papierknäuel.

„Also?", wiederholte ich, immer noch irritiert.

Elinor sah mich an, als wäre ich vollkommen begriffsstutzig.

„Also sieh in deinem Handy nach", verlangte sie.

Ich runzelte die Stirn.

„Wie … jetzt?", fragte ich lahm, während ich vortäuschte, einen kurzen Blick auf mein Handy zu werfen. „Oh … mein Akku ist leer. Vielleicht später."

„Ja klar. Verstehe."

Geräuschvoll erhob sie sich und begann, die Geschirrspülmaschine auszuräumen, um mich währenddessen tunlichst zu ignorieren. Sie gab sich nicht einmal Mühe, ihre Enttäuschung zu verbergen.

Seufzend trank ich den letzten Schluck Kaffee, stellte meine Tasse in das Spülbecken und wandte mich ihr zu.

„Ich gehe zu Bett. Gute Nacht, Elinor.“

„Jaja. Gute Nacht dann.“ Ohne mich anzusehen, nahm sie ein Geschirrtuch in die Hand und schrubbte damit auf einem imaginären Fleck auf dem Spülbecken herum.

Im Türrahmen wandte ich mich noch ein letztes Mal um.

„Ich werde für Elliot und mich eine Wohnung besorgen. Und mir einen Job suchen. Sobald ich soweit bin. Aber ich werde *nie* – niemals, im Leben nicht – in eine WG ziehen!“

Doch als ich später im Bett lag und die Müdigkeit langsam aber stetig durch meine Glieder zu kriechen begann, dachte ich, auch wenn ich es nicht wollte, über ihre Worte nach. Was, wenn sie recht hatte? Wenn es Elliot und mir guttun würde, endlich auszuziehen?

Ihre ständigen Sticheleien förderten meine seelische Heilung nicht gerade, und Elliot, der sowieso ein sehr Nähe bedürftiges und auf mich fixiertes Kind war, schien, seit wir hier waren, sogar mehr zu klammern denn je. Ich hatte gedacht, dass es für uns beide das Beste wäre, hierherzukommen. Doch nun, im Nachhinein, stellte ich meine damalige Entscheidung infrage. Es ging mir nicht besser. Im Gegenteil: Ich litt. Elliot litt.

Nachdenklich schlug ich die Decke beiseite, griff nach meinem Handy, das auf dem Nachttisch gelegen hatte und sah wie immer zuerst nach, ob Marten versucht hatte, mich anzurufen oder mir eine Nachricht zu senden. Dass er nach wie vor ein Foto seiner neuen Freundin als Profilbild hatte, versetzte mir einen Stich ins Herz. Sie schien jünger als ich zu sein, hatte ein breites Lächeln und samtige Haut. Es tat weh, dass es ihm egal zu sein schien, wie sehr mich dieser Anblick traf.

Mit Tränen in den Augen begann ich, nach Wohnungsanzeigen zu suchen. Die meisten Anzeigen überflog ich bloß. Ich las sie gar nicht richtig. Mietpreise, Kautionen und Quadratmeterzahlen schwirrten vor meinen Augen hin und her, ohne dass ich sie tatsächlich wahrnahm oder genauer hinsah. Und ob es Zufall war oder nicht – mein Blick blieb schier instinktiv an folgender Anzeige hängen:

Mitbewohner für Alleinerziehenden-WG gesucht
Wir (alleinerziehend mit Kind) suchen euch (alleinerziehend mit Kind) als neue Mitbewohner für unsere WG. Wir sind ordentlich, ruhig, höflich, humorvoll und gebildet und leben in einer geräumigen, 120 Quadratmeter großen Vier-Zimmer-Wohnung im dritten Stock. Euch steht ein 20 Quadratmeter großes Zimmer zur Verfügung. Küche, Bad und Wohnzimmer inklusive Essbereich können gemeinschaftlich genutzt werden. Wir freuen uns darauf, euch kennenzulernen!
Maddie & Leonard

Wenn auch mit Widerwillen musste ich mir selbst eingestehen, dass diese kurze, knackige Anzeige einen vielversprechenden und die alleinerziehende Mutter namens Maddie einen freundlichen Eindruck machten. Ordentlich, ruhig, höflich, humorvoll und gebildet – wie ich!

Und dennoch – WG-Leben? Nein danke! In mir sträubte sich beim bloßen Gedanken daran alles. Ich hatte ein Haus besessen und würde sicher nicht anderer Leute Dreck beseitigen. Lieber würde ich auf ewig bei meiner Mutter leben. Immerhin machte sie guten Kaffee und wohnte Martens Besuchen bei Elliot bei. Und falls ich mir tatsächlich einen Job suchen musste – was auf kurz oder lang nicht zu umgehen sein würde – so könnte sie ihn vielleicht sogar betreuen.

Andererseits … ich erschauderte. Die Zukunftsvision, noch in zehn Jahren bei ihr am Küchentisch zu sitzen und widerwillig Wohnungsannoncen durchzublättern, bereitete mir zunehmend Unbehagen. Das Einzige, was noch schlimmer wäre, wäre ganz allein zu sein. Zumindest allein im Sinne von *ohne erwachsene Gesellschaft*. Natürlich war Marten in den letzten Jahren oft sehr spät nach Hause gekommen – und nun wusste ich auch wieso – und ich war allein bei Elliot gewesen. Doch ich hatte immer gewusst, dass er kommen würde. Wir hatten gemeinsam gegessen, den Tag reflektiert und gelesen, und diese traditionelle Rollenverteilung hatte sich gut und richtig angefühlt. Ohne das Wissen, dass er am Abend kommen würde, schien alles nichtig zu sein.

Aber wie ich es auch drehte und wendete: Auch hier konnten wir nicht bleiben. Und zu Marten konnten wir (noch) nicht zurück. Und ich beschloss, dem Schicksal eine Chance zu geben. Eine einzige. Ich würde auf diese

Annonce antworten. Und wenn ich es nur tun würde, um meiner Mutter und mir selbst zu beweisen, dass ich es versucht hatte. Entschlossen drückte ich auf den Antworten-Button.

Hallo Maddie, hallo Leonard,
wir, das sind Jo (26 Jahre alt, verzweifelt) und Elliot (vier-
einhalb Jahre alt, vermutlich dauerhaft traumatisiert) ha-
ben keinerlei Interesse am Leben in einer WG, haben aber
keine andere Wahl, als wenigstens so zu tun, als ob. Bitte
erspart uns und euch die Unannehmlichkeit, einander bei
einem zwanghaften Treffen kennenzulernen.
Hochachtungsvoll
Jo

Für den Bruchteil einer Sekunde ruhte mein Blick auf dem Absenden-Button, bevor ich die Antwort mit einem grimmigen Lächeln Buchstabe für Buchstabe löschte und erneut zu tippen begann. Es musste sein. Vielleicht war es nötig, um nach vorne blicken zu können.

Doch wollte ich das überhaupt? Nach vorne blicken? Ein neues Leben beginnen? Die letzten zehn Jahre abhaken, als hätten sie mir nie etwas bedeutet?

Ein dicker Kloß bildete sich in meinem Hals. Fahrig strich ich mir mit dem Handrücken die Tränen aus dem Gesicht, die schon wieder zu rinnen begannen. Das geschah oft in der letzten Zeit. Seit Marten sich von mir getrennt hatte, war kein Tag vergangen, an dem ich nicht geweint hatte. Ob es ihm gut ging? Ob er manchmal an mich dachte? Ein Tränenschleier trübte meinen

Blick und der Bildschirm verschwamm kurz vor meinen Augen.

Liebe Maddie, lieber Leonard,
eure Annonce ist uns sofort ins Auge gesprungen. Wir (Jo,
26 Jahre jung, vorübergehend alleinerziehend, und Elliot,
viereinhalb Jahre jung und äußerst wohlerzogen) würden
euch und die Wohnung gerne kennenlernen. Wir haben
keine Haustiere, rauchen nicht und sind sehr ordentliche
und ruhige Zeitgenossen. Über ein zwangloses, erstes Tref-
fen mit euch würden wir uns sehr freuen!
Jo

Das las sich besser. Auch wenn es teilweise gelogen war. Denn meine Vorfreude, die Wohnung und meine potenziellen zukünftigen Mitbewohner kennenzulernen, hielt sich in Grenzen.

Mit einem tiefen Seufzen sandte ich die Antwort ab, klappte den Laptop zu und starrte aus dem Fenster in die Dunkelheit hinaus. Bei dem Gedanken, hier auszuziehen und somit erneut ein Zuhause zu verlassen, zog sich meine Magengrube krampfhaft zusammen. Ich wollte in gar keine andere Wohnung ziehen. Ich wollte zurück in mein Haus, in *unser* Haus.

Vorübergehend alleinerziehend. Vielleicht war ich das ja sogar. Mit ein wenig Blauäugigkeit konnte ich es mir fast vorstellen. Vielleicht würde Marten seinen dummen Fehler eines Tages endlich einsehen und mich mit Tränen in den Augen auf Knien um Vergebung bitten. Er würde die Neue verlassen und erkennen, was er an mir verloren hatte. Plötzlich erschien mir dieser Gedanke gar nicht mal so abwegig. Immerhin lagen zehn ganze Jahre hinter uns – wir hatten einen großen Teil unseres Lebens miteinander verbracht. Dass er dies im Nachhinein nicht bereuen würde, war vollkommen unwahrscheinlich.

Sogar meine Rückkehr in das Haus begann ich insgeheim zu planen. Natürlich würde ich ihm nicht sofort vergeben. Aber ich *würde* ihm vergeben. Jeder macht mal Fehler. Und wer weiß schon, wie der Charakter dieser Frau war? Womöglich hatte sie ihn beeinflusst, hatte ihn zu etwas getrieben, das er eigentlich nie hatte tun wollen.

Ja, ich würde ihm vergeben. Um Elliots willen. Diese kleine Familie verdiente ein Happy End. Einigermaßen entspannt sank ich in das Kissen und stellte mir die Zeit nach der großen Versöhnung vor: die riesigen Blumensträuße, die er mir schenken würde, unsere Hochzeit, auf die ich so lange gewartet hatte, Elliots strahlende Augen bei der Rückkehr in sein altes Kinderzimmer, die Geburt unseres zweiten Kindes, eines Mädchens namens Vivien. Oder eines Jungen namens Tibault. Wer wusste das schon so genau ...

Ich erschrak, als mein Handy mit einem kurzen Vibrieren das Erhalten einer neuen Nachricht verkündete. Ob es Marten war? Ob er mich jetzt schon um Verzeihung bat? Hatte gerade etwa so eine Art übersinnliche, emotionale Gedankenübertragung stattgefunden? Unwillkürlich begann mein Herz schneller zu schlagen. Ich klaubte das Handy erneut vom Nachttisch, und nachdem sich meine Augen an das in der Dunkelheit grell wirkende Licht des Displays gewöhnt hatten, las ich mit Staunen die Antwort auf meine Anfrage.

Hallo Jo, hallo Elliot,
gerne könnt ihr morgen Nachmittag bereits vorbeikom-
men, um uns kennenzulernen und die Wohnung zu besich-
tigen. Sagen wir halb vier? Klingelt bei „McEvans".
Gruß
Maddie und Leonard

McEvans? McEvans ... irgendwas sagte mir der Name. Aber was? Und während ich noch darüber nachgrübelte, gewann die Müdigkeit Oberhand, und ich versank in einem wunderbaren Traum, in dem Marten Elliot und mich nach Madrid entführte und mich dort mit einer Überraschungs-Trauung begeisterte.

Ich hatte mir meine braunen lockigen Haare zu einem Zopf gebunden, dezente Schminke aufgelegt und mich in eine zu enge helle Jeanshose und ein weißes Top gezwängt, über dem ich meinen geliebten marineblauen Blazer trug, der farblich perfekt zu meinen hohen Schuhen und meiner Tasche passte. Obwohl ich mir von diesem Treffen nicht viel erhoffte, wollte ich dennoch einen guten Eindruck hinterlassen. Das wollte ich immer.

Elliot hatte ich einen strengen Seitenscheitel gekämmt. Mit seiner runden Brille, dem weißen Poloshirt und der schwarzen Hose sah er aus wie eine Miniaturausgabe seines Vaters. Auf dem Rücken trug er einen kleinen Rucksack, der die Form und Farbe eines Marienkäfers hatte. Er sah einfach von Kopf bis Fuß bezaubernd aus. Brav lief er neben mir her und hatte bisher

noch nicht einmal gefragt, was wir eigentlich hier taten.

Wir waren eine Stunde lang hierher gefahren, dann
hatte ich ewig das Haus nicht gefunden, und zu guter
Letzt waren sämtliche Parkplätze belegt gewesen, sodass wir ein ganzes Stück zu Fuß laufen mussten, was
in den Schuhen, die ich trug, alles andere als angenehm
war. Elliot hatte den ganzen Weg über geschwiegen
und nur hier und da kurz auf meine Fragen geantwortet, und ich fragte mich, ob es bereits das erste Anzei-
chen eines Traumas war, dass er so still und angepasst
war. Auch wenn er generell ein ziemlich ruhiges und
angepasstes Kind war, bereitete mir dies Sorgen. Am
besten wäre es, einen Termin bei einem Kinderpsycho-
logen zu machen, um das so früh wie möglich abklären
zu lassen.

Ich war bereits ziemlich gereizt, als wir endlich das
schmale, aus braunen Backsteinen gemauerte Haus in
einer Straße im verkehrsberuhigten Bereich betraten.
Die Gegend sah recht ordentlich aus, konnte aber definitiv nicht mit der Straße mithalten, in der unser Haus
– nun Martens – stand. Dort lagen perfekt arrangierte
Vorgärten mit akkurat geschnittenem Rasen vor großen und beeindruckenden Einfamilienhäusern, während sich hier eine Vielzahl mehrstöckiger Gebäude
dicht aneinandergedrängt befanden.

Meine Gereiztheit nahm zu, als wir die Treppen bis in
den dritten Stock emporstiegen und vor der Tür standen, denn obwohl wir rechtzeitig losgefahren waren,
würden wir Elliots Logopädietermin nicht mehr wahr-
nehmen können. (Er brauchte ihn eigentlich nicht, er
sprach hervorragend, aber Förderung schadete nie!)

Ich klopfte an die Tür, setzte ein gekünsteltes Lächeln auf und hielt Elliots Hand fest.

Der Grund dieses Kennenlernens kam mir immer sinnbefreiter vor, und allmählich fragte ich mich ernsthaft, was mich dazu bewogen hatte, hierher zu fahren. Nur um mir selbst zu beweisen, dass ich es tun konnte? Um Elinor meinen guten Willen zu zeigen?

Ich hatte doch sowieso nicht vor, hier einzuziehen oder diese alleinerziehende Mutter mit ihrem kleinen Sohn näher kennenzulernen. Sie interessierten mich nicht. Es gab so viel Sinnvolleres, was ich stattdessen hätte tun können. Aber nein, da stand ich nun – schick angezogen, schlecht gelaunt und mit einem Kleinkind an der Hand, das ich völlig grundlos durch die Gegend geschleift hatte, nachdem es doch sowieso schon mehr als genug traumatisiert worden war.

Es dauerte eine Weile, bis sich in der Wohnung etwas regte. Dann hörte man Schritte, und die Tür wurde einen Spalt weit geöffnet, woraufhin der Kopf eines Mädchens erschien, das uns kurz musterte und wieder in der Wohnung verschwand. Elliot und ich tauschten einen irritierten Blick miteinander, als die Tür nun gänzlich geöffnet wurde und ein Mann auf der Schwelle erschien, der uns ebenso verwundert ansah wie wir ihn.

Er war ziemlich groß, braungebrannt und von sportlicher Statur. Seine Haare fielen ihm in hellbraunen Wellen bis zu den Ohrläppchen und seine halbgeöffneten Lippen wurden von einem Dreitagebart umrahmt, den er mal wieder stutzen könnte. Er trug eine zerschlissene Jeans, ein weißes Shirt und keine Strümpfe an den Füßen.

Eine gefühlte Ewigkeit lang starrten wir einander an, bevor ich als Erste die Sprache wiederfand.

„Tut ... tut mir leid“, murmelte ich endlich. „Ich hatte mich zu einer WG-Besichtigung verabredet und ...“

„Jo?“, der Mann hob eine Augenbraue an. „*Sie* sind Jo?“

Ich nickte.

„Wow. Ich dachte, Sie wären ein Mann.“

„Nun ja, das bin ich ganz offensichtlich nicht.“ Ich lächelte verunsichert. „Und Sie sind?“

„Leonard“, er nickte mit dem Kopf in Richtung Wohnungsinneres. „Und das ist meine Tochter Maddie.“

Er hatte seinen Namen deutsch ausgesprochen, jedoch mit einem I statt mit einem E. *Lionard*. Merkwürdig.

Endlich begriff ich. Es war keine alleinerziehende Frau mit kleinem Sohn, mit der ich mich verabredet hatte, sondern ein offensichtlich alleinerziehender Vater mit einer kleinen Tochter. Und dafür hatte ich die lange Fahrt auf mich genommen, mich in diese unbequeme Kleidung geworfen und Elliots Logopädiestunde verpasst. Dabei war diese Förderung so verdammt wichtig! Meine Gereiztheit stieg ins Unermessliche, und dabei war ich doch eigentlich eher eine entspannte, grundzufriedene Persönlichkeit.

„Wer schreibt denn bitteschön in einer Anzeige zuerst den Namen seines Kindes und dann seinen eigenen?“, ließ ich meinen Frust an dem Fremden aus.

Da mussten ja Missverständnisse aufkommen! Vollkommen idiotisch, so etwas!

„Welche Frau heißt denn bitteschön Jo?“, konterte er trocken.

„Josephin", erklärte ich kühl. „Mein Name ist Josephin Carter, aber alle nennen mich Jo. Deshalb."

Mich hatte, soweit ich mich zurückerinnern konnte, überhaupt noch nie jemand Josephin genannt. Ich war immer nur Jo gewesen, selbst früher zu Schulzeiten bei den Lehrern.

„Leonard McEvans." Unerwartet schmunzelnd streckte der Mann mir seine Hand entgegen. Er hatte grau-grüne Augen und warme Hände. „Freut mich, Josephin Carter, die ich ganz gewiss nicht Jo nennen werde. Und du", er ging in die Knie, um auf Augenhöhe mit Elliot zu sein, „musst Elliot sein. Coole Brille."

Als ich Elliot schützend eine Hand auf die Schulter legte, versteckte er sich hinter meinem Bein und sagte gar nichts.

„Danke", sagte ich an seiner statt. „Er ist Fremden gegenüber etwas schüchtern. Er braucht eine Weile."

„Kein Problem", Leonard richtete sich wieder zu seiner vollen Größe auf und wies mit einer einladenden Handbewegung Richtung Wohnungsinneres.

Nach einem kleinen Zögern kam ich seiner Aufforderung nach, wobei Elliot sich so an mein Bein klammerte, dass ich ihn kurzerhand auf den Arm nahm und trug. Nun waren wir schon einmal hier, dann konnten wir auch getrost hineingehen. Fünf, vielleicht zehn Minuten, dann würde ich höflich erklären, dass dies alles für uns nicht wirklich passte, und mich verabschieden. Und Leonard McEvans mit seinen nackten Füßen und dem schlecht rasierten Dreitagebart nie wiedersehen.

Im Nachhinein betrachtet war es ein merkwürdiger Gedanke, aber als ich über die Schwelle in die Wohnung hineintrat, erfüllte mich sofort ein ganz sonderbares, warmes Gefühl. Diese Wohnung schien mich geradezu mit offenen Armen zu empfangen. Sie war groß und lichtdurchflutet und erstaunlich geschmackvoll eingerichtet. Mit ihrem dunklen Parkettboden, den großen Fenstern und den hauptsächlich in Weiß gehaltenen Möbelstücken erinnerte sie mich an die Fotos perfekter Wohnungen im Internet, die ich damals vor unserem Hauskauf tagtäglich als Inspiration genommen hatte. Wie in Trance schlenderte ich durch das Wohnzimmer, sah mir die wenigen schlichten Deko-Gegenstände und die schwarz-weißen Bilder an den Wänden an und schaukelte Elliot gedankenverloren auf meinem Arm hin und her.

„Kann er nicht laufen?"

Verwundert wandte ich mich der Stimme zu, die mich angesprochen und aus meinen Träumereien gerissen hatte. Sie gehörte dem kleinen Mädchen, das uns vorhin die Tür geöffnet hatte. Leonards Tochter Maddie war ein ganzes Stück größer als Elliot, hatte ungekämmte lange, dunkle Haare und ein Tablet in der Hand, das in einer pinkfarbenen Hülle steckte und von dem eine unangenehme, dudelnde Musik ausging. Ich rümpfte die Nase. Von Kindertablets hielt ich gar nichts. Elliot durfte noch nicht einmal fernsehen, denn es war mir ganz besonders wichtig, sein Gehirn so lange wie möglich vor den schädlichen Einflüssen der Elektronik zu schützen. Marten sah das genauso.

Ich verkniff mir jedoch, dies zu sagen. Wenn Leonard McEvans meinte, sein Kind schon in solch jungen Jahren von der Technik abhängig machen zu müssen, dann sollte er das meinetwegen tun. Er würde schon sehen, was er davon hatte.

„Kann er nicht laufen?", wiederholte das Mädchen nun etwas langsamer und lauter, als hielte sie mich für minimal begriffsstutzig.

„Er *kann* laufen", antwortete ich erhaben. „Aber er möchte gerade nicht. Und wenn er nicht möchte, dann muss er nicht."

Maddie betrachtete mich noch einen Augenblick lang skeptisch, bevor sie sich wieder mit ihrem Tablet beschäftigte. Mir fiel auf, dass sie ein ziemlich schmuddelig aussehendes Kleid trug – und wie Leonard keine Strümpfe. Und das, obwohl es alles andere als warm war. Sie würde sich sicher erkälten.

„Hier entlang", Leonard wies auf eine weit geöffnete Tür am Ende des Wohnzimmers.

Ich schüttelte kurz den Kopf über die barfüßige Maddie, folgte aber seiner Aufforderung und fand ein leeres, sehr groß wirkendes Zimmer vor, das ebenfalls mit Parkettboden und großen Fenstern ausgestattet war. Die Wände waren offenbar frisch gestrichen worden und strahlend weiß. Obwohl ich Leonard und Maddie nicht gerade sympathisch fand, begann ich unwillkürlich, den Raum gedanklich einzurichten. Dort würde der Schrank stehen, da das Bett, hier eine Pflanze ... Nur widerwillig verließ ich den Raum wieder und folgte Leonard zurück ins Wohnzimmer.

„Bitte." Er wies auf einen von sechs Stühlen, die an einem großen, kantigen Holztisch standen, der über und über mit Papierkram bedeckt war. „Nehmt doch Platz."

Eilig schob er die Blätter zu einem Stapel zusammen und trug sie aus dem Raum, als wolle er verhindern, dass ich einen Blick darauf warf, was ich natürlich absolut nicht vorhatte.

Mit Elliot auf dem Schoß setzte ich mich. Leonard nahm auf dem Stuhl gegenüber von mir Platz und betrachtete mich über den Tisch hinweg eingehend.

„Bist du Model?", fragte er geradeheraus.

Es verwunderte mich, dass dies seine erste Frage an mich war, noch bevor er sich nach meinem Job, meiner Heimatstadt oder Ähnlichem erkundigte. Das war ziemlich oberflächlich.

„Oh, nicht doch. Nein!" Ich schüttelte vehement den Kopf.

Mein Gegenüber hob eine Augenbraue an und ließ sie wieder sinken, als würde er mir kein Wort glauben. Ich zuckte mit den Schultern.

„Nun ja, ich *habe* gemodelt. Ein paar kleine Jobs für Modekataloge. Für alles andere war ich nicht groß genug."

„1,75?", unterbrach er mich, stützte seine Ellenbogen auf dem Tisch ab und legte sein Kinn in die Hände, während seine grau-grünen Augen mich intensiv musterten.

„1,73." Ich unterbrach den Blickkontakt, der von seiner Seite aus so intensiv war, dass es sich unangenehm anfühlte. „Deshalb nur die Kataloge ... aber das ist lange her. Das war vor ... ähm ..." Ich deutete auf Elliot. „Und ich habe immer noch ein paar Kilos zu viel. Und eine riesige Narbe von ... na ja ... dem Notkaiserschnitt. Deswegen ... also ja, ich *war* Model, aber ich bin keins mehr und werde auch nie wieder eins sein."

Wieso erzählte ich ihm das eigentlich alles? Was war los mit mir? Ich war wohl zu lange nicht unter Menschen gegangen. Mit glühenden Wangen strich ich

Elliot den ohnehin schon glatten Kragen seines Poloshirts glatt.

„Cool." Leonard nickte, schien unberührt von dessen, was ich ihm gerade Privates erzählt hatte, obwohl wir uns gar nicht kannten. „Ich habe früher auch gemodelt."

Hätte mich auch schwer gewundert wenn nicht. Er war ziemlich attraktiv. Auf eine arrogante, ungekämmte Art und Weise.

„Ist wohl eher ein Job für Kinderlose", setzte er hinzu und zwinkerte mir mit einem schelmischen Lächeln zu, das kleine Grübchen auf seinen Wangen offenbarte.

„Wahrscheinlich." Ich nickte und rang mir ein schmallippiges Lächeln ab. Ich fühlte mich zunehmend unwohl in meiner Haut und unter seinen intensiven Blicken. „Und ihr beide sucht also neue Mitbewohner?"

Leonard fuhr sich mit der Hand durch das Haar, warf einen kurzen Blick zu Maddie herüber, die in Bauchlage auf dem Sofa lag und auf ihrem Tablet herumtippte, dann lehnte er sich vertrauensvoll über den Tisch.

„Um ehrlich zu sein, bin ich auf der Suche nach einem *Mitbewohner*. Männlich, du verstehst?"

Ich nickte. Zum Glück sagte er es selbst. Das ersparte mir die Unannehmlichkeit, ihn vor den Kopf stoßen zu müssen.

„Nicht falsch verstehen, ich habe nichts gegen Frauen. Ich *liebe* Frauen!" Erneut dieses Zuzwinkern, das er offensichtlich für charmant hielt. „Aber ich will nicht mit einer Frau zusammenleben. Nicht mehr. Das funktioniert einfach nicht." Er zuckte mit den Schultern, streckte sich ausgiebig und grinste, so, als hätte er gerade etwas erzählt, auf das er besonders stolz war. „Ich hatte eine Mitbewohnerin für … keine Ahnung … drei Wochen oder so. Biologiestudentin. Anfang zwanzig. Sie ist aber relativ schnell ausgezogen. Ich weiß leider nicht genau wieso."

Oh, er wusste *genau* wieso. Ich sah Leonard McEvans an der Nasenspitze an, dass er genau der Typ Mann war, der Frauen nur ins Bett bekommen wollten. Sicher hatte er dem armen Mädchen schöne Augen gemacht, sie mit seinem Charme um den Finger gewickelt und dann fallenlassen, nachdem er bekommen hatte, was er wollte.

„Und danach", fuhr er fort, ohne mich aus den Augen zu lassen, „hatten wir einen männlichen Mitbewohner. Mit einer Katze, ebenfalls männlich. Jedenfalls …"

„Hier hat eine Katze gelebt?", unterbrach ich ihn.

„Ähm … ja. Und?"

„Elliot ist hochgradig allergisch!" Hastig umfasste ich Elliots kleines Gesicht und drehte es so, dass er mich ansehen musste. Ohne einen Ton zu sagen, ließ er es über sich ergehen. Er sah irgendwie blass aus. Atmete er normal? Waren seine Pupillen immer so klein? Panik überfiel mich.

„Auf mich macht er nicht gerade den Eindruck, akut an einem allergischen Schock zu sterben", sagte Leonard trocken.

„Weil Sie meinen Sohn nicht kennen!", fuhr ich ihn an. „Ich will hoffen, dass sein Hals zu Hause nicht anfängt anzuschwellen oder so." Besorgt strich ich Elliot über den Kopf. „Am besten schläfst du heute bei Mami, Baby, okay? Sicher ist sicher. Nicht dass in der Nacht die Atmung aussetzt."

Okay, okay – um ehrlich zu sein schlief Elliot *immer* bei mir. Aber das ging niemanden etwas an. Und schon gar nicht einen Leonard McEvans.

„Jedenfalls hat es nicht gepasst", fuhr Leonard fort, als wäre er gar nicht unterbrochen worden. „Ich meine, der Kater war voll okay. Ich kam mit ihm klar. Hat gepennt, gefressen und seine Runden durch die Wohnung gezogen. Aber der Kerl ... er hat ständig an Maddie und meiner Erziehung rumgemeckert."

Ich warf einen kurzen Blick auf das Mädchen, das inzwischen eine Tafel Schokolade in den Händen hielt und gedankenverloren davon abbiss. Na ja, noch schmuddeliger konnte ihr Kleid nicht werden. Sie bemerkte, dass ich sie beobachtete, streckte mir die Zunge heraus und wandte sich wieder dem Tablet zu.

„Warum wohl ...", konnte ich mir nicht verkneifen zu sagen.

„Der Punkt ist", Leonard ignorierte meine Bemerkung, faltete die Hände ineinander und musterte erst mich, dann Elliot, der immer noch reglos auf meinem Schoß saß, „ich suche keine weiblichen Mitbewohner mehr und auch keine männlichen Mitbewohner ohne Kind. Ich suche einen männlichen Mitbewohner mit Kind. Alleinerziehende Männer, falls es außer mir welche gibt da draußen." Er schien kurz recht nachdenklich durch mich hindurch in die Ferne zu blicken, zuckte dann lässig mit den Schultern und sah mich wieder an. „Lange Rede, kurzer Sinn: Das mit uns wird nicht funktionieren. Tut mir furchtbar leid, dir das sagen zu müssen."

„Oh, ich wusste schon vor Ihnen, dass es nicht funktionieren wird", sagte ich hoheitsvoll und siezte ihn absichtlich, um meiner Distanziertheit mehr Ausdruck zu verleihen. „Ich habe keinerlei Interesse daran, mit einem Mann zusammenzuleben."

Leonard hob eine Braue an und musterte mich interessiert.

„Mit einem anderen Mann als meinem Verlobten", fügte ich hinzu, schob meinen Stuhl zurück und erhob mich mit Elliot auf dem Arm. „Wir machen nur eine kurze ... Beziehungspause. Ja, genau. Eine Pause. Einvernehmlich. *Absolut* einvernehmlich. Deswegen brauche ich auch nur für kurze Zeit eine Bleibe. Denn sehr, sehr bald werden wir wieder zusammen sein. Einvernehmlich."

Leonard nickte und schien sich ein Grinsen verkneifen zu müssen. Er wusste, dass ich log. Arroganter Mistkerl!

„Na gut, die Pause ist nicht einvernehmlich", fauchte ich, während ich mit Elliot auf dem Arm Richtung Haustür eilte. „Auch wenn es Sie eigentlich nichts angeht! Es war nicht meine Entscheidung. Es war seine. Aber er wird sie rückgängig machen."

Leonard war mir gefolgt, öffnete uns nun die Tür und lächelte milde, während er mich mit einer weit ausholenden Bewegung auf den Hausflur verwies.

„Das wird er", brummte ich.

„Oh, ganz bestimmt. Und falls doch nicht – als Mitbewohnerin will ich dich nicht, aber daten – daten würde ich dich." Das dritte vielsagende Zwinkern und Leonard McEvans knallte mir die Tür vor der Nase zu.

Ungläubig schnappte ich nach Luft. Was glaubte dieser Kerl eigentlich, wer er war? Daten? Nicht einmal, wenn er der letzte Mann auf dem ganzen Planeten wäre! Und hatte *er mir* gerade bezüglich des WG-Zimmers einen Korb gegeben? Als ob ich auch nur einen Moment lang ernsthaft vorgehabt hätte, bei ihm einzuziehen!

Andererseits – und das Herz wurde mir schwer, dies vor mir selbst zugeben zu müssen – konnten wir unmöglich länger bei Elinor wohnen und, so wie es aussah, zumindest vorerst nicht zurück ins Haus. Und die Wohnung war ein Traum. Diese Wärme, diese großen Fenster, dieser wunderbare Boden ...

Wir würden unser eigenes Zimmer haben, könnten uns ein bisschen erholen, unsere Wunden lecken, und den Schleimbeutel und das Schmuddelkind sicher ignorieren. Wir mussten uns ja nicht mit ihnen anfreunden oder so. Wir wären quasi Nachbarn.

Ich atmete tief ein und wieder aus, bevor ich die Hand hob, sie zur Faust ballte und erneut an die Tür klopfte. Klopfen *wollte*, eher gesagt, denn Sekundenbruchteile, bevor meine Hand die Tür berühren konnte, wurde sie aufgerissen und ein mit einem Male gestresst aussehender Leonard McEvans stand mir gegenüber. Er bemühte sich zwar, sofort wieder einen entspannten Gesichtsausdruck anzunehmen, in seinen Augen glaubte ich aber, einen Rest Angespanntheit glitzern zu sehen.

„Anders überlegt, hmm?", Er verzog den Mund zu einem schiefen Grinsen und deutete auf meine immer noch erhobene Hand.

„Nein." Ich schüttelte den Kopf. „Gewiss nicht. Sie?"

„Gewiss nicht", ahmte er mich mit leicht erhobener Stimme nach.

Eine gefühlte Ewigkeit lang starrten wir einander mit unverkennbarer Abneigung an, dann bemerkte ich, wie sich in seinem Gesicht etwas veränderte. Mit einem Male sah der arrogante Leonard McEvans müde aus.

„Um ehrlich zu sein, Josephin", er ließ seinen Blick über Elliot gleiten, der immer noch an mich gekuschelt auf meinem Arm hing, „ich brauche einen neuen Mitbewohner. Ich kann die Wohnung allein nicht bezahlen und ... und ich kann es Maddie nicht antun, hier auszuziehen. Sie hat schon so viel verloren. Man merkt es ihr vielleicht nicht an, aber sie ist nicht so taff, wie sie zu sein scheint. Es täte ihr gut, etwas Ablenkung zu haben. Und mal eine andere Gesellschaft als mich." Er lachte traurig und offenbarte dabei zwei Reihen perfekter weißer Zähne. „Und so wie ich das sehe, würde es Elliot auch nicht schaden, seine Komfortzone mal zu verlassen."

Hatte er auch gerade für einen kurzen Moment einen authentischen, fast schon sympathischen Eindruck auf mich gemacht, fand ich ihn im nächsten Augenblick wieder unausstehlich und ziemlich dreist. Instinktiv festigte ich meinen Griff um meinen Sohn und trat einen Schritt zurück. Was fiel ihm, einem Wildfremden, ein, über mein Kind zu urteilen? *Komfortzone*? Glaubte er etwa, ich wüsste nicht selbst, was ihm guttat?

Leonard schien meine Zurückhaltung zu spüren, denn jäh kehrte der Stolz in seinen Blick zurück, der kurz zuvor dieser ruhigen, beinahe bemitleidenswerten Müdigkeit gewichen war. Mit einem spöttischen Gesichtsausdruck verschränkte er die Arme vor der Brust.

„Gut. Dann eben nicht. War auch nicht ganz ernst gemeint."

Ich mochte ihn nicht. Ich mochte ihn ganz und gar nicht. Aber diese Wohnung, dieses Zimmer, diese Aussicht auf Besserung – die mochte ich. Und zwar so sehr, dass ich dafür über meinen Schatten springen würde. Auch wenn es unangenehm wäre.

„Warte", ich schluckte meinen Stolz herunter, oder versuchte es zumindest. „Elliot und ich, wir ... wir brauchen ein neues Zuhause. Da, wo wir jetzt sind, können wir nicht bleiben. Und da, wo wir herkommen, können wir nicht hin zurück." Ich schluckte erneut, um den dicken Kloß, der sich in meinem Hals gebildet hatte, herunterzuschlucken – ohne Erfolg. Ich konnte kein weiteres Wort sagen, ohne in Tränen auszubrechen, und biss mir stattdessen so fest auf die Zunge, bis ich Blut schmeckte. Ich würde den Teufel tun und vor Leonard McEvans weinen.

„Josephin Carter", lässig nickte er mit dem Kopf Richtung Wohnung. „Ich glaube, wir beide haben gerade einen mündlichen Mietvertrag abgeschlossen."

Mit einem Kloß im Hals sah ich ihn an.

„Na dann ..." Er zuckte mit den Schultern. „Herzlich willkommen, neue Mitbewohnerin und neuer Mitbewohner."

Er übertrieb natürlich vollkommen. Wir hatten ja noch nicht einmal ein ruhiges, vernünftiges Gespräch miteinander geführt. Keinen Putzplan besprochen. Den Kellerraum, in dem die Waschmaschinen untergebracht waren, hatte ich auch noch nicht gesehen. Und sowieso – nur weil er dringend einen neuen Mitbewohner brauchte und ich zufällig zum selben Zeitpunkt ein neues Zuhause suchte, hieß das noch lange nicht, dass Elliot und ich hier einziehen würden.

Kapitel 3

Über das WG-Leben

Sechs Tage später schob ich mit Händen und Füßen den letzten schweren Umzugskarton über die Schwelle unserer neuen Bleibe. Es wäre womöglich einfacher gewesen, wenn Elliot nicht wie ein Äffchen auf meinem Rücken gehangen hätte, da er sich vehement weigerte, selbst zu laufen. Aber wenn er nicht laufen wollte, wollte er nicht. Er war da, entgegen seines sonst so angepassten, zufriedenen Wesens, recht eigen, und ich wollte ihn nicht zusätzlich zu seinem Trennungstrauma belasten, indem ich ihm seine Wünsche abschlug. Wahrscheinlich steckte einfach ein enormes Bedürfnis nach Nähe dahinter.

Schweißüberströmt schlug ich die Tür zu und sank neben dem Karton auf den Boden, was Elliot mit sofortigem Weinen beantwortete. Ich zog ihn auf meinen Schoß, woraufhin er seine kleinen, hageren Ärmchen um meinen Hals schlang und sich an mir festklammerte. Erst in diesem Moment bemerkte ich Leonard, der entspannt am Küchentisch saß und Kaffee aus einer, in seinen großen Händen sehr zwergenhaft aussehenden Tasse schlürfte, während er uns beobachtete, als wären wir eine unterhaltsame Comedyserie im Fernsehen. Er trug heute ein schwarzes Shirt und wieder eine sehr zerschlissene Jeans, in der er aussah, als wäre er just in diesem Augenblick einer Werbeanzeige entsprungen. Und jede einzelne Pore seines Ichs schrie geradezu: „Jep. Ich weiß, dass ich gut aussehe."

„Brauchst du Hilfe?", fragte er, ohne auch nur die geringsten Anstalten zu machen, aufzustehen.

„Nicht doch!", erwiderte ich giftig.

Wie lange er wohl schon dort saß und mir dabei zugesehen hatte, wie ich Umzugskarton um Umzugskarton und meine wenigen Möbelstücke, an denen ich zu sehr hing, um sie zurückzulassen, in die Wohnung geschleppt hatte? Und dieser riesige Berg war tatsächlich nur ein Bruchteil dessen, was Marten meiner Mutter unmittelbar nach meinem Auszug vor ihr Haus gestellt hatte. Der Rest war noch bei ihr und wartete – wie ich – darauf, dass es ins große Haus zurückging.

Herablassend sah ich Leonard an. Das konnte ja ein heiteres Zusammenleben werden ...

Ich schloss die Augen und sprach mir selbst Geduld zu, denn höchstwahrscheinlich würden wir nicht lange hier wohnen. Immerhin hatte Marten bereits drei Monate Zeit gehabt, um sich über seine Gefühle klar zu werden, seine Neue zu verlassen und auf Knien um Vergebung zu bitten. Es war nur noch eine Frage der Zeit. Vielleicht würden wir sogar in einer Woche schon wieder hier ausziehen.

So würdevoll wie irgend möglich (mit einem Vierjährigen auf dem Arm) erhob ich mich und schob den schweren Umzugskarton mit den Füßen weiter vor mir her in unser Zimmer, was schier amüsiert von Leonards Blicken verfolgt wurde.

„Du Gentleman!", konnte ich mir nicht verkneifen zu sagen, als ich keuchend vor Anstrengung das Zimmer erreicht hatte.

„Ich habe gefragt, ob du Hilfe brauchst." Leonard lächelte sein strahlendstes Lächeln. „Du hättest nur etwas sagen müssen." Er erhob sich, stellte seine winzige Tasse in die Spülmaschine und zwinkerte mir zu. „Ich habe jetzt ein Date. Sorry, dass ich euch am ersten Abend schon ohne Gesellschaft lassen muss, aber das hat sich ... nun ja ... ziemlich spontan ergeben. Wir können uns dann ja morgen in aller Ruhe mal gemeinsam unterhalten. Die erste Miete fällt dann auch an. Ich hoffe, du hast es passend? Frohes Schaffen dann noch!"

Überrascht hielt ich inne. „Was? Du gehst?" Damit hatte ich tatsächlich nicht gerechnet. „Wo ist denn Maddie?"

„Bei ihren Großeltern." Leonard nahm schwungvoll einen langen hellgrauen Mantel von der Garderobe, schlüpfte in farblich dazu passende Schuhe und strich sich vor dem im Flur hängenden Spiegel durch das Haar, bevor er sich mir mit einem Grinsen, das er selbst offensichtlich für sehr charmant hielt, zuwandte. „Ich entschuldige mich schon einmal, falls ihr in der Nacht irgendeine weibliche Stimme hört, die ihr nicht kennt. Oder zwei. Ich gehe schwer davon aus, heute Übernachtungsbesuch zu haben. Aber keine Sorge, wir werden so leise wie möglich sein."

Vor Empörung blieb mir der Mund offen stehen. So ein arroganter, selbstverliebter Macho. Für wen hielt er sich eigentlich?

„Viel Spaß bei deinem *Date*", sagte ich säuerlich.

Und mit einem schelmischen „Eifersüchtig, Josephin Carter?" verließ er die Wohnung.

Kopfschüttelnd sah ich Elliot an. Da wohnten wir noch nicht einmal einen Tag lang in dieser Wohnung und schon hatte unser sogenannter Mitbewohner sich als noch schlechtere Gesellschaft entpuppt, als ich sowieso schon erwartet hatte. Vielleicht hätten wir doch bei Elinor bleiben sollen ...

Missgelaunt öffnete ich der Reihe nach die Kartons und begann mit wenig Motivation, sie auszuräumen. Ich stellte ein kleines Bücherregal in Form eines Tipis auf, das Elliot zum ersten Geburtstag bekommen hatte.

„Mama?", Elliot hatte sich einige Zentimeter von mir entfernt, sich neben einen Karton gesetzt und seine Holzbausteine herausgeholt. „Wann gehen wir wieder nach Hause?"

Unwillkürlich traten mir Tränen in die Augen. Eilig wandte ich mich von ihm ab und tat, als würde ich sehr geschäftig eine Handvoll Bilderbücher, der Größe nach geordnet, in das Tipi-Regal räumen.

„Ich weiß es nicht, Baby", antworte ich schließlich wage. „Ein wenig bleiben wir hier, und dann ... mal sehen. Ist doch toll hier, oder?"

Elliot blickte sich um, schob sich mit dem Zeigefinger die Brille hoch auf den Nasenrücken und schüttelte den Kopf.

Ich seufzte. Während er zusätzlich zu seinen Holzbausteinen seine Tierfiguren und einige Autos im Zimmer zu verteilen begann, versuchte ich, die winzigen Bruchteile meines alten Lebens, die ich mit hierher genommen hatte, in diesem Zimmer unterzubringen, das mir mit einem Male gar nicht mehr so groß vorkam. Ich hatte eindeutig zu viele Bücher eingepackt, die Fächerpalme, die Marten mir zum fünften Jahrestag geschenkt hatte, nahm enorm viel Platz weg und auch den Sitzsack hätte ich vielleicht besser bei Elinor lassen sollen, auch wenn er absolut stylish war.

Mit dem Handrücken rieb ich mir den Schweiß von der Stirn und grub mich weiter durch endlos wirkende Berge aus Lernspielen und Bilderrahmen mit alten Fotos sowie durch Lichterketten, Gewürze und eine Gitarre aus Ahornholz, die ich mir vor Jahren gekauft hatte, da ich das Spielen hatte lernen wollen. Tatsächlich gelernt hatte ich es letztendlich nie, doch aus dekorativen Gründen hatte die Gitarre mit mir umziehen müssen.

Während Elliot sich leise mit sich selbst beschäftigte, baute ich unser Bett auf. Es war nicht so schwer wie erwartet, und dennoch ein merkwürdiges Gefühl, denn bisher hatte Marten solche handwerklichen Aufgaben übernommen – oder jemanden dafür bezahlt, dass er es tat. Als das Bett endlich stand und ich die Matratze, die Decke und das Kissen bezogen hatte, liefen mir Schweißperlen über das Gesicht. Ich stand auf und öffnete ein Fenster. Eine kalte Brise wehte in den Raum. Einen Moment lang schloss ich die Augen und tat nichts, außer zu atmen, bevor ich mich wieder den Kartons zuwandte.

„Ah, hier ist er." Ich zog mit einem Gefühl der Erleichterung meinen Familien-Wochenplaner aus einem der weit geöffneten Kartons und legte ihn auf die Kommode. Nicht dass ich unsere Termine vergessen würde, aber es war dennoch besser, sie immer greifbar und vor Augen zu haben, wenn man doch einmal etwas nachsehen wollte. Marten war immer so dankbar dafür gewesen, dass ich unser Familienleben durchstrukturiert hatte und zu jeder Zeit über jeden Termin Bescheid wusste. Wie er wohl nun klarkam? Ob seine neue Freundin auch nur ansatzweise so gut organisiert war wie ich? Oder hatte er bereits seinen Routine-Zahnarzttermin morgen früh um 9:15 Uhr vergessen? Die halbjährliche Zahnreinigung war geplant. Kurz zog ich ernsthaft in Erwägung, ihm eine Erinnerung zu schreiben. Aber nein, dies war nicht meine Aufgabe. Nicht mehr. Oder vorerst nicht. Vielleicht war es ganz gut, dass er ihn vergaß, um zu spüren, wie wichtig ich war.

Etwas melancholisch verstimmt stellte ich meine Lightbox mit dem Spruch *Live Love Laugh* auf die Fensterbank und beobachtete Elliot dabei, wie er seine Holzbausteine aufeinander stapelte, um einen Zoo für seine Tierfiguren zu bauen. Die Ähnlichkeit zu Marten war wirklich groß. Mein Herz wurde schwer. Nicht nur wegen dieser Ähnlichkeit, die mich, selbst wenn ich mal nicht an Marten dachte, wieder an ihn erinnerte – auch, oder vor allem wegen der Erkenntnis, die mich nun, da ich den ersten Karton komplett ausgeräumt hatte, traf: Zum ersten Mal in meinem Leben war ich auf mich allein gestellt. Ich war achtzehn Jahre alt gewesen, als ich bei meinem Vater aus- und bei Marten eingezogen war. Und obwohl uns alle für zu jung gehalten hatten, um eine solch erwachsene und weitreichende Entscheidung wie diese treffen zu können, hatten wir es doch selbst viel besser gewusst. Immerhin waren wir zu diesem Zeitpunkt bereits zwei Jahre lang ein Paar und waren sicher, dass wir zusammengehörten.

Ich hatte nie alleine gelebt. Hatte mir nie Gedanken über Mietverträge und Umzugswagen oder dergleichen machen müssen. Hatte nie am dunklen Abend eines anstrengenden Tages meine Habseligkeiten aus gigantischen Umzugskartons in ein Zimmer geräumt, das mein Zuhause werden sollte, obwohl es noch vollkommen kahl und leblos war. Und ich hätte mich selbst belogen, wenn ich behauptet hätte, dass mir all das keine fürchterliche Angst einjagte.

Was mir allerdings noch mehr Angst machte, war die Tatsache, dass ich am nächsten Tag auf Marten treffen würde. Er würde Elliot für ein paar Stunden abholen, (sofern unser Sohn dies mitmachen würde) damit ich in Ruhe fertig auspacken und mich hier einrichten konnte. Wo es mir bisher bestens gelungen war, Elinor als Vermittlerin vorzuschicken, gab es nun keinen Mittelsmann mehr, und es war an mir, die Treffen zwischen Elliot und seinem Vater zu gewährleisten. Das war ich meinem Sohn schuldig – auch wenn es mein ohnehin schon verletztes Herz in zwei Teile spalten würde.

Viel später, nachdem ich mich damit abgelenkt hatte, ein paar unserer Lebensmittel und Küchenutensilien in die Küche zu räumen und als Elliot längst ausgebreitet im Bett (*natürlich* in meinem, ich hatte seines zwar auch dabei, aber darin hatte er noch nie geschlafen) lag und schlief, und ich mich am Rand zusammenrollte, überkam mich erneut dieses Gefühl der Angst. Und mit ihr rollten Traurigkeit und Zukunftssorgen über mich hinweg, so heftig, dass sie mir den Atem raubten.

Stumm weinte ich in mein Kissen, als ich das Klicken eines Schlüssels und anschließend das Öffnen der Haustür hörte. Es folgten die klackernden Töne von

High Heels und das unterdrückte Kichern einer Frau. Gedämpft hörte ich Leonards Stimme.

Ich drückte mir das Kissen auf mein Gesicht und weinte mich in den Schlaf, in der Hoffnung, dass die beiden mich nicht hören würden – und vor allem, dass *ich* auch *sie* nicht hören würde.

Am nächsten Morgen, einem Samstag, wachte ich mit heißen, geschwollenen Augen und dröhnenden Kopfschmerzen auf. Und war ich auch im ersten Augenblick noch orientierungslos und wusste nicht, wo ich war, so führten Leonards und Maddies laute Stimmen im Wohnzimmer mir nur allzu schnell vor Augen, dass Elliot und mir der erste Morgen in der WG bevorstand. Ein Morgen, auf den ich nur allzu gern verzichtet hätte.

Mit unterdrückter Unlust warf ich einen Blick auf mein Handy. Kurz vor halb neun. Ich weckte Elliot, der es normalerweise gewohnt war, dass ich ihn spätestens um 8 Uhr zum Aufstehen animierte. Wie erwartet öffnete er die Augen und war direkt schlecht gelaunt. Natürlich, er war völlig aus seiner gewohnten Struktur herausgerissen worden. Das würde ich sicher am Abend zu spüren bekommen, denn zur gewohnten Schlafzeit um 18:30 Uhr würde er noch nicht müde sein, später als sonst einschlafen, beim nächsten Aufwachen unausgeschlafen sein ... ein Teufelskreis!

„Wo sind wir?", murmelte er und rieb sich mit den zu Fäusten geballten Händen über die Augen.

„In unserem neuen Zuhause." Ich setzte ein künstliches Lächeln auf und bemühte mich, so viel Freude wie möglich in meine Stimme zu legen, in der Hoffnung, dass er mich nicht durchschaute. „Wollen wir Leonard und Maddie guten Morgen sagen?“

„Nein“, antwortete er stur.

Ach, Kind. Ich will ja auch nicht hier sein!

Ich seufzte, zog ihn an mich und strich ihm beruhigend über den Rücken.

Mit viel gutem Zureden gelang es mir schließlich, ihn zum Anziehen und sogar zum Verlassen des Zimmers zu überreden, wofür er jedoch verlangte, von mir getragen zu werden. Wir huschten ins Badezimmer, wuschen uns das Gesicht, putzten uns die Zähne und machten uns die Haare – für ihn einen mit Gel geglätteten Seitenscheitel und für mich einen schlichten Dutt, aus dem mir einige lose dunkle Locken ins Gesicht fielen. Seufzend betrachtete ich mein verweintes Gesicht im Spiegel. Ich hatte sicher schon einmal hübscher ausgesehen als in diesem Augenblick. *Ganz* sicher sogar. Um meine dunkelblauen Augen herum war alles gerötet und angeschwollen, meine Lippen sahen rissig und meine Haut gereizt aus. Ich wirkte viel älter als sechsundzwanzig. Die Zeiten, in denen mir interessierte Blicke zugeworfen worden waren, waren wohl endgültig vorbei. Schnell wandte ich diesem unangenehmen Anblick den Rücken zu, um erst Elliots, dann mein Gesicht gründlich einzucremen. Schweigend reichte ich ihm nach der allmorgendlichen Prozedur seine Brille.

„Und – bereit?“

Er schüttelte den Kopf und reckte die Arme nach mir. Tja, ich auch nicht. Aber da mussten wir jetzt durch. Ich atmete einmal tief ein und wieder aus, bevor ich die Tür öffnete und mit Elliot auf dem Arm das Wohnzimmer betrat.

Leonard und Maddie saßen bereits am Frühstückstisch und scherzten miteinander. Das musste man ihm lassen – er schien ein liebevoller Vater zu sein. Wenn auch einer, der es nicht für notwendig erachtete, sein Kind gut zu erziehen. Oder es hin und wieder mal zu waschen.

„Guten Morgen." Ein wenig verlegen blieb ich neben dem Tisch stehen, unsicher, was ich nun tun sollte und ob es unpassend wäre, sich einfach dazuzusetzen.

Obwohl wir nun ganz offiziell hier wohnten, würde es wohl noch eine Weile dauern, bis das Gefühl, ein Gast zu sein, sich legte. Hoffentlich würden wir gar nicht lange genug hier sein, um es dazu kommen zu lassen.

„Wieso glänzt du so?", Maddie runzelte die Stirn und deutete auf Elliots Gesicht.

„Er ist eingecremt. Er hat sehr trockene Haut." Ich zog einen freien Stuhl vom Tisch und versuchte erfolglos, Elliot von mir zu lösen, um ihn abzusetzen. „Und man zeigt nicht mit dem nackten Finger auf angezogene Leute. Das ist unhöflich."

Maddie erwiderte meinen Blick gänzlich unbeeindruckt.

„Was ist, wenn sie nackt sind, die Leute – darf man dann auf sie zeigen?"

Leonard musste sich sichtlich ein Lachen verkneifen.

„Kaffee, Mitbewohnerin?", erkundigte er sich.

„Gerne, Mitbewohner." Ich gab auf und setzte mich mit Elliot gemeinsam auf den Stuhl neben Maddie, Leonard direkt gegenüber.

Er musterte uns kurz, als wollte er etwas sagen, besann sich dann aber, stand auf und goss mir Kaffee ein.

„Mit Milch und Zucker?“

„Ja, richtig. Woher weißt du das?“

Er goss Milch in die Tasse, gab einen großzügig gehäuften Löffel Zucker hinzu und rührte um.

„Oh, ich kenne eine Menge Frauen.“ Wohlwollend lächelnd reichte er mir eine übergroße graue Tasse, bis zum Rand voll mit hellem dampfendem Kaffee. „Und du bist eine, die ihren Kaffee mit Milch und Zucker trinkt.“

Erstaunt hob ich eine Braue.

„Du glaubst also, mich bereits zu kennen?“, fragte ich mit einer Mischung aus Empörung und Belustigung.

Leonard hob betont lässig die Schultern und ließ sie wieder sinken.

„Jap. Ihr seid leichter zu durchschauen als ihr denkt.“

„*Ihr?*“

„Ihr Frauen.“ Er nahm seine eigene Kaffeetasse in die Hand und prostete mir gönnerhaft zu.

Genervt verdrehte ich die Augen. Was fanden all diese Frauen, die er offensichtlich abschleppte, nur an ihm? Abgesehen davon, dass er ziemlich gut aussah – zugegebenermaßen – hatte er nichts als Arroganz, dumme Sprüche und eine herablassende Meinung über Frauen zu bieten.

Kein Wunder also, dass jene kichernde, High Heels tragende Begleitung der letzten Nacht bereits wieder verschwunden war, bevor er Maddie abgeholt hatte. Und ich hätte so einiges darauf gewettet, dass sie einander nicht wiedersehen würden. Falls sie überhaupt die

Namen des jeweils anderen kannten – und selbst das
wagte ich zu bezweifeln.

Aber all das sprach ich nicht laut aus. Natürlich nicht.
Ich würde die Vernünftige in dieser Wohngemein-
schaft sein, die Überlegene und Respektvolle, selbst
dann, wenn er sich keinerlei Respekt verdient hatte.
Und wenn Elliot und ich dann in nicht allzu ferner Zukunft ausziehen würden und Marten unsere Kartons
aus dem Zimmer tragen würde, *dann* erst würde ich
ihm meine Meinung sagen. Ganz unverhohlen, direkt
in sein hochnäsiges Gesicht hinein.

„Danke für den Kaffee", sagte ich sanft, nippte daran
und war erstaunt, wie perfekt er schmeckte.

„Pancakes?", Leonard deutete auf einen großen Teller
in der Mitte des Tisches, auf dem sich ein gutes Dutzend
fluffig aussehender, kleiner Pfannkuchen befanden.

Maddie bestrich ihren gerade dick mit Marmelade,
bevor sie ihn mit beiden Händen an den Mund hob, abbiss und nicht zu bemerken schien, dass eine ihrer
Haarsträhnen in der Marmelade hing.

„Oh, vielen Dank." Ich schüttelte den Kopf. „Elliot und
ich frühstücken so etwas nicht."

Zucker und Kuhmilch akzeptierte ich nur im Kaffee.
Und Elliot bekam so etwas erst gar nicht vorgesetzt.

Ich holte unsere Haferflocken aus dem Vorrats-
schrank, Mandelmilch aus dem Kühlschrank und ein
paar Früchte aus der Obstschale, die ich am Abend zuvor eingeräumt hatte. Dabei hatte ich Unmengen von
abgepackter Wurst, zuckrigen Kinderjoghurts und
Cornflakes entdeckt, was ich aber unkommentiert ließ,
da ich Leonard nicht gut genug kannte, um ihn zu

belehren – außerdem hatte er inzwischen bereits oft genug den Eindruck erweckt, eher unbelehrbar zu sein.

Elliot reagierte nun mit einem unzufriedenen Wimmern darauf, dass ich mich von ihm entfernt hatte und nicht binnen Sekunden zurückgekehrt war. Maddie musterte ihn verwundert.

„Ich beeile mich, Schatz", beruhigte ich ihn.

Auf den Zehenspitzen stehend angelte ich schnell noch zwei unserer Müslischalen aus dem höchsten Schrank heraus, in dem ich ausreichend Platz für uns freigeräumt hatte. Vollbepackt mit all diesen Sachen und mit zwei Löffeln kehrte ich an den Tisch zurück.

„Möchtest du?", bot ich Maddie eine Handvoll Heidelbeeren an.

Sie schüttelte den Kopf, als hätte ich sie gefragt, ob sie Regenwürmer auf ihrem Pancake möchte. Mit dem Ärmel strich sie sich die Marmelade vom Kinn.

„Oh, vielen Dank. Maddie und ich frühstücken so etwas nicht", sagte Leonard trocken.

Ich errötete. Machte er sich über mich lustig?

Eine Weile lang saßen wir schweigend da, Pancakes und Haferflocken mit Obst kauend, und vermieden es, die jeweils anderen anzusehen, bis mein Blick zufällig erneut auf Maddie fiel. Ihr Haar sah – bis auf die in Marmelade getauchte Strähne – viel ordentlicher aus als bei unserem letzten Treffen, und auch die Länge schien etwas gekürzt worden zu sein.

„Warst du beim Friseur, Maddie?", fragte ich freundlich. „Sieht toll aus!"

Maddie suchte Leonards Blick. „Oma war mit mir beim Friseur", antwortete sie dann zögernd. „Sie hat gesagt, ich würde wie ein Straßenhund aussehen."

Nach dieser Äußerung stand Leonard abrupt auf und begann auffallend geräuschvoll, ein paar Teller und seine Kaffeetasse abzuspülen, während Maddie aufsprang und sich mit ihrem Tablet auf die Couch fallen ließ. Natürlich ohne sich vorher die Finger oder das Gesicht zu waschen. Ich schüttelte den Kopf. Noch nicht einmal Mittag und das Kind spielte schon mit dem Tablet ... doch weder Maddie noch mir entging Elliots plötzlich neugieriger Blick in die Richtung, aus der die piependen Geräusche kamen. Ich biss mir auf die Zunge. Hoffentlich kam er nicht auf die Idee, auch so etwas haben zu wollen. Ich zog ein Feuchttuch aus der Packung und säuberte Elliots Gesicht und Hände damit.

„Willst du auch mal, Elliot?", fragte Maddie.

„Nein danke." Ich schüttelte den Kopf. „Elliot kennt so etwas nicht. Sein Vater und ich halten nichts von ..."

Doch ohne mich den Satz beenden zu lassen, stand Elliot plötzlich auf und schlich zum Sofa hinüber. Ich wusste nicht, ob ich mich darüber ärgern sollte, dass hier gerade vier Jahre der Erziehung verdorben wurden oder freuen, dass er sich zum ersten Mal seit wir hier waren frei bewegte. Ihn nun zurückzurufen erschien mir falsch. Verunsichert trank ich meinen Kaffee aus und beobachtete die beiden mit besorgtem Blick.

„Alles gut." Leonard beugte sich von hinten über mich, nahm meine Schüssel vom Tisch und mir die Tasse aus der Hand. Eine Geruchsmischung aus Pancakes und herbem Männerduschgel stieg mir in die Nase. „Sie hat nur Zugriff auf Lernspiele. Zählt, spielt Memory, lernt Formen, benennt Tiere und so. Ist alles kindersicher."

Ich verkniff mir die Aussage, dass es, um all das zu lernen, nun wirklich keine moderne Technik brauchte, und dankte ihm nur dafür, dass er wie selbstverständlich mein Geschirr mit abräumte. Zumindest schien er ordentlich zu sein. Halleluja.

Ohne Elliot aus den Augen zu lassen, räumte ich die Haferflocken und das Obst zurück an ihre Plätze und brachte Leonard das restliche Geschirr zum Waschbecken. Ich schnappte mir ein Geschirrtuch und trocknete ab, während eine unangenehme Stille zwischen uns entstand, die nur hin und wieder durch ein Geräusch aus Maddies Tablet durchbrochen wurde. Das Gefühl, ein ungebetener Gast zu sein, wollte einfach nicht weichen.

„Heute kommt sein Vater ihn abholen", kündigte ich an, um zumindest irgendetwas zu sagen und nickte in Richtung Elliot. „Zumindest will er es versuchen. Elliot ist sehr auf mich fixiert."

„Und du sehr auf ihn", schloss Leonard freundlich.

Ich ignorierte seine Bemerkung.

„Wo ist eigentlich Maddies Mutter?"

„Das wäre die letzte Tasse, danke." Leonard ließ das Spülwasser ablaufen und drückte mir die letzte, tropfende Tasse in die Hand, bevor er sich die Hände abtrocknete und sich mit seinem Smartphone in der Hand zu den Kindern gesellte.

Ich schloss die Augen und unterdrückte ein Stöhnen. Super Gespräch. Dankbar für diese willkommene Ablenkung zog ich mein vibrierendes Handy aus der Hosentasche. Mein Herz machte einen Satz, als ich Martens Namen auf dem Display las. Mit zittrigen Fingern drückte ich auf das grüne Telefonsymbol, um den

Anruf anzunehmen. Er hatte mich nicht ein einziges Mal angerufen, seit wir ausgezogen waren, sondern ausschließlich über Textnachrichten mit mir kommuniziert. Ob es einen bestimmten Grund dafür gab, dass er diese Gewohnheit nun durchbrach?

„Ähm … hallo?" Meine Stimme klang irgendwie nasal. Merkwürdig.

„Jo, bist du das?"

Eine Wärme, gepaart mit einem dumpfen Gefühl der Traurigkeit stieg in mir auf, als ich seine Stimme hörte. Wie immer klang er nüchtern und sehr ruhig.

„Ja. Ja, klar. Ich meine, ja, ich bin's, Jo", brachte ich hervor und klammerte mich an der Arbeitsfläche der Küche fest, als könnte sie mir den Halt geben, den ich gerade so dringend brauchte. „Was gibt's denn?"

Die ungezwungene Fröhlichkeit, die ich versuchte in meine Stimme zu legen, hörte sich gestelzt und aufgesetzt an, und ich wusste, dass Marten mich gut und lange genug kannte, um sich nicht davon täuschen zu lassen. Ich blickte aus dem Fenster. Es hatte zu regnen begonnen. Riesige graue Wolken verdunkelten den Himmel.

„Hör mal, Jo", sagte Marten gedehnt, „ich schaffe das heute nicht, Elliot zu mir zu holen. Ich habe einen wichtigen Termin, den ich völlig vergessen hatte."

„Beim Zahnarzt?"

„Was? Nein. Nicht beim Zahnarzt. Etwas anderes."

Er hatte definitiv keinen wichtigen Termin. Außer den zur Zahnreinigung, den er wohl – wie von mir prophezeit – vergessen hatte. Und wie immer, wenn er log, zog er die Worte unnötig in die Länge. Wie Kaugummi. Ich biss mir auf die Unterlippe.

„Gar nicht oder später als vereinbart?"

Marten nuschelte irgendetwas Unverständliches. Zuerst dachte ich, die Verbindung wäre schlecht, doch dann überwältigte mich völlig unerwartet die schreckliche Erkenntnis, dass er sich offensichtlich gerade mit jemandem absprach. Mit seiner Freundin wahrscheinlich. Sie hörte unser Gespräch also mit an. Plötzlich war mir speiübel. Ich presste eine Hand auf meinen angespannten Oberbauch.

Marten räusperte sich. „Gar nicht, Jo, sorry. Der Termin ist recht ... zeitaufwändig. Und wichtig. Das würde sich absolut nicht lohnen für den Kleinen. Du kommst doch auch ohne meine Hilfe klar, oder? Ich meine, Elliot ist pflegeleicht. Er kann dir ja beim Auspacken helfen oder so. Gib ihm einfach eine Aufgabe."

Etwas unangenehm Belehrendes lag in seiner Stimme, als er das sagte. Ich hatte diesen Charakterzug an ihm nie besonders gemocht, doch nun, in dieser Situation, fühlte es sich an wie ein Schlag ins Gesicht.

Ich nickte stumm.

„Jo?", fragte er, als wäre er sich nicht sicher, ob ich ihm noch zuhörte.

„Ja. Ja, ist okay. Gar kein Problem. Bis dann, Marten."

Ich drückte auf das rote Telefonsymbol, schob mir das Handy mit zitternden Händen zurück in die Hosentasche und verbarg für einen Augenblick das Gesicht in meinen Händen. Ich hatte mich selten so machtlos und gedemütigt gefühlt wie in diesem Augenblick.

Was fiel ihr ein, dieses Gespräch mit anzuhören? Genügte es ihr denn nicht, dass sie meine Beziehung zerstört hatte, meine Familie, mein Leben? Nun musste auch noch Elliot darunter leiden, indem ihm die ohnehin schon seltenen Treffen mit seinem Vater vorenthalten wurden. Er würde am Boden zerstört sein.

Ich warf einen von Tränen getrübten Blick zu ihm hinüber. Unwirsch fuhr ich mir mit dem Ärmel über die Augen. Er sollte mich nicht weinen sehen.

Doch Elliot bemerkte mich gar nicht. Inzwischen hatte er sich mit etwas Sicherheitsabstand neben Maddie gesetzt und verfolgte ihr Tun mit leicht offen stehendem Mund und glasigen Augen. Großartig! Jetzt war es so weit, er war schon abhängig. Ein Medien-Junkie. Sicher würde er nie wieder mit normalem Spielzeug spielen wollen. Es war ein riesengroßer Fehler gewesen, hierherzuziehen.

Doch was tat das noch zur Sache? Mein ganzes Leben ging gerade den Bach runter und Elliots gleich mit. Wie sollte ich ihm ein Fels in der Brandung sein, wo ich mich doch selbst kaum aufrechthalten konnte vor Schmerz, Demütigung und Angst?

Ich fing Leonards Blick auf, der von seinem Smartphone aufgesehen hatte und mich mit einer hochgezogenen Braue schweigend musterte. Abrupt wandte ich mich ab und eilte ins Badezimmer, wo ich im letzten Moment den Deckel der Toilette aufriss, auf die Knie fiel und mich übergab.

Nach einer Woche WG-Leben hatte ich bereits einiges über Leonard McEvans gelernt, das ich gerne vor dem Einzug gewusst hätte. Er war schlecht organisiert und chaotisch und rührte nur dann einen Finger im Haushalt, wenn er sich über irgendetwas aufregte und Ablenkung brauchte. War er verärgert, schrubbte er wie ein Wahnsinniger die Küche und polierte das

Ceranfeld auf Hochglanz, selbst wenn es bereits vorher von mir gereinigt worden war. Oder er wischte den Boden und hantierte derart übertrieben mit Essigreiniger, Desinfektionsspray und Backofenschaum, dass man anschließend alle Fenster aufreißen musste, um den durch Chemikalien verursachten Erstickungstod zu vermeiden.

Angesichts seines ungesunden Lebensstils inklusive Fast Food-, Zucker- und Zigarettenkonsum hätte er eigentlich um die zweihundert Kilo wiegen und längst schwer krank sein oder auf dem Sterbebett liegen müssen.

Klopfte es spät am Abend, wenn die Kinder schon schliefen, an der Tür, (und das war bereits dreimal geschehen, seit Elliot und ich hier wohnten) so war es immer eine Frau. Wahrscheinlich jedes Mal eine andere. Sie waren bemüht, leise zu sein, aber ich, schlaflos wie eh und je, hörte sie im Flur kichern, in der erfreuten, erregten Vorfreude, gleich vom göttlichen Leonard McEvans flachgelegt zu werden. Es war erbärmlich! Absolut erbärmlich. Und keine von ihnen blieb je über Nacht. Am nächsten Morgen waren sie (und mit ihnen auch der Geruch von aufdringlichem Parfum und Alkohol) lange verschwunden, bevor Maddie, Elliot und ich aufstanden.

Oh, Maddie – Maddie kannte keine Regeln. Sie rülpste bei Tisch, knallte die Türen und benutzte Ausdrücke, die mich gelegentlich darüber nachdenken ließen, Elliot einen Lärmschutzkopfhörer aufzusetzen. Es gab nichts, einfach absolut *nichts*, was dieses Kind nicht durfte: Eis zum Frühstück, den ganzen Tag im Schlafanzug zu bleiben und Filme in Dauerschleife anzusehen, gehörten zum Standardprogramm. Sie war frech, unhöflich und stur und hatte ihren Vater komplett um den Finger gewickelt, welcher sich gar nicht erst darum bemühte, etwas an diesem Zustand zu ändern. Ich wusste nicht, ob es Dummheit, Resignation oder bloß die absolute Unfähigkeit war, Kinder zu erziehen, und es wäre mir auch egal gewesen, wären diese beiden nicht unglücklicherweise ab und an in der Nähe meines Kindes gewesen.

Die Mitbewohnerbeziehung zwischen Leonard und mir blieb distanziert, und ich glaubte zu wissen, dass er mich ebenso unerträglich fand wie ich ihn. Wir sahen uns selten, und wenn, dann gingen wir uns tunlichst aus dem Weg. Ich war dankbar darüber, dass er in der Woche früh das Haus verließ, um Maddie in den Kindergarten zu bringen und zur Arbeit zu fahren, und erst am späten Nachmittag mit ihr zurückkehrte. Nach wie vor wussten wir beide nicht viel voneinander, nicht einmal, welchen Beruf wir ausübten, doch mir war definitiv auch nicht danach, diese Beziehung in irgendeiner Art und Weise zu vertiefen. Leonard McEvans war niemand, den ich nach dem Auszug aus dieser WG noch ein einziges Mal wiedersehen wollen würde. Ganz sicher nicht!

Um Elliots Willen funktionierte ich, auch wenn ich mich am liebsten im Bett zusammengerollt und mich selbst bemitleidet hätte – und dort für Wochen liegen geblieben wäre. Ich fuhr mit ihm zu seinen Terminen, förderte ihn weiterhin mit all den Spielen und Puzzles, die Marten und ich in den letzten Jahren gekauft hatten, und schaffte es sogar, tunlichst zu vermeiden, dass er mit Maddie fernsah. Oder Tablet spielte. Oder mit

Leonards Smartphone, das sie auch oft genug in den Händen hielt.

Wenn sie sich unartig benahm, ignorierte ich es und nahm ihn später beiseite, um ihm zu erklären, dass es sich nicht gehörte, in der Nase zu bohren, seine Popel zu essen oder andere Leute anzupupsen. Ein Glück, dass Elliot intelligent genug war, dies zu verstehen. Dennoch würde es nach unserem Auszug sicher eine Weile dauern, diese Erfahrungen aus unser beider Gedanken zu verbannen.

Wir machten lange Spaziergänge in der neuen kleinen Stadt und entdeckten sogar einen gepflegten Park mit Spielplatz, in den ich mich so oft wie möglich mit Elliot zurückzog. Und mit jedem Tag, der verging, begann meine Hoffnung, dass Marten mich auf Knien um Vergebung bitten und anflehen würde, nach Hause zurückzukehren, ein wenig kleiner zu werden. Was, wenn dieser Traum, den ich tagtäglich träumte, nichts als das bleiben würde – ein Traum?

Doch noch war ich nicht dazu bereit, mir dies ernsthaft vorzustellen. Ich würde eine eigene Wohnung suchen müssen, erneut umziehen ... und dann wäre diese Trennung endgültig, dann würde ich Elliot und mir selbst eingestehen müssen, dass wir nicht zurückkehren würden. Nie. Allein die Vorstellung ließ mein Herz rasen und meinen Magen rebellieren.

Es war wieder ein Samstag, für Elliot und mich der zweite in der WG, und ich hatte vergebens gehofft, dass unsere Mitbewohner etwas vorhaben und nicht da sein würden. Doch als wir frisch angezogen und eingecremt an den Frühstückstisch stießen, um das Früchtemüsli zu essen, das ich am Vortag gekauft hatte, saßen Leonard und Maddie bereits dort. Sie im verwaschenen Schlafanzug, (und ich wusste jetzt schon, dass sie ihn den ganzen Tag über tragen würde) er lediglich in Boxershorts und einem weißen Shirt, aßen ungesunde Cornflakes und schnitten sich gegenseitig mit offenem Mund Grimassen. Er hatte auffallend sportliche Beine. Schnell wandte ich den Blick ab. Nicht dass er sich noch etwas darauf einbildete, dass es mir aufgefallen war.

„Guten Morgen." Ich bemühte mich, nicht auf das alberne Spiel einzugehen (war es denn wirklich nötig, dass sich ein erwachsener Mann wie ein Kleinkind verhielt?) und reichte Elliot eine Schüssel und einen Löffel aus dem Küchenschrank.

„Guten Morgen, Josephin und Elliot Carter." Leonard stand auf, deutete eine alberne Verbeugung an und zeigte auf die Kaffeemaschine. Er war offensichtlich bester Laune. „Wie immer, Madame?"

Maddie prustete daraufhin Milchtropfen über den Tisch. Angewidert sah ich weg. Elliot jedoch kicherte unterdrückt. Leonard und ich tauschten einen kurzen Blick miteinander. Wie konnte er *das* unterstützen und auch noch lustig finden, anstatt seine Tochter zu ermahnen? Und außerdem – *wie immer* war ziemlich weit hergeholt, da Leonard mir bisher exakt *einen* einzigen Kaffee gemacht hatte.

„Gerne. Danke", sagte ich kühl.

Ich setzte mich neben Maddie und rückte an den Rand des Tisches, um beim nächsten Lachanfall nicht mit Milch bespuckt zu werden. Schweigend gab ich Elliot und mir Früchtemüsli und fettarme Milch in die Schüssel.

„Und?" Ich nickte Leonard kurz dankend zu, als er mir mit einer erneut albernen Verneigung den Kaffee reichte. „Was habt ihr vor an diesem schönen Tag?"

Strahlender Sonnenschein drang durch die großen Fenster im Wohnzimmer und ließ den ohnehin schon hellen Raum noch viel wärmer und lichtdurchfluteter wirken. Die Sonnenstrahlen schienen auf dem Parkett geradezu zu tanzen. Diese Wohnung wäre wirklich perfekt gewesen – wenn nur Leonard und Maddie nicht gewesen wären.

Ich nippte gedankenverloren an meinem Kaffee. Niemals hätte ich es vor Leonard zugegeben, aber er machte eindeutig den wohlschmeckendsten und wohlriechendsten Kaffee, den ich in meinem Leben getrunken hatte. Als wäre irgendeine Geheimzutat darin, die niemand anders kannte.

„Ich muss heute zu Oma und Opa." Maddie hörte jäh auf zu kichern und legte ihren Löffel geräuschvoll auf den Tisch. „Aber morgen früh holt Papa mich dort ab, und dann fahren wir beide in den Zoo!"

„Oh, das ist toll", sagte ich mit aufrichtiger Begeisterung in der Stimme. Heute hatten wir also Ruhe vor Maddie und morgen vor Maddie *und* Leonard. Bestens. Fantastisch!

„Ja", Maddies Gesicht hellte sich wieder auf, als ihr offensichtlich ein toller Gedanke in den Kopf schoss. „Kommt doch mit uns in den Zoo!"

„Ja!!!", jubelte Elliot in einer Lautstärke, die ich von ihm nicht gewohnt war.

Großer Gott. *Nein!*

„Oh, auf gar keinen Fall." Ich schüttelte abwehrend den Kopf. „Wir wollen euch doch unsere Gesellschaft an eurem schönen Vater-Tochter-Tag nicht aufzwingen.“

„Josephin und Elliot haben ganz sicher schon etwas anderes vor“, tat auch Leonard sein Widerstreben kund.

„Nein, haben wir nicht“, entgegnete Elliot schneller als ich reagieren konnte.

Ich bedachte ihn mit einem tadelnden Blick.

„Gut, dann kommt ihr also mit“, Maddie nickte bekräftigend, und die beiden strahlten einander an und nahmen uns somit sämtlichen Wind aus den Segeln.

Leonard und ich tauschten unbemerkt einen widerwilligen Blick miteinander. Es war mehr als deutlich, dass er uns nicht dabeihaben wollte, und auch ich hatte wenig Lust, den Sonntag mit den beiden nervigsten Mitbewohnern der Weltgeschichte zu verbringen.

„Weißt du, Maddie hat seit Monaten niemanden angelächelt außer mich“, sagte Leonard ernst, als ich nach dem Frühstück den Tisch abzuräumen begann.

Verwundert hielt ich inne. Dann seufzte ich. „Elliot auch nicht“, gab ich kleinlaut zu.

„Wir sollten den beiden die Freude lassen“, murmelte Leonard, und obwohl ich nach wie vor der Meinung war, dass dies nur im absoluten Desaster enden konnte, zuckte ich mit den Schultern und stimmte mit einem Nicken zu. Und dann geschah etwas Seltsames: Leonard McEvans lächelte mich an. Etwas verunsichert lächelte ich zurück. Ein unangenehmer Moment entstand, in dem wir beide nicht so recht zu wissen schienen, was wir tun sollten. Als es just in dieser Sekunde an der Tür klingelte, wandten wir uns mit deutlicher

Erleichterung voneinander ab. Ich lief zur Tür, um zu öffnen.

Ich hatte mit Marten gerechnet, der womöglich ein schlechtes Gewissen wegen seiner späten Absage in der Woche zuvor hatte und deshalb früher gekommen war, um seinen Sohn zu sehen. Elliot sollte bei ihm übernachten, und obwohl ich weder viel davon hielt noch daran glaubte, dass es funktionieren würde, freute ich mich darauf, ihn zu sehen – meinen Verlobten. Denn noch war er das ja. Irgendwie.

Doch ich hatte mich geirrt. Ein untersetzter Mann mit einem dunklen Schnauzbart und eine umso zartere, elegant gekleidete Frau mittleren Alters, deren verhärtete Gesichtszüge mir seltsam bekannt vorkamen, standen mir gegenüber. Beide trugen einen langen schwarzen Mantel und dunkle Schuhe. Ehe ich etwas sagen konnte, erschien Leonard neben mir und zog mich unsanft am Arm zurück neben sich, als ob er einen Abstand zwischen mich und die beiden Fremden bringen wollte. Ich war so von seiner Reaktion überrascht, dass ich ihn wie erstarrt gewähren ließ.

„Sally. Paul", begrüßte er sie mit unterkühlter Stimmlage. „Weshalb seid ihr schon hier? Wir hatten uns auf den Mittag geeinigt, und es ist", er warf einen kurzen, prüfenden Blick auf seine Armbanduhr. „noch nicht mal halb zehn."

„Wir haben nun wohl ein Anrecht darauf, auch alleinig und spontan zu entscheiden, wann wir unser Enkelkind abholen", entgegnete die Frau steif. „Wir waren nun einmal gerade in der Gegend, und es passt uns jetzt wesentlich besser als am Mittag."

„Dennoch hättet ihr Bescheid sagen können", sagte Leonard dumpf.

Er bat sie nicht hinein. Eine furchtbar unangenehme Spannung lag in der Luft, so flirrend und explosiv, dass ich mir sicher war, sie spüren zu können. Beinahe konnte man sie sogar sehen.

Ich fühlte mich fehl am Platz und wäre lieber zurück in die Wohnung gegangen, um dieser intimen, persönlichen Anspannung Luft zu lassen, doch seltsamerweise hielt Leonard immer noch meinen Arm fest, fast so, als würde er Halt an mir suchen. Seine Finger waren zwischen Handgelenk und Ellenbogen um meinen Unterarm geschlungen, mit einem Griff, der so fest war, dass es beinahe wehtat.

„Maddie!", rief er so plötzlich, dass ich zusammenzuckte und ohne den Blick von den beiden abzuwenden, als wolle er sie auf keinen Fall aus den Augen lassen. „Deine Großeltern sind hier."

„Aber ich dachte …", protestierte sie aus der Ferne.

„Maddie, sofort!" Ein strenger Unterton lag mit einem Mal in seiner Stimme, den ich nie zuvor gehört hatte.

Maddie erschien wenige Augenblicke später schlecht gelaunt und mit einem kleinen schäbigen Rucksack an der Tür. Leonard ließ endlich meinen Arm los, ging in die Knie, drückte sie an sich und flüsterte ihr etwas zu, woraufhin sie mit trauriger Miene nickte und zu ihren Großeltern trat.

„Guten Tag, Madeline", sagten beide synchron und furchtbar förmlich, und mir entging nicht der Blick, den sie über das Mädchen und dessen Schlafanzug gleiten ließen. Innerlich ärgerte ich mich über Leonard. Wieso hatte er sie nicht umgezogen? Oder zumindest mal gekämmt? Sie machte so doch einen grauenhaft ungepflegten Eindruck auf diese herausgeputzten Menschen.

Maddie begrüßte ihre Großeltern nicht einmal, was mir merkwürdig vorkam, für Leonard aber völlig normal zu sein schien.

„Zieh sie bitte vernünftig an, Leonard", verlangte Maddies Großmutter von oben herab. „Wir werden sicher nicht mit einem Kind auf die Straße gehen, das einen Schlafanzug trägt!"

„Sie ist fünf, sie kann sich selbst anziehen", schloss Leonard, ohne seine ehemalige Schwiegermutter anzusehen, woraufhin Maddie ihren Rucksack fallen ließ, zurück in ihr Zimmer schlurfte und kurz darauf in anderer Kleidung erschien. Ob diese jedoch besser war als der Schlafanzug, den sie zuvor getragen hatte, wagte ich zu bezweifeln, und auch das Gesicht ihrer Großeltern sprach Bände, als das Mädchen seinen Rucksack erneut schulterte. Sie trug nun einen dünnen dunkelblauen Strickpulli und eine Jeanshose mit einem Loch im Knie, worüber sie ein gelbes Sommerkleid mit Blumendruck gezogen hatte. An ihren Füßen befanden sich zwei unterschiedliche Strümpfe. Ich biss mir auf die Unterlippe. Leonard ließ sich nichts anmerken.

Er winkte seiner Tochter noch einmal kurz zu, bevor er leise die Tür schloss.

Erst in diesem Augenblick wurde mir klar, woher ich den Mann kannte und weshalb mir die Gesichtszüge der Frau so vertraut vorgekommen waren.

„McEvans. Natürlich!" Ich starrte Leonard mit weit aufgerissenen Augen an und schlug mir mit der flachen

Hand vor die Stirn, weil es mir nicht schon früher aufgefallen war. „Deine Frau war Cassidy McEvans."

„Ach, wirklich?", Leonard schien unbeeindruckt.

Ich wusste nicht, was mir in diesem Moment mehr zusetzte: Die Tatsache, dass ich die ganze Zeit über solche Vorurteile gegenüber Maddie gehegt hatte, obwohl das arme Mädchen erst vor kurzem – ich rechnete kurz und kam auf etwa vier Monate – seine Mutter verloren hatte, oder die, dass Leonard offenbar ein noch viel schlechterer Kerl war, als ich ohnehin schon dachte ... Ich lebte also mit dem Witwer der Frau zusammen, auf deren Beerdigung mein Verlobter mich verlassen hatte. Mein Gehirn verkrampfte sich schmerzvoll. Das Schicksal konnte grausam sein.

Ich warf einen Blick zu Elliot hinüber, der auf dem Sofa saß und mit einem Holzauto spielte. Mit leicht geöffneten Lippen und träumerischem Blick ließ er es rückwärts über die Lehne sausen. Maddies Tablet lag auf dem Couchtisch und dudelte leise vor sich hin. Sie hatte es nicht einmal ausgeschaltet. Ob sie sich ohne das Ding überhaupt beschäftigen konnte? Oder hatte sie bei den Großeltern zu Hause ein zweites?

Mit gerunzelter Stirn musterte ich meinen Mitbewohner. Marten hatte gesagt, Leonard hätte seine Frau betrogen und verlassen, als sie krank wurde und ihn am meisten gebraucht hätte. Kein Wunder, dass die Stimmung zwischen ihm und ihren Eltern so angespannt gewesen war. Wenn ich das doch nur früher gewusst hätte! Ich wäre niemals hier eingezogen. Diese Tatsache machte ihn in meinen Augen noch viel unsympathischer, als er aufgrund seines Auftretens sowieso schon war.

Gerade versuchte ich noch, diese unangenehme Erkenntnis zu verarbeiten, als es erneut klingelte. Hatten sie etwas vergessen? Ich riss die Tür auf, und Leonard erschien neben mir, offenbar ebenfalls in der Annahme, dass Maddie und ihre Großeltern noch einmal zurückgekehrt waren. Doch an ihrer Stelle blickte uns nun ein verdutzt wirkender Marten entgegen. Er ließ seinen Blick von mir zu Leonard und wieder zurückgleiten und öffnete und schloss seinen Mund dabei wie ein Fisch auf dem Trockenen. Hätte mein Herz bei seinem Anblick nicht für eine gefühlte Ewigkeit lang aufgehört zu schlagen, bevor es schmerzhaft und umso schneller weiterklopfte, hätte ich bei dem komischen Gesicht, das er machte, sicher lachen müssen.

„Hallo, Marten." Ich deutete mit dem Daumen auf Leonard. „Das ist Leonard, mein Mitbewohner."

„M ... Mitbewohner?" Marten schob sich seine Brille hoch auf den Nasenrücken und versuchte unbeeindruckt zu wirken.

Leonard war einen guten Kopf größer als er.

Unbeholfen schüttelte er die ihm entgegengestreckte Hand Leonards, bevor er sich mir wieder zuwandte. „Als du schriebst, ihr lebt jetzt vorübergehend in einer WG, da dachte ich eher an eine ... nun ja ... an eine Mitbewohnerin."

Er betonte die weibliche Form mit beschwörender Stimme, als würde sie eine Geheimbotschaft in verschlüsselter Sprache beinhalten, die nur ich zu verstehen vermochte.

Leonard grinste, verschränkte die Arme vor der Brust und schien es sich nicht nehmen lassen zu wollen, dieser Begegnung beizuwohnen. Seine Laune, die vorhin beim Auftreten von Cassidys Eltern noch so mies gewesen war, hatte sich offensichtlich schlagartig verbessert. Unter normalen Umständen hätte ich Marten sofort erzählt, was für ein widerwärtiger Typ Mensch Leonard war. Doch die Unsicherheit in seinem sonst stets so sicheren Auftreten gefiel mir irgendwie. War er etwa eingeschüchtert von Leonard? Verunsichert? Womöglich sogar ein wenig eifersüchtig? Was bedeuten würde, dass ich einem kleinen Teil von ihm doch noch etwas bedeutete ...

Ermutigt schenkte ich Leonard mein strahlendstes Lächeln. Dass wir uns nicht ausstehen konnten, wussten wir beide – aber Marten wusste es nicht.

„Würdest du bitte Elliot holen?", fragte ich zuckersüß.

Leonard schien zu verstehen und ging sofort darauf ein.

„Aber natürlich", antwortete er gespielt galant, zwinkerte mir zu und wandte sich von uns ab.

„Jo, also wirklich!" Marten setzte seine jäh beschlagene Brille ab, zog ein Brillenputztuch aus seiner Hosentasche und begann sie umständlich zu säubern, bevor er sie wieder auf seine Nase setzte und mit dem Zeigefinger hochschob. „Eine WG? Ernsthaft? Wie alt bist du? Achtzehn?"

Ich spürte, wie mir das Lächeln aus dem Gesicht glitt. Säuerlich schob ich das Kinn vor. Da war es also, das heiß ersehnte Treffen nach einer unfassbar langen Zeit – und er hatte nichts Besseres zu tun als mich zu kritisieren?

„Und dann mit so einem Kerl?", wisperte Marten, gerade so laut, dass ich ihn noch hören konnte. „Der sieht aus, als würde er ..."

Doch wie er in Martens Augen aussah, hörte ich nicht mehr, denn er verstummte abrupt, als Leonard mit Elliot im Türrahmen erschien. Mit einem ziemlich gequält aussehenden Lächeln ging Marten in die Knie und umarmte seinen Sohn, der ihn mit großen Augen überrascht ansah.

Sofort schmolz meine Gereiztheit dahin, und mein Herz machte einen Satz. Diese beiden waren alles, was ich je gewollt hatte und je wollen würde. Was war nur mit uns geschehen, dass wir uns so fern waren, obwohl nur ein guter Meter zwischen uns lag?

Wann merkte Marten denn endlich, dass das ... genau das ... das war, dem er den Rücken zugekehrt hatte? Dass wir drei zusammengehörten – Mutter, Vater und Kind? Martens und mein Blick trafen sich, doch als ich ihn anlächelte, wandte er den Blick ab, hob Elliot auf seine Schultern und nahm die vollbepackte Tasche an, die ich ihm reichte.

„Halt ihn bloß gut fest", konnte ich mir nicht verkneifen zu sagen.

Wenn Elliot ihm von den Schultern rutschte und die Treppen herunterfiel ... undenkbar! Wir würden ins Krankenhaus fahren müssen, und ich wusste noch nicht einmal, welches das nächste und beste in der Gegend war.

„Klar." Marten musterte meine Füße. Irgendetwas schien ihn mit einem Mal davon abzuhalten, mir ins Gesicht zu sehen.

„Und ... ähm ... bitte leg ihn pünktlich um halb sieben schlafen. Sonst ist er übermüdet und schläft ewig nicht ein, und du weißt, wie es ihm dann geht", setzte ich hinzu. „Und ruf an, wenn er es sich anders überlegt! Ich komme ihn sofort holen, ich … ich bin erreichbar und werde sofort losfahren, wenn du anrufst."

„Klar", wiederholte Marten, immer noch ohne mir in die Augen zu blicken.

Ich räusperte mich. „Und er soll nichts Süßes essen. Er … er bekommt sonst wieder Verstopfung. Und … ähm … ich habe seine Lieblingspflaster eingepackt. Er möchte manchmal eins haben, einfach so, obwohl er sich nicht wehgetan hat. Und … also falls er eins möchte, kannst du ihm eins davon geben."

Marten, Leonard und sogar Elliot sahen mich an, als würden sie ganz genau wissen, dass ich gerade Zeit schindete, während ich ohne Sinn und Verstand vor mich hinplapperte. Ich spürte, wie ich rot anlief.

Elliot und ich waren nie voneinander getrennt gewesen, und alles in mir sträubte sich dagegen, ihn gehen zu lassen. Vor allem über Nacht. Kopflos suchte ich nach weiteren Gründen, diesen Abschied in die Länge zu ziehen, doch als sie mir schließlich ausgingen und Elliot immer noch höchst zufrieden schien, atmete ich tief ein und wieder aus. Ich zwang mich zu einem Lächeln und winkte den beiden zu.

Und in dem Moment, in dem die Tür zufiel, geschah etwas Seltsames. Etwas, mit dem ich selbst nicht gerechnet hätte. Ein alles erdrückendes Gefühl breitete sich in mir aus, wie ein Brand, der mit einem kleinen Funken begann und innerhalb weniger Sekundenbruchteile zum Lauffeuer wurde. Doch es war wider Erwarten keine Traurigkeit, die mich erfüllte, sondern eine tiefe, fast bodenlose Leere. Fast viereinhalb Jahre lang hatte ich keinen Gang ohne Elliot erledigt, außer bei der Beerdigung von Cassidy McEvans, hatte ihn oft sogar mit zur Toilette genommen, da er nicht ohne mich sein wollte – und ich nicht ohne ihn. Nun so plötzlich ohne ihn zu sein, fühlte sich an, als hätte man mir mein Herz aus der Brust genommen und nur eine leere Hülle zurückgelassen.

Ich erinnerte mich daran, dass ich schon einmal so gefühlt hatte. Genau so. Mein Kopf krampfte sich zusammen und führte mich zurück in eine Vergangenheit, in der ich mit einer schmerzenden, tiefen und frischen Kaiserschnittnarbe in einem Krankenhausbett mit kratziger Bettwäsche gelegen hatte. Mit Blumen, Karten und teuren Pralinen auf dem Nachttisch. Aber allein. Allein! Während mein Baby weit von mir entfernt an Schläuche angeschlossen und in einem Brutkasten um sein Leben gekämpft hatte. Ich hatte mich genauso leer, genauso nutzlos, genauso beraubt gefühlt wie just in diesem Augenblick.

Einen Moment lang starrte ich die geschlossene Tür noch an, fast als würde ich darauf warten, dass Elliot anklopfte und es sich anders überlegt hatte. Doch die Schritte von Marten hatten sich längst aus dem Treppenhaus entfernt. Wahrscheinlich schnallte er ihn gerade bereits an, war eventuell sogar schon losgefahren. Zu unserem eine Fahrstunde weit weg entfernten Haus.

Leonard sagte irgendetwas, aber ich nahm ihn gar nicht richtig wahr. Wie betäubt schlurfte ich in mein Zimmer, ließ die Tür offen stehen und setzte mich auf die Bettkante. Ich konnte mein eigenes Herz schlagen hören. Mein Blick fiel auf den Wochenplaner. Was, wenn ich einen von Elliots Terminen vergessen hatte, zu denen Marten ihn gar nicht fahren können würde?

Mit einem immer noch schummrigen Gefühl stand ich auf, nahm ihn an mich und ließ mich wieder auf das Bett sinken.

„Alles in Ordnung?" Leonards Stimme drang wie durch eine Nebelwand zu mir durch. Er stand im Türrahmen und musterte mich mit gerunzelter Stirn.

Ich fuhr mit dem Finger die Tagesplanung nach. Und sicherheitshalber auch die morgige. Langsam kehrte das Gefühl in meinen Körper zurück. Meine Finger kribbelten unangenehm. Ich nickte.

„Sieht nicht so aus." Leonard trat langsam näher, setzte sich mit einem minimalen Abstand neben mich und nahm mir den Planer aus der Hand.

Unter anderen Umständen wäre ich über seine Dreistigkeit schockiert gewesen, doch in diesem Augenblick war es mir beinahe egal. Meine Beine fühlten sich zittrig an – wie Wackelpudding. Ich legte meine erkalteten Hände darauf.

„Ich … ich glaube, ich habe Mr. Affe vergessen", brachte ich mit hohler Stimme hervor.

„Du … was?", Leonard schien verwirrt.

„Mr. Affe." Ich ließ mich auf den Boden sinken und sah unter dem Bett nach. „Elliots Lieblingskuscheltier. Ohne den geht er nirgendwohin und … na ja …", ich stand auf und durchwühlte fieberhaft das Bett, „… ich weiß, dass ich ihn eingepackt habe. Aber was, wenn Elliot ihn wieder rausgenommen hat und ich es nicht bemerkt habe?" Ich wandte mich um, um den Rest des Raums zu durchsuchen, doch mir wurde mit einem Mal schummrig zumute.

Leonard griff nach meinem Handgelenk. „Setz dich, Josephin." Bestimmend zog er mich zurück auf die

Bettkante. „Atme. Elliot geht es gut. Er ist bei seinem Vater. *Mit* Mr. Affe“, setzte er eilig hinzu.

Sein Blick fiel auf den Planer, den er immer noch in der Hand hielt. Mit gerunzelter Stirn überflog er meine eng stehende Schrift.

„FKK?“

„Frühförderung für kluge Kinder.“ Ich zuckte mit den Schultern. „Das ist ein spezieller Treff für höchstwahrscheinlich hochbegabte Kindergartenkinder und ihre Eltern. Zum Austausch und ...“

Leonards Blick ließ mich verstummen.

„Aber die Abkürzung ist grausig, das stimmt.“

Leonard schien ein Lachen unterdrücken zu müssen. „Ein Treffen für Eltern, die glauben, dass ihre vierjährigen Kinder eventuell hochbegabt sind? Als ob es so etwas geben würde!“

„Natürlich gibt es so etwas. Siehst du doch.“

„Montags Logopädie und musikalische Früherziehung, dienstags Kinderyoga, mittwochs Ergotherapie und Mutter-Kind-Turnen, donnerstags kreatives Gestalten, freitags ... sag mal, *spielt* er eigentlich auch hin und wieder?“

„Er hat genug Zeit zum Spielen“, antwortete ich kühl und riss ihm den Planer aus der Hand. Meine Wut hatte das Schwindelgefühl vertrieben. „Frühe Förderung schließt eine unbeschwerte Kindheit nicht aus!“

„Das habe ich auch nie behauptet.“ Leonard hob abwehrend die Hände, legte den Kopf schief und setzte sein, wie er zu glauben schien, charmantestes Lächeln auf. „Hast du heute Abend schon was vor?“

Ich verzog das Gesicht. Schnell rutschte ich ein Stück weit von ihm weg.

Leonard lachte schallend. „Keine Panik, Josephin Carter. Seit ich dich kenne, weiß ich definitiv, dass du nicht mein Typ bist."

„Du bist auch nicht mein Typ", beeilte ich mich zu sagen. Nicht dass er da irgendwas falsch verstand.

„Da sind wir uns ja endlich mal in einer Sache einig." Er erhob sich mit einer auffallend geschmeidigen Bewegung vom Bett, trat zum Türrahmen und lehnte sich lässig dagegen, als er sich noch einmal zu mir umwandte.

„Ich gehe heute Abend mit ein paar Freunden aus", sagte er gedehnt. „Bevor du dich zu Tode langweilst oder wie ein psychisch gestörter Stalker in Embryostellung vorm Haus deines Ex übernachtest..." Er machte eine bedeutungsschwere Pause. „Komm doch einfach mit."

Ich stieß ein verächtliches Lachen aus. Es sprachen so viele Gründe dagegen, ihn zu begleiten, dass ich einen ganzen Block benötigt hätte, um sie niederzuschreiben.

Erstens: Ich würde sowieso zu Hause bleiben. Sicherheitshalber. Falls Marten anrief, weil Elliot zu mir wollte. Zweitens: Ich hatte absolut keine Lust auszugehen.

Drittens: Ich hatte nichts zum Anziehen. Viertens: Leonard McEvans war nach wie vor Leonard McEvans, und wenn das nicht Grund genug war, dann wusste ich auch nicht. Keine zehn Pferde würden mich dazu bringen, mit ihm auszugehen. Nicht heute und nicht in hundert Jahren.

Andererseits ... die Vorstellung, völlig alleine in dieser Wohnung zu sein und mit glasigem Blick das Handy anzustarren, in der Hoffnung, dass es klingen würde, ließ mich erschaudern. Die Zeit würde nicht rumgehen. Ich würde mich zu Tode langweilen und leer, traurig und nutzlos sein. Und Flashbacks von der Zeit nach dem Notkaiserschnitt haben.

Mit zusammengekniffenen Augen starrte ich Leonard McEvans an, der mit einem geduldigen Gesichtsausdruck immer noch am Türrahmen lehnte und mich ansah, obwohl eine Ewigkeit vergangen sein musste, seit er mir die Frage gestellt hatte.

„Also … ja?", fragte er.

Ich schluckte. Wollte ich das? Um nichts in der Welt! Aber welche Wahl hatte ich sonst? Hierbleiben? Zu meiner Mutter fahren, die sich keine Mühe geben würde zu verbergen, wie genervt sie von mir war? (Sie hatte sich nicht ein einziges Mal gemeldet und nach unserem Wohlergehen gefragt, seit wir bei ihr ausgezogen waren.) Vor Martens Haus parken und die ganze Nacht durchweinen?

Ich nickte grimmig. „Ja, okay", hörte ich mich selbst sagen. „Ja, ich komme mit."

Kapitel 4

Wodka Red Bull

Es waren über fünf Jahre vergangen, seitdem ich zuletzt ausgegangen war. Marten und ich hatten mit alkoholfreien Cocktails auf die Schwangerschaft angestoßen – und auf all das, was noch kommen sollte. Auf eine baldige Hochzeit. Auf das Leben in unserem wundervollen Traumhaus. Auf so vieles, das er vor dreieinhalb Monaten mit Füßen getreten hatte.

Unschlüssig stand ich vor dem Kleiderschrank, den ich wenige Tage zuvor erst aufgebaut und ordentlich eingeräumt hatte, und der mir nun seltsam leer erschien. Meine Kleidungsstücke waren im Gegensatz zu früher recht schlicht, die Menge übersichtlich und die Farben gedeckt. Ich trug meist Jeans oder schwarze Hosen, lange Oberteile und weit fallende Blusen. Und ich liebte Strickjacken. Vor der Schwangerschaft mit Elliot hatte ich viel Wert auf teure und hochwertige Markenkleidung gelegt, auf auffallende Farben und Stoffe, die sich eng an meinen damals nahezu perfekten Körper geschmiegt hatten, um ihn ins rechte Licht zu rücken.

Marten hatte mir ständig neue, teure Outfits geschenkt und mir Komplimente gemacht, was beides, wie mir nun im Nachhinein schmerzlich bewusst wurde, in den letzten Jahren immer weniger und weniger geworden war, bis es schlussendlich ganz verebbt war. Ein untrüglicher Vorbote der Trennung. Weshalb hatte ich das nicht gespürt? Womöglich hätte ich etwas ändern können, hätte das Ruder noch rumreißen können.

Mit Wehmut ließ ich meinen Blick über meine Kleidung gleiten. Nur einen kleinen Rest, bestehend aus insgesamt fünf Kleidern, hatte ich aufbewahrt und mit in diese Wohnung genommen. Von allem anderen hatte ich mich im Laufe der Jahre getrennt. Es war zu eng geworden, hatte sich nicht mehr gut angefühlt und außerdem hatten die Anlässe gefehlt, das alles zu tragen. Die Beerdigung von Cassidy McEvans war tragischerweise unser erster Ausflug zu zweit, seitdem Elliot auf der Welt war. Nur ungern hatte ich ihn meiner Schwiegermutter überlassen und im Auto ein paar Tränchen verdrückt, während Marten mit Unverständnis reagiert hatte. Diese Fahrt schien Lichtjahre entfernt zu sein.

Nachdenklich nahm ich ein Kleid nach dem anderen heraus, betrachtete es kurz und hängte es kopfschüttelnd zurück.

Vielleicht sollte ich einfach in Jeans und T-Shirt gehen. Die Augen etwas betonen, ein wenig Haarspray in die Haare geben und fertig. Es war schließlich kein wichtiger Abend. Nur irgendein Club. Und jede Menge fremde Menschen. Und Leonard McEvans.

Ich nahm das fünfte und letzte Kleid aus dem Schrank und strich mit einem liebevollen Seufzer darüber. Dieses war einst mein Lieblingsteil aller Lieblingsteile gewesen – ein apricotfarbener knielanger Traum aus Seide, mit halblangen Ärmeln, weich fallendem Faltenrock und einem Reißverschluss am Rücken. Ich hielt es eine gefühlte Ewigkeit lang vor mich und betrachtete mich in der Spiegeltür des Schranks, bevor ich entschieden den Kopf schüttelte.

Dieses Kleid war eindeutig zu teuer, zu schick und zu wertvoll für diesen Abend. Ich nahm eine schwarze Hose, ein schwarzes Top und einen dunkelblauen Blazer aus dem Schrank und ging damit gedankenverloren ins Badezimmer. Das würde genügen. Ich hatte schließlich nicht vor, irgendjemandem zu gefallen. Ich wollte einfach nur nicht allein sein.

Im Vorübergehen warf ich einen Blick auf Leonard, der auf dem Sofa lag und mit seinem Handy spielte, ohne dabei Notiz von mir zu nehmen. Immer noch zweifelte ich daran, ob es eine gute Entscheidung gewesen war, die ich getroffen hatte. Auszugehen mit Leonard McEvans ... dem Kerl, der vor gar nicht allzu langer Zeit seine todkranke Ehefrau betrogen und verlassen hatte. Der sein Kind ungepflegt herumlaufen und alle paar Tage eine andere Frau bei sich im Bett übernachten ließ. Es machte nicht einmal den Eindruck auf mich, als würde er Maddie, nun, da sie fort war und in Anbetracht dessen, wie traurig sie beim Abschied gewesen war, vermissen.

Im Badezimmer schloss ich ab, versicherte mich, dass die Tür wirklich verriegelt und mein Handy wirklich auf die lauteste Ruftoneinstellung gestellt war (falls Marten wegen Elliot anrief, was durchaus möglich war) und stieg unter die Dusche. Das heiße Wasser, das auf mich herabprasselte, entspannte mich ein wenig, wenn auch nicht genug. Eine gefühlte Ewigkeit lang stand ich einfach nur mit geschlossenen Augen da und ließ es auf mich niederregnen. Ohne zu denken, ohne zu fühlen, ohne irgendetwas zu tun.

Dann, wie aus einer Trance erwachend, wusch ich mir eilig die Haare, stellte das Wasser ab, stieg aus der Dusche und griff, noch bevor ich mir ein Handtuch nahm, nach meinem Handy.

Kein Anruf. Keine Nachricht. Ich biss mir auf die Unterlippe. Nur allzu gerne hätte ich Marten gefragt, ob alles gut lief, ob Elliot sich wohlfühlte, ob er vielleicht nach Hause wollte. Kurz war ich hin- und hergerissen, dann tippte ich wie ferngesteuert eine Nachricht ein.

Alles gut bei euch? Ich könnte ihn abholen kommen, falls irgendwas ist. Bin sowieso gerade in der Nähe.

Das stimmte zwar nicht, aber es würde sich einrichten lassen. Inzwischen war es fast 18 Uhr, und es fühlte sich an, als hätte ich meinen Sohn seit Tagen nicht gesehen. Doch Marten antwortete nicht.

Unzufrieden trocknete ich mich ab und griff nach meiner Kleidung, als das Kleid unter dem Blazer herausrutschte und zu Boden fiel. Erstaunt hob ich es hoch. War ich so in Gedanken versunken gewesen, dass ich es unwillentlich mitgenommen hatte, anstatt es, wie eigentlich angedacht, zurück in den Schrank zu hängen?

Es war wirklich bezaubernd. Verträumt betrachtete ich es, dann legte ich es zurück und beschloss, später zu entscheiden, ob ich es anziehen würde.

Anschließend massierte ich eine Handvoll Schaumfestiger in meine Haare und föhnte sie vornübergebeugt trocken. Als ich mich wieder aufrichtete, fielen sie mir in großen definierten Locken über die Schulter.

Ich nahm mein Handy in die Hand. Immer noch keine Antwort. Mit einem unterdrückten Seufzen legte ich es wieder beiseite und schüttete den Inhalt meiner Kosmetiktasche ins Waschbecken. Meine in den letzten Jahren sehr selten benutzte Schminke kam zum Vorschein.

Immer noch hoffte ich die ganze Zeit über, dass sich etwas anderes ergeben würde, um diesen einsamen Abend und diese einsame Nacht irgendwie verbringen zu können. Ganz langsam, als würde das Verzögern meiner Bewegung dem Ganzen irgendwie entgegenwirken können, begann ich, eine Schicht Make-up aufzutragen. Und dann noch eine. Ich hielt inne und lächelte meinem Spiegelbild grimmig zu. Sollte Marten sich innerhalb der nächsten Stunden melden, würde ihm sicher nicht entgehen, wie gut ich aussah. Und wer weiß, vielleicht würde ihn das endlich dazu bringen, zu mir zurückzukommen. Sich zu erinnern. An mich. An uns. Sich vor Augen zu führen, was er verloren hatte, was er hatte gehen lassen.

Etwas entschlossener ergriff ich meinen Puderpinsel und trug das teure farblose Fixierungspuder, das ich mir vor Jahren gekauft und viel zu selten benutzt hatte, auf, dicht gefolgt von einem Hauch dunkelrotem Rouge. Und während ich so dastand und mir die Augenbrauen nachzeichnete, flogen meine Gedanken weit, weit fort, in eine Vergangenheit, in der ich Elliot noch nicht vermisst hatte. In eine Vergangenheit, in der es ihn noch nicht einmal gegeben hatte.

„Du siehst toll aus, Jo." Ein acht Jahre jüngerer Marten lächelte mich an, mit jenem Glanz in den Augen, der mir sagte, dass ich alles war, was er sich je gewünscht hatte. Sanft nahm er mir den Lippenstift und den Handspiegel aus den zittrigen Fingern und ließ beides mit einer galanten Bewegung in meiner Handtasche verschwinden.

Wieder ein Casting. Wieder eine neue Chance, mein Können zu zeigen. Und dennoch war ich kein Stück entspannter als beim letzten. Ich rang mir ein Lächeln ab und sah mich im Warteraum um, in dem außer mir noch fünf andere Models darauf warteten, aufgerufen zu werden – die einen mehr, die anderen weniger aufgeregt. Eine auffallend dünne Asiatin mit blondem Pagenkopf aß einen Apfel, während das Mädchen, das ihr gegenübersaß und sicher noch nicht volljährig war, ständig schier zwanghaft über seine glatten, hüftlangen samtschwarzen Haare strich.

Ich seufzte. Kannte man einen Warteraum, kannte man alle. Es waren immer dieselben unbequemen Stühle und dieselben glänzenden Modezeitschriften, die sich sowieso niemand ansah. Marten legte mir eine Hand auf das Knie. Wie so oft schon war ich die Einzige mit Begleitung, doch das machte mir nichts aus. Im Gegenteil, ich genoss es, dass er ein derart großes Interesse zeigte, mich finanziell dabei unterstützte und mir immer wieder sagte, wie wunderschön ich doch war. Er war es gewesen, der als Erster ein Model in mir gesehen hatte. Der mir das erste Casting besorgt hatte. Der mich immer wieder dazu animiert hatte, weiterzumachen.

Außerdem war er ein schmucker Begleiter mit seinen sanften blauen Augen, dem blonden Seitenscheitel und dem guten Kleidergeschmack. Er schob sich die Brille mit dem Zeigefinger hoch auf den Nasenrücken und lächelte mir aufmunternd zu, als mein Name aufgerufen wurde.

Dass ich eigentlich gar kein Model sein wollte und nie eins hatte sein wollen, das brachte ich auch nach diesem Casting nicht über die Lippen.

„Hey, Dramaqueen! Hast du dir die Pulsadern aufgeschnitten da drin?" Leonard klopfte unsanft an die Badezimmertür.

Erschrocken fuhr ich zusammen und griff nach meinem Handy. 19:58 Uhr. *So* lange hatte ich mir die Haare gemacht, mich geschminkt und in Erinnerungen geschwelgt?

Ich checkte mein Handy. Keine entgangenen Anrufe, keine Nachrichten. Rein gar nichts.

„Josephin?" Leonard klang ungeduldig.

„Eine Minute bitte." Ich legte das Handy beiseite und betrachtete mich im Spiegel.

Während meines Tagtraums hatte ich bronzefarbenen Lidschatten aufgelegt, einen schmalen Lidstrich gezogen und Wimperntusche aufgetragen. Geistesabwesend schlüpfte ich in mein Kleid. In *das* Kleid. Ich hatte nicht damit gerechnet, dass es noch passen würde, doch das tat es. Als ich die Badezimmertür öffnete, verschlug es Leonard, der gerade offensichtlich etwas hatte sagen wollen, die Sprache.

„Wow!", sagte er nach einer gefühlten Ewigkeit. „Wenn du nicht so eine unausstehliche Kratzbürste wärest, würde ich dir glatt sagen, dass du fantastisch aussiehst."

„Und wenn du nicht so ein Kotzbrocken wärest", konterte ich, „würde ich mich glatt für das Kompliment bedanken."

Dass er mich attraktiv fand, kurbelte mein Selbstvertrauen an. Ich konnte mich nicht erinnern, seit Elliots Geburt je von irgendeiner männlichen Person Bestätigung erhalten zu haben, und obwohl ich dachte, dies wäre unter meiner Würde, fühlte ich mich geschmeichelt.

Ich weiß im Nachhinein nicht, was mich hauptsächlich dazu getrieben hatte, Leonards Angebot anzunehmen und ihn an diesem Abend zu begleiten. Wahrscheinlich vor allem die Angst vor der Leere, vor dem Alleinsein. Vielleicht aber auch etwas anderes, das ich selbst weder ahnte noch eingesehen hätte ...

Merkwürdige Musik empfing uns bereits, als wir aus dem Taxi stiegen. Ich ließ mich von Leonard, der für einen derart unsympathischen Menschen auffallend gut roch, am Türsteher vorbei in den Club hineinziehen, während ich die aus nur zwei Worten bestehende Textnachricht von Marten zum wiederholten Male las. Sie war angekommen, als wir schweigend nebeneinander im Taxi gesessen hatten und beide in unsere Smartphones versunken gewesen waren.

Er schläft.

Elliot war also tatsächlich bei seinem Vater eingeschlafen. Wer hätte das gedacht? Ich wusste nicht, ob ich erleichtert oder traurig sein sollte. Mit einer merkwürdig brodelnden Gefühlsmischung im Bauch legte ich meinen Mantel ab und gab ihn an der Garderobe ab, wofür ich von einer stark geschminkten, Kaugummi kauenden Blondine einen Chip zugesteckt bekam, den ich mir in die Handtasche steckte. Schweren Herzens ließ ich mein Handy in Ermangelung einer Hosentasche ebenfalls in die Tasche gleiten. Vielleicht hätte ich besser doch kein Kleid anziehen sollen ...

Leonard zwinkerte der Blondine zu, woraufhin sie rot anlief und zwei Anläufe brauchte, um seinen Mantel an einen Kleiderbügel zu hängen. Ich verdrehte die Augen. Wie selbstverständlich verstaute Leonard seinen Chip ebenfalls in meiner Handtasche.

Die laute Musik schmerzte bereits nach wenigen Sekunden in meinen Ohren. Der Raum war irgendwie dunkel und zugleich grell, denn überall in der Schwärze blinkten neonbunte Lichter, in denen sich viel zu viele zuckende Leiber zum wilden Takt der Musik bewegten.

Mit einem Mal schien es unvorstellbar für mich, dass ich einst jedes Wochenende in Clubs verbracht hatte. Nicht in Clubs wie diesem natürlich – die Musik war besser gewesen und das Ambiente weitaus stilvoller. Aber dennoch war es ähnlich laut und ähnlich voll gewesen, was mir nun beides unangenehm aufstieß. Mit Marten an meiner Seite und einer Handvoll Modelkolleginnen, die ich damals für Freunde gehalten hatte, hatte ich diese Nächte damals sogar genossen.

Interessanterweise hatte sich der Kontakt zu jeder einzelnen von ihnen nach Elliots Geburt im Sand verlaufen. Doch das war mir damals fast egal gewesen. Ich hatte Marten gehabt. Ich hatte Elliot gehabt. Ich hatte endlich die Familie gegründet, die ich mir von

Kindesbeinen an gewünscht hatte und damit etwas gefunden, das ich wirklich wollte.

„Keine Angst, es bleibt nicht so leer", raunte Leonard mir zu und holte mich rasant zurück in die Gegenwart.

Wie ertappt zuckte ich zusammen. *„Leer*?!"

Es war alles andere als leer. Im Gegenteil – ich empfand den Club als ziemlich überfüllt.

„Hast du Durst?" Leonards Mund war meiner Meinung nach viel zu nah an meinem Ohr, dennoch musste er fast schreien, damit ich ihn in diesem Lärm verstehen konnte.

Ohne meine Antwort abzuwarten, nickte er, umfasste mein Handgelenk und zog mich durch die im Takt tanzende Menge. Eine unangenehme Geruchsmischung aus Bier, Parfum und Schweiß lag in der Luft und kroch in meine empfindliche Nase. Übelkeit stieg in mir auf. Am liebsten wäre ich von diesem lauten, stinkenden Ort geflohen. Doch das, was noch schlimmer wäre als hier zu sein, wäre, irgendwo zu sein, wo es nichts gäbe, das mich ablenken würde von dieser Leere in mir. Von diesem Warten. Von diesem Gefühl der abgrundtiefen, kalten Einsamkeit.

„Leonard!" Eine der Barkeeperinnen, eine rassige Dunkelhaarige mit beneidenswerter Oberweite, beugte sich über den Tresen und begrüßte meinen Begleiter mit Küssen auf die Wange.

Ein unangenehmes Gefühl, kalt und unerwartet, ließ meinen Magen rebellieren. Wahrscheinlich Hunger. Ich hatte seit dem Frühstück nichts gegessen. Alkohol würde also keine gute Idee sein.

„Hier." Kaum hatte ich den Gedanken beendet, als Leonard mir ein Glas reichte, das bis zum Rand mit einer gelblichen, süß riechenden Flüssigkeit gefüllt war.

„Wodka Red Bull", erklärte er, als wäre es eine große Wissenslücke, dieses Getränk nicht sofort zu erkennen.

Hier an der Theke war die Lautstärke der Musik nicht ganz so unangenehm.

Einen Augenblick lang betrachtete ich die zwei Eiswürfel und den roten Strohhalm im Glas, das Leonard vor mich hielt, dann nahm ich es an mich und stieß mit ihm an. Er hatte dasselbe Getränk. Eines würde schon nicht schaden.

Ich nahm einen Schluck, und es schmeckte schrecklich süß. Leonard prostete mir zu und leerte sein Glas bis zur Hälfte, wobei er sich beinahe suchend umsah. Natürlich! Eigentlich wollte er gar nicht mit mir hier sitzen. Ein kleiner Anflug von Mitleid hatte ihn dazu gebracht, mich mitzunehmen, und nun bereute er es wahrscheinlich schon.

„Geh ruhig", sagte ich so beiläufig wie möglich und nahm einen weiteren, etwas größeren Schluck von meinem Wodka Red Bull.

Leonard musterte mich fragend. „Wo soll ich denn hingehen?"

„Dich unter die Leute mischen." Ich nippte am Strohhalm. „Flirten. Großbrüstige Frauen antanzen."

Leonard grinste. „Ich glaube nicht, dass *großbrüstig* ein Wort ist", sagte er, ohne sich von der Stelle zu rühren.

Das klirrende Aneinanderschlagen der Eiswürfel ließ mich innehalten. Mein Glas war bereits leer. Überrascht stellte ich es auf den Tresen und nahm das zweite entgegen, das Leonard schier aus dem Nichts gezaubert hatte. Er stieß mit mir an, und wir tranken zeitgleich einen Schluck der klaren Flüssigkeit, die ein wenig nach Kokosnuss schmeckte. Plötzlich hielt ich inne.

„Sag mal ... Willst du mich *abfüllen*?"

„Dich?" Leonard schnaubte und verschluckte sich fast an seinem Getränk. „Niemals!"

Ich wusste nicht, ob ich beruhigt oder eingeschnappt sein sollte, also trank ich ein, zwei, drei kleine Schlucke. Allmählich stieg mir eine leichte Hitze in die Wangen.

„Mir ist warm", teilte ich Leonard mit.

„Du hast auch ganz rote Wangen." Vorsichtig strich er mir über das Gesicht. „Bist wohl nichts gewohnt. Danach bekommst du erst mal ein Wasser."

Ich verdrehte die Augen. „Ich bin kein Kind mehr, Leonard. Ich weiß selbst, wann ich Wasser trinken sollte. Ich bin erwachsen."

„Oh, ich weiß", Leonard ließ seinen Blick kurz über die Tanzfläche gleiten, bevor er sich mir wieder zuwandte, „aber ich kann nicht die ganze Nacht auf dich aufpassen. Nicht dass das nachher jemand schamlos ausnutzt. Nicht jeder Mann ist so ein Gentleman wie ich."

Nun musste ich lachen.

„Lach nur ..." Leonard nahm mir das erneut leere Glas aus der Hand und reichte es der rassigen Barkeeperin, die die Augen nicht von ihm lassen konnte.

„Hast du mit ihr geschlafen?", fragte ich einen Tick zu laut, denn sie errötete sofort und begann sehr geschäftig, Gläser zu spülen.

„Noch nicht", antwortete Leonard ruhig.

Ich fühlte mich plötzlich sehr viel entspannter als zuvor. Elliot ging es sicher gut. Ich meine, er schlief. Ich brauchte mir keine Sorgen um ihn zu machen. Ich streckte mich ausgiebig und betrachtete die tanzende, grölende Menge, die so ausgelassen schien, wie ich mich seit Ewigkeiten nicht gefühlt hatte. Hatte ich mich überhaupt jemals so gefühlt?

Mit forschem Blick wandte ich mich wieder meinem Begleiter zu. „Mit wie vielen Frauen hast du überhaupt schon geschlafen? So Pi mal Daumen“, fragte ich, was ich unter anderen Umständen niemals gefragt hätte.

Ich fühlte mich kein Stück weit angetrunken, doch irgendwie offener, mutiger und entspannter als sonst. Und das gefiel mir.

Leonards Mundwinkel zuckten amüsiert. „Wieso interessiert dich das?“

„Oh, es interessiert mich nicht wirklich“, ich zuckte mit den Schultern, „das nennt man Smalltalk.“

„Verstehe.“ Leonard reichte mir ein weiteres Glas, das, wie ich mit Enttäuschung feststellen musste, tatsächlich nur Wasser enthielt. „Ich zähle die Frauen nicht, Josephin. Und du? Wie viele Männer waren es denn bei dir?“

„Bei mir? Einer“, antwortete ich sofort.

„Einer?“ Leonard tat schockiert. „Und das reicht dir?“

„Natürlich reicht mir das. Ein Partner fürs Leben. Ich will gar keinen anderen. Und ich glaube, du“, ich tippte mit dem Zeigefinger auf seine Brust, „willst eigentlich auch gar nicht so viele Frauen abschleppen. Du kompensierst irgendwas. Wahrscheinlich haben deine Eltern sich nicht gut um dich gekümmert, oder jemand hat dir mal das Herz gebrochen.“

„Interessant …“ In Leonards Miene schien sich kurz etwas zu verhärten, doch dann lächelte er wieder, und ich war mir nicht sicher, ob ich es mir vielleicht nur eingebildet hatte.

„Soll ich dein Verhalten auch einmal analysieren?“, fragte er und fuhr fort, ohne auf eine Antwort von mir zu warten. „Du wurdest dein ganzes Leben lang kleingehalten, ohne jemals zu erfahren, wie weit du eigentlich hättest über dich hinauswachsen können. Deine Mutter hat dir einen Traum aufgedrängt, der nie der deine war und den du dennoch für sie gelebt hast. Dein Verlobter sah in dir ein Model, das du nie hast sein wollen und zu dem du trotzdem wurdest, nur um ihm zu gefallen. Und Elliot machte aus dir eine Mutter, die sich ihre eigenen Ziele so hochsteckt, dass es ein Ding der Unmöglichkeit ist, sie zu erreichen. Du willst perfekt sein und merkst dabei nicht, wie sehr du gegen dich selbst ankämpfst. Du versuchst jemand zu sein, der du nicht bist. Und das ist auf Dauer ganz schön ungesund.“

Einen Augenblick lang war ich sprachlos.

„Ganz schön tiefgründig für einen oberflächlichen Macho“, sagte ich, nachdem ich mich wieder gefangen hatte. „Aber leider irrst du dich.“

„Gut“, Leonard klopfte mir auf die Schulter, als wäre ich ein langjähriger Kumpel, und erhob sich von seinem Barhocker, „ich mische mich dann mal unter die Leute. Flirte. Tanze großbrüstige Frauen an. Benimm dich, Josephin Carter.“

Und ohne ein weiteres Wort schwang er sich mit leichten Schritten und einer Flasche in der Hand, die ich zuvor nicht bemerkt hatte, auf die Tanzfläche. Kurz dachte ich darüber nach, ihm zu folgen, doch dann besann ich mich schnell eines Besseren. Leonard hatte sicher nicht vor, den Babysitter für mich zu spielen. Außerdem brauchte ich ihn nicht, um mich zu amüsieren.

Ich bestellte mir gerade einen weiteren Wodka Red Bull, wobei die Barkeeperin tunlichst meinen Blick mied, als sich ein recht groß gewachsener Mann auf den Barhocker neben mich setzte, auf dem kurz zuvor noch Leonard gesessen hatte. Er hatte schwarzes, fast schulterlanges Haar, einen dunklen Bart und sah in seinem weißen, nicht ganz zugeknöpften Hemd sowohl schick als auch lässig aus.

„Hi. Ich bin Joe", stellte er sich knapp vor, wozu er etwas näherkam, als es eigentlich notwendig gewesen wäre, denn die Musik war zwar laut, aber nicht so laut, dass ich ihn ansonsten nicht verstanden hätte. Er roch ziemlich intensiv nach einem herben Parfum.

Lächelnd schüttelte ich seine Hand. Joe war heiß, ohne Frage. Er hatte dunkle Augen mit beneidenswert langen Wimpern und volle Lippen.

„Hi. Ich bin Jo." Ich nahm einen Schluck aus meinem Glas.

„Wir haben denselben Namen. Dann ist es wohl Schicksal, dass wir uns hier und heute begegnet sind", scherzte er und bestellte mir und sich bei der rassigen Barkeeperin ein paar sogenannte Kurze. Kleine Gläser, die mit teils roter, teils durchsichtiger Flüssigkeit gefüllt und ziemlich schnell leer getrunken waren. Wir stießen auf einen tollen Abend an.

Und als hätte der Alkohol mir einen kleinen Stups in die richtige Richtung gegeben, begann ich, mich ganz ungezwungen mit ihm zu unterhalten.

Joe war ein interessanter Mann, witzig, charmant und gebildet, und im Gegensatz zu Leonard glitt sein Blick nicht immer wieder auf der Suche nach willigen Frauen über die Tanzfläche, sondern verharrte beständig bei mir. Aus irgendeinem verrückten Grund hatte ich das Gefühl, ihm absolut *alles* erzählen zu können. Über Marten und Elliot, die unschöne Trennung, das Verhältnis zu meiner Mutter und das neue Müsli, das ich im Monat zuvor im Bioladen gekauft hatte und das echt lecker war, obwohl es nach Katzentrockenfutter roch.

„Und als ich mich dann endlich traute, ihr zu sagen, dass ich mit dem Ballett aufhören wollte, da hing monatelang der Haussegen schief", raunte ich ihm ins Ohr, denn irgendwie waren wir unwillkürlich immer näher aufeinander zugerückt. „Sie hat nicht einmal geahnt, wie sehr ich das Tanzen gehasst habe."

Joe nickte verständnisvoll. „Hast du Lust, zu tanzen, Jo?"

Nein, sagte mein benebelter Kopf. Ich hatte seit Jahren nicht getanzt. Und hatte ich ihm nicht gerade erzählt, wie sehr ich es im Grunde hasste?

Und dennoch sah ich mir jäh selbst dabei zu, wie ich nickte, aufstand, seine Hand ergriff und mich von ihm auf die Tanzfläche ziehen ließ. Irgendwo im Hintergrund erhaschte ich einen Blick auf Leonard, der mit dem Rücken zu mir am Rande der Tanzfläche stand und sich mit einer hübschen Blondine im roten Jumpsuit unterhielt. *Weiberheld!* Kopfschüttelnd wandte ich mich wieder Joe zu. Er schien ganz anders zu sein. Nett, aufmerksam, zuvorkommend, galant.

Marten und sogar Elliot rückten in meinem Kopf in eine nie gedachte Ferne, als Joe seine Hand auf meine Taille legte und mich an sich zog. Ich mochte sein Aftershave, und er tanzte gar nicht mal so schlecht. Die Musik war lauter geworden, so laut, dass jeder Beat durch meinen Körper zu zucken schien. Ich schloss die Augen und ließ mich mitreißen. Ließ zu, dass die Musik mich bewegte.

Joes Hand glitt langsam, ganz langsam an meiner Taille herab. Ich öffnete die Augen und hob fragend eine Braue. Mit einem entschuldigenden Lächeln schob er die Hand wieder hoch.

„Ich hole uns noch etwas zu trinken", flüsterte er mir ins Ohr, und sein warmer Atem streifte meine Wange.

Ich erschauderte. Was, wenn er später versuchen würde, mich zu küssen? Eine Mischung aus Vorfreude und Unwohlsein prickelte in meinem Bauch. Joe eilte Richtung Theke und ließ mich auf der Tanzfläche zurück. Ich tanzte alleine weiter. Ohne Scham. Ohne Plan. Und es fühlte sich *so* gut an.

Leonard stand immer noch mit dem Rücken zu mir. Ob er die Blonde mit nach Hause nehmen würde? Würden wir uns dennoch ein Taxi teilen? Das wäre irgendwie komisch. Vor meinem inneren Auge sah ich mich, wie das dritte Rad am Wagen, zwischen den beiden sitzen, während sie einander vielsagende Blicke zuwarfen. Oder – mein Herz setzte einen Schlag lang aus – würde Joe erwarten, dass ich mit ihm nach Hause ging, nachdem wir uns so gut verstanden und uns ein wenig nähergekommen waren? Was sollte ich darauf antworten?

Schon war er wieder da und drückte mir ein großes kaltes Glas in die Hand und einen Kuss auf die Wange. Mir war schummrig zumute. Sollte ich tatsächlich noch mehr trinken? Wo ich doch jetzt bereits ein wenig schwankte? Ich zögerte und hob das Glas schließlich mit einem Schulterzucken an die Lippen.

Und plötzlich war Leonard da. Aus dem Nichts heraus schoss er auf uns zu, das Gesicht vor Wut zu einer furchteinflößenden Grimasse verzerrt. Ehe ich mich versah, riss er Joe von mir weg, beförderte ihn mit einem gezielten Faustschlag ins Gesicht zu Boden und schlug mir mein Glas aus der Hand, das auf dem Boden in tausendundeine Scherbe zersprang. Eine Gruppe von drei jungen Mädchen sprang erschrocken zur Seite, als mein Getränk großflächig ihre Kleider besprenkelte. Dies alles ging so furchtbar schnell, dass ich einige Sekunden brauchte, um zu reagieren. Ich schrie erstickt auf, ob vor Schreck oder Wut vermochte ich gar nicht zu sagen. Mein Schrei ging im Lärm der Musik unter. Um uns herum tanzten alle weiter, als wäre nichts passiert.

Leonard ignorierte mich und meinen Aufschrei völlig, packte Joe am Kragen seines Hemdes und riss ihn in die Höhe. Mit Entsetzen fiel mir auf, dass ihm Blut aus der Nase lief und seine Lippe stark angeschwollen aussah.

„Lass deine dreckigen Finger von ihr!!!", brachte Leonard zitternd vor Wut und mit einer Stimme, die ich nie zuvor von ihm gehört hatte, hervor.

Joe hielt sich schützend die Hände vor das Gesicht.

Unsanft umfasste Leonard mein Handgelenk. „Wir gehen, Josephin", presste er zwischen zusammengebissenen Zähnen ganz nah an meinem Ohr hervor.

„Aber ..."

„So-fort!" Er zog mich mit sich, als wäre ich leicht wie eine Feder. Hinunter von der Tanzfläche, vorbei an der Theke, hinter der die rassige Barkeeperin schmachtende Blicke in unsere Richtung warf, vorbei an der Garderobe, ohne unsere Jacken zu holen und vorbei an dem Türsteher, der gerade eine Zigarette rauchte und sich von zwei kichernden Mädchen in bauchfreien Tops die Ausweise vorzeigen ließ. Der Zigarettenqualm brannte mir in den Augen, als wir mittendurch liefen. Leonard war so schnell, dass ich fast rennen musste, um mit ihm mithalten zu können. Und das war gar nicht so einfach.

Plötzlich schien sich alles um mich herum zu drehen. Der Alkohol entfaltete seine ganze Wirkung, und mit einem Mal fühlte ich mich nicht mehr enthusiastisch, aufgekratzt und glücklich, sondern einfach nur noch mies. Die Kälte der Nacht traf mich unerwartet und ließ mich unkontrolliert zittern. Leonard bemerkte es gar nicht. Ohne mein Handgelenk loszulassen, das sich inzwischen anfühlte, als würde es allmählich blau anlaufen, winkte er ein Taxi heran.

„Leonard, was zum ...", setzte ich an, klang jedoch nicht annähernd so wütend wie ich eigentlich war.

„Halt den Mund!" Er öffnete die Hintertür des neben uns bremsenden Taxis und schob mich hinein. Ich stolperte. Seine Stimme zitterte vor unterdrücktem Zorn. „Wir müssen hier weg. Sofort. Ich erkläre es dir später."

Im Taxi war es im Gegensatz zu draußen angenehm warm. Ich lehnte meinen Kopf an die Fensterscheibe und sah dabei zu, wie das Nachtleben an uns vorbeizog. Es überraschte mich, wie viele Menschen so spät noch unterwegs waren. Leonard nannte dem Fahrer die Adresse und ließ endlich mein Handgelenk los.

„Entschuldige", sagte er mit etwas weicherer Stimme. Er klang erschöpft. „Eine Minute länger in diesem Laden, und ich hätte Joe ..." Er unterbrach sich selbst und fuhr sich mit beiden Händen durch das Haar. Er wirkte schrecklich aufgewühlt und immer noch sehr zornig.

„Du kanntest ihn?", schloss ich leise. Meine Stimme klang ungewöhnlich dumpf. Die Worte purzelten verwaschen aus meinem Mund.

Leonard nickte und spannte seinen Kieferknochen an, als müsste er seine Wut immer noch zügeln. Als er schließlich stockend zu sprechen begann, klang es, als würde er jedes seiner Worte mit äußerstem Bedacht wählen.

„Ich habe sehr, sehr schlechte ... *Erinnerungen* an diesen Kerl. Außerdem hat er dir etwas in deinen Drink getan. Ich habe es zufällig beobachten können, als ich nach dir Ausschau gehalten habe. Und er hat sich nicht sonderlich viel Mühe gegeben, es zu verbergen. Deswegen habe ich dir das Glas aus der Hand geschlagen. Wenn ich nur daran denke, was dieser miese ..." Offenbar zu aufgebracht, um weiterzusprechen, blickte Leonard aus dem Fenster und atmete schwer.

Viel zu erschrocken und viel zu betrunken, um einen klaren Gedanken fassen zu können, starrte ich ihn den Rest der Fahrt über an und rieb mir das immer noch schmerzende Handgelenk.

Kapitel 5

Das Reißverschlussproblem

Der kühle Märzwind wehte mir um die Beine und spielte mit meinem Kleid, als ich aus dem Taxi stieg und Leonard den Fahrer bezahlte. An der Art und Weise, in der er die Tür zuknallte, war gut zu erkennen, wie wütend er immer noch war. Ohne ein Wort stapfte er zum Hauseingang, schloss die Tür auf und wartete auf mich, die ihm – nach wie vor ein wenig schwankend – folgte.

Nun, da wir durch das Treppenhaus liefen, während alle Bewohner sicherlich bereits schliefen und wir schlussendlich die stille Wohnung betraten, kam das Gefühl der Leere langsam zurück. Wie eine kleine züngelnde Flamme inmitten einer Unmenge von trockenem Gras wuchs sie mit sengender Hitze zu einer beträchtlichen Größe heran. Schnell wandte ich mich von Leonard ab, der nun erst bemerkte, dass wir unsere Jacken nicht bei der Garderobe abgeholt hatten und fluchend seine Schuhe auszog. Ich schlich in mein Zimmer.

Kaum hatte sich die Tür hinter mir geschlossen, wurde das Gefühl der Leere in meinem Inneren, wenn das überhaupt möglich war, noch größer. Elliots Bett, seine Spielsachen, seine Bücher – es fühlte sich an, als hätte ich ihn ein Stück weit verloren, obwohl er doch gar nicht so fern war und schon in wenigen Stunden wieder an meiner Seite sein würde.

Ich stürmte aus dem Zimmer ins Bad. Leonard nahm nicht einmal Notiz von mir. Schlecht gelaunt hatte er wie üblich, wenn es ihm nicht gutging, damit begonnen, das Ceranfeld auf Hochglanz zu polieren. Mitten in der Nacht. Ein leichter Geruch von Küchenreiniger mit Zitronenaroma lag in der Luft.

Geräuschlos schloss ich die Badezimmertür hinter mir, drehte den Schlüssel um und lehnte mich einen Moment lang mit geschlossenen Augen an die Tür. Die Gedanken begannen in meinem merkwürdig schweren Kopf dumpf zu kreisen.

Welcher Teufel hatte mich geritten, Alkohol zu trinken? Ohne vorher ausreichend zu essen! Und überhaupt – so viel? Das war doch nicht ich! Ich war vernünftig! Ich war erwachsen! Der Ärger darüber, es so weit kommen gelassen zu haben, die Sehnsucht nach Elliot und nicht zuletzt der immer noch bestehende Schmerz darüber, dass Marten mich verlassen und somit die Familie zerstört hatte, die ich mir immer gewünscht hatte, ließen mich unkontrolliert zittern.

Mit bebenden Händen griff ich nach einem Feuchttuch und rieb mir grob die Schminke aus dem Gesicht, als könnte ich die letzten Stunden ungeschehen machen, indem ich ihre Spuren beseitigte. Doch ich verschmierte bloß alles und machte es beim zweiten Versuch noch schlimmer. Als würde ich mich zum ersten Mal in meinem Leben abschminken! Die Wut auf mich selbst wetzte ihre Krallen in meinem Innersten und ließ ein Gebrüll los, das nicht nach außen drang.

Make-up, Rouge und Wimperntusche vermischten sich auf meiner Haut zu einer verzerrt aussehenden Grimasse. Es war grotesk. Ich betrachtete mich im

Spiegel und wusste nicht, ob ich weinen oder lachen sollte. Ich sah aus wie ein trauriger Clown.

Ein kurzes, hysterisches Kichern kam mir über die Lippen, so unerwartet und zugleich so fremdartig klingend, dass ich selbst zusammenfuhr. Ich schlug mir die Hände über dem Mund zusammen. Ein erneutes, etwas lauteres Lachen, das dieses Mal meinen gesamten Körper vibrieren ließ, bahnte sich seinen Weg hinaus. Ich umklammerte den Waschbeckenrand, unfähig, den Blick von meinem verzerrten Spiegelbild abzuwenden, und lachte, bis mir alles wehtat und mein Brustkorb zu zerspringen schien. Es war ein merkwürdiges Lachen – schrill und unfroh, laut und unbeherrscht. Dabei war mir eigentlich gar nicht nach Lachen zumute – im Gegenteil. Mir war nach Weinen zumute. Nach Schreien. Nach Aufgeben.

Ein Klopfen an der Tür ließ mich innehalten. Immer noch leicht torkelnd, glucksend und mit schwerem Kopf drehte ich den Schlüssel um und ließ Leonard hinein.

Aller Zorn, der ihn zuvor noch deutlich sichtbar erfüllt und gezeichnet hatte, war aus seinem Gesicht gewichen und eine Art Ratlosigkeit war gefolgt, mit der er mich nun eine gefühlte Ewigkeit lang musterte.

„Ich hatte doch nur das“, murmelte ich, ohne wirklich zu wissen, was ich da sagte und weshalb ich es ausgerechnet ihm anvertraute. „Ich hatte doch nur diese Familie, um endlich alles richtig zu machen. Ich bin keine Tänzerin, ich bin kein Model, ich bin …“

„Betrunken und mitten in einem Nervenzusammenbruch“, beendete Leonard leise meinen Satz.

Ich nickte mit gesenktem Kopf, während meine Tränen – Tränen, von denen ich nicht gewusst hatte, dass sie überhaupt über mein Gesicht liefen – lautlos auf den weiß gefliesten Badezimmerboden fielen. Leonard legte mir eine Hand unter das Kinn, hob es sanft an und – ich fasste nicht, dass er das tat – langte an mir vorbei nach der Feuchttücherpackung. Erstarrt wie ein kleines Tier im Scheinwerferlicht hielt ich still.

„Komm her", sagte er mit jenem sanften Unterton in der Stimme, den er sonst nur Maddie gegenüber anschlug. Behutsam strich er mit dem Feuchttuch über meine Stirn, meine Wangen, meine Augen.

Leonard McEvans schminkt mich ab, sagte eine leise und immer noch hysterisch lachende Stimme in meinem Kopf, *das ist zu schräg, um wahr zu sein.*

„So …" Leonard warf das braun und schwarz befleckte Feuchttuch in den kleinen Mülleimer, nahm ein weiteres zur Hand und strich damit erneut voller Sorgfalt über mein gesamtes Gesicht, meine Lippen, meinen Hals.

Ich schloss die Augen. Wieso war er mit einem Mal so zärtlich zu mir? Und was genau lief bei mir schief, dass ich es genoss, was er da tat? Langsam öffnete ich die Augen wieder und sah, dass er mich musterte. Einen Moment lang schienen unsere Blicke sich schier aneinander festzuhalten, bevor wir zeitgleich zu Boden sahen.

„Ich hatte doch nur das", wiederholte ich leiser und mit einem Vorwurf in der Stimme, der gar nicht ihm gelten sollte, sondern Marten. Aber Marten war nicht hier. Er war Kilometer entfernt. In einem Haus, das einst unseres gewesen war. Mit unserem Kind, das wir gemeinsam hatten aufziehen wollen, dem wir ein

Geschwisterchen hatten schenken wollen, dem wir gute Eltern hatten sein wollen. Gemeinsam.

Leonard sah mich weiterhin an, ohne etwas zu sagen oder in irgendeiner anderen Art und Weise auf meine Worte zu reagieren. Entweder hielt er mich für völlig übergeschnappt und wagte es nicht, mir zu widersprechen, oder aber er wollte mich einfach das loswerden lassen, was mir gerade jegliche Luft zum Atmen nahm. Wenn ich es nicht aussprechen würde, wenn ich es nicht *alles* aussprechen würde, würde ich daran ersticken.

„Und jetzt bin ich hier ... ich bin hier *ohne* diese Familie und *ohne* diesen Mann und es gibt nichts mehr, das ich richtig machen könnte", sprudelte es aus mir heraus, und mein Gesicht glühte nun beinahe. Ob es am Abschminken lag oder am Restalkohol war mir unklar, jedoch zu diesem Zeitpunkt auch vollkommen egal. „Jetzt lebe ich in einer ... WG." Leonard ignorierte die Tatsache, dass ich WG aussprach, als wäre es eine besonders unangenehme Geschlechtskrankheit. „Und ... und ich habe keinen richtigen Job und keine ... keine ...", ich betrachtete kurz mein glühend rotes Gesicht im Spiegel und hielt inne, „keine verdammte Ahnung, wie man dieses Kleid aufmacht."

Leonards Mundwinkel zuckten kurz belustigt nach oben, bevor er wieder ernst dreinblickte.

„Es geht leicht zu, aber schwer auf", setzte ich erklärend hinzu.

Meine Zunge fühlte sich merkwürdig schwer und irgendwie angeschwollen an. Als hätte ich eine örtliche Betäubung bekommen. Und genau so klang ich auch.

Das Problem mit dem Reißverschluss am Rücken hatte ich tatsächlich nicht bedacht, als ich es angezogen hatte. Aber weshalb hätte ich auch? Marten war immer da gewesen, um mir mit diesem dummen Reißverschluss, der die Angewohnheit hatte, sich nach dem Schließen oben zu verhaken, zu helfen. Jedes Mal, wenn ich dieses Kleid getragen hatte, war er an meiner Seite gewesen.

„Und jetzt ist er nicht mehr da, um mir aus dem Kleid zu helfen. Jetzt hilft er einer anderen Frau aus dem Kleid", dachte ich laut, und der bloße Gedanke daran ließ mir die Nackenhaare zu Berge stehen.

„*Ich* helfe dir", schlug Leonard ruhig vor.

„Auf keinen Fall!" Ich schüttelte den Kopf. „Ich werde schon irgendwie ..." Ich machte ein paar schmerzhafte Verrenkungen, die Leonard mit Pokerface beobachtete, doch der Reißverschluss saß bombenfest. Ich keuchte. „Also gut. Hilf mir. Bitte", setzte ich etwas kleinlaut hinzu.

So hoheitsvoll wie man nun einmal sein kann, wenn man betrunken ist, gerade einen Nervenzusammenbruch hatte und in einem Kleid feststeckt, dessen Reißverschluss sich verhakt hat, bedachte ich Leonard mit einem zustimmenden Nicken.

Er verzog die Lippen zu einem kleinen Lächeln, trat hinter mich und legte mir die Haare über die linke Schulter. Profimäßig wie er war, wenn es darum ging, Frauen zu entkleiden, hatte er den Reißverschluss binnen weniger Sekundenbruchteile gelöst und zog ihn nun langsam, Millimeter um Millimeter, nach unten. Es schien, als wartete er darauf, dass ich ihn stoppte.

Dass ich sagte, es wäre genug, und ich könne den Rest alleine schaffen. Doch das tat ich nicht.

Ich beobachtete ihn im Spiegel, wie er so dastand, den Blick konzentriert auf meinen Rücken gerichtet, während ihm das braune Haar in die Stirn fiel. Und plötzlich wollte ich, dass er den ganzen Reißverschluss öffnete. Dass er viel mehr tat als das. Eine unerwartete Welle von Wärme durchströmte mich, und ich spürte meine Wangen erneut rot aufglühen. Doch dieses Mal waren keine Feuchttücher daran schuld.

Es schien eine Ewigkeit zu dauern, bis Leonard den Reißverschluss ganz geöffnet hatte. Knapp über dem Bund meines Slips verharrten seine Hände kurz, bevor er sie sinken ließ. Langsam drehte ich mich zu ihm um und ließ das Kleid ein wenig an meinen Schultern hinunterrutschen.

Seine grau-grünen Augen blickten schier ratlos drein, unsicher, beinahe verletzlich. Oder war gerade das seine Masche? Den Coolen spielen, den Charmanten, den Unnahbaren, und dann den Sensiblen, den Tiefgründigen, den Zurückhaltenden? Aber selbst, *wenn* es seine Masche war – es war mir egal. Es war mir alles egal. Cassidy McEvans war mir egal, die rassige Barkeeperin war mir egal, all die Frauen, mit denen er sich in seinem Leben bereits das Bett geteilt hatte und mit denen er es zukünftig noch teilen würde.

„Ich habe es so satt, immer das Richtige zu tun", wisperte ich und legte sanft die Hand auf seinen Brustkorb. Er war warm und hob und senkte sich ruhig.

Leonard atmete scharf ein. Eine Ewigkeit schien zu vergehen, in der wir beide reglos dastanden und seine Wärme durch meine Fingerspitzen in meinen Körper kroch, um die Kälte zum Schmelzen zu bringen, die sich dort Schicht um Schicht gebildet hatte.

„Und ich werde jetzt ganz bestimmt nicht das Falsche tun“, sagte Leonard schließlich entschieden. „Du bist betrunken, Josephin.“ Er schob meine Hand beiseite und zog mir das Kleid wieder hoch über die Schulter.

Provokant ließ ich es wieder herunterrutschen, Stück für Stück. Gott, er war so sexy.

Nein, Jo, das ist der verdammte Alkohol!, versuchte das bisschen Vernunft, das noch in mir steckte, mich zur Besinnung zu bringen. Doch ich wollte nicht darauf hören.

Ich blickte ihm tief in die Augen, näherte mein Gesicht dem seinen, bis ich seinen Atem auf meinen Lippen spüren konnte – und plötzlich explodierte tief in meinem Inneren ein derart starker Würgereiz, bei dem sich mein Magen so schmerzhaft zusammenzog, dass ich mich erbrach.

Der nächste Morgen begann mit Kopfschmerzen, einem mulmigen Gefühl im Bauch und einer unguten Vorahnung, die ich zunächst noch nicht zuzuordnen vermochte. Sonne fiel durch das Fenster direkt in mein Gesicht, und ich wunderte mich, dass ich nicht bereits zuvor von ihrem kitzelnden, warmen Licht geweckt worden war. Es war taghell im Zimmer.

Ich streckte mich, und für Bruchteile von Sekunden war alles gut. Dann, plötzlich, waren mit einem Knall all die Erinnerungen an den gestrigen Abend und die Nacht zurück. Ich stöhnte auf und zog mir die Bettdecke über den Kopf. Scham erfüllte mich bei dem Gedanken an den fremden Kerl in dem Club und noch mehr

Scham, als ich an Leonard dachte und daran, wie ich mich ihm an den Hals geworfen hatte. Und dass ich ihn hatte küssen wollen ... dass ich mehr als das mit ihm hatte tun wollen. Meine Wangen glühten bei der bloßen Vorstellung daran, ihm gegenüberzutreten.

Doch was war danach passiert? Das Abschminken, das Reißverschlussöffnen, die Zurückweisung ... oh nein! Ich seufzte erneut, dieses Mal noch gequälter als zuvor. Ich hatte mich übergeben. Und er hatte alles abbekommen. Was danach geschehen war, konnte ich beim besten Willen nicht mehr sagen. Ich wusste nur noch, dass ich in meinem Bett aufgewacht war.

Prüfend warf ich einen Blick unter die Bettdecke. Ich war nicht nackt. Ich trug ein T-Shirt. Zum Glück. Ob ich mit ihm geschlafen hatte? Der Gedanke war schrecklich. Aber es schien unwahrscheinlich, dass er nach dem Vorfall mit dem Erbrochenen noch Lust dazu gehabt hatte.

Ich wollte nicht aufstehen. Nie mehr. Am liebsten wäre ich für den Rest meines Lebens mit der Decke über dem Kopf im Bett liegen geblieben. Aber einiges sprach dagegen – Elliot zum Beispiel. Meine zum Zerbersten gefüllte, schmerzende Blase ebenfalls. Und auf jeden Fall die Tatsache, dass ich ein verantwortungsbewusster, reifer, erwachsener Mensch war, der zu seinen Fehlern stehen und sie kein zweites Mal machen würde.

Ich nickte nach dieser stummen Motivationsrede an mich selbst, schlug entschlossen die Decke zurück und stieg aus dem Bett. Sofort war die Übelkeit zurück und mit ihr das Gefühl, dass jemand mächtig Spaß daran hatte, mit einem Holzhammer auf meinem Kopf herumzutrommeln. Ich griff wahllos irgendwelche Kleidungsstücke aus meinem Schrank und taumelte mehr schlecht als recht ins Bad, mit Tunnelblick und glücklicherweise ohne Leonard über den Weg zu laufen.

Mein ungewöhnlich bleiches Spiegelbild blickte mir argwöhnisch entgegen. Ich sah krank aus, mit fahlweißem Gesicht, immer noch glühenden Wangen und fiebrig wirkenden Augen. Seufzend schöpfte ich mit den Händen kaltes Wasser in mein Gesicht, ließ es mir über die geschwollenen Augenlider, die heißen Wangen und die rissigen Lippen laufen. Es half. Nicht viel, aber es half. Ich fühlte mich frischer und wacher, als hätte das kalte Wasser mir eine Art kleinen, positiven Schock verpasst.

Die Nacht verdrängend putzte ich mir die Zähne, um diesen ekligen Geschmack loszuwerden, den der Alkohol auf meiner Zunge hinterlassen und der sich im Schlaf schier eingebrannt hatte. Dann band ich mir die Locken zu einem hoch auf dem Kopf sitzenden Dutt hoch, aus dem sich sofort einige widerspenstige Strähnen lösten und mir ins Gesicht fielen. Ich stieg in die Kleidung, die ich wahllos aus dem Schrank gezogen hatte – eine Jeggins, ein langärmliges schwarzes Shirt und eine graue Strickjacke – und sprach mir selbst Mut zu. Leonard wusste vielleicht gar nicht mehr, was vorgefallen war. Ganz bestimmt hatte er es vergessen. Schließlich hatte er selbst nicht gerade wenig getrunken.

Mit diesem Gedanken öffnete ich die Badezimmertür, schlich ins Wohnzimmer und spürte, wie mein Herz bei jedem Schritt schneller schlug. Ich schämte mich für mein Verhalten, und ich konnte mich nicht erinnern, dass ich je zuvor etwas getan hatte, wofür ich mich hatte schämen müssen.

Am bereits gedeckten Frühstückstisch erwartete mich eine Überraschung: Nicht nur Leonard und Maddie, sondern auch Elliot saß vor einer Schüssel Cornflakes und verfolgte eine Tierdokumentation im Fernsehen. Synchron führten sie die Löffel an ihre Münder und verfolgten die Handlung. Die Scham vergessend eilte ich zu meinem Sohn, umarmte ihn und drückte ihm einen Kuss auf den Kopf. Er roch nach Marten.

„Mama, der Tiger hat eine Gazelle gefressen", sagte er ehrfurchtsvoll, ohne den Blick vom Fernseher abzuwenden.

„Oh. Wow." Ich versuchte mir nicht anmerken zu lassen, wie wenig mir die Tatsache, dass er puren Zucker zum Frühstück aß und dabei fernsah, missfiel und wandte mich gespielt zwanglos Leonard zu. „Guten Morgen, ihr beiden."

„Guten Morgen, Josephin", erwiderte Leonard meinen Gruß, ebenfalls ohne den Blick vom Fernseher abzuwenden. „Elliot ist schon seit einer halben Stunde hier. Das Gesicht von deinem Ex, als ich aufgemacht und gesagt habe, dass du noch deinen Rausch ausschläfst, war zum Schießen."

„Du hast nicht wirklich ..." Ich schnaubte. „Leonard!"

Leonard blickte unschuldig drein. „Trink einen Kaffee und mach dich fertig. Wir fahren in einer halben Stunde los", sagte er und hob seine Schüssel an die Lippen, um die restliche Milch auszutrinken.

Elliot löste seinen Blick vom Fernseher, sah ihm bewundernd dabei zu und tat es ihm nach. Ich unterdrückte einen Seufzer. Jahrelang hatte ich es ihm richtig vorgelebt, und nun wurde die gute Erziehung zunichtegemacht.

„Also die Zoo-Geschichte", setzte ich an. „Da haben wir eigentlich heute gar keine Zeit für, um ehrlich zu sein. Wir müssen ..."

Elliot hielt in seiner Bewegung inne und fixierte mich über den Rand seiner Schüssel hinweg. Selbst Maddie wandte sich vom Fernseher ab, um mich vorwurfsvoll anzusehen.

„Du hast versprochen, dass ihr mitkommt!", protestierte sie.

„Ich habe gar nichts versprochen." Abwehrend hob ich die Hände. „Wir haben es in Erwägung gezogen, ja, aber dann ... ähm ..." Der Anblick von Elliots plötzlich traurig aufblitzenden blauen Augen ließ mich straucheln. „Vielleicht können wir ja ... ähm ... später in einen anderen Zoo fahren, nur wir beide und ..."

„Ich will aber mit Maddie und Leonard in den Zoo, du dumme Kuh!", begehrte Elliot auf und knallte so schwungvoll die Schüssel auf den Tisch, dass die Milch nur so überschwappte und sich in kleinen weißen Pfützen auf dem Tisch ergoss.

Vor Schreck blieb mir die Luft weg. Nie zuvor hatte ich meinen Sohn derart aufbrausend erlebt. Und auch nicht so ausfallend. Woher dieser Wandel rührte, konnte ich mir ohne Probleme zusammenreimen.

„Elliot, ich verstehe deine Wut, aber ...", versuchte ich ihn mir ruhiger, aber strenger Stimme zu beschwichtigen. „Aber mich als dumme Kuh zu betiteln ist ... ist indiskutabel! Das verletzt mich und auch wenn ich dich verstehe, dann ..."

„Du verstehst gar nichts!", platzte es aus ihm heraus.
Er nahm die Schüssel in beide Hände, holte aus und
schleuderte sie zu Boden. Milchtropfen, Cornflakes und
Scherben schossen in die Höhe. „Ich-will-in-den-Zoo!!!"

„Geh auf dein Zimmer", brachte ich tonlos hervor und
korrigierte mich sogleich. „Geh auf unser Zimmer. Sofort!"

„Aber ..."

„Keine Widerrede! Geh!" Nie zuvor hatte ich derart
streng mit ihm gesprochen.

Es fühlte sich an, als würde sich eine eiskalte Hand
um mein Herz legen und genüsslich zudrücken. Gerade
noch leicht genug, dass es nicht zerbrach, aber dennoch
so fest, dass es einen gewaltigen Schmerz verursachte.
Wie erstarrt stand ich da, den Blick auf Elliot gerichtet,
der aufgrund meiner ungewohnten Strenge den Mund
offenstehen hatte.

Und so erstarrt stand ich da, während Leonard erst
Elliot, dann Maddie vom Stuhl hob und auf die Couch
trug, damit sie sich nicht verletzten, ein Kehrblech und
einen kleinen Feger holte und das Chaos beseitigte. Elliot lief ins Zimmer und knallte die Tür hinter sich zu.
Leonard wirkte im Gegensatz zu mir vollkommen gelassen. Natürlich. Er war so ein Verhalten von seinem
Kind gewohnt. Ich von meinem nicht.

„Gut, dass du dich durchgesetzt hast. Aber Josephin,
lass ihn nicht ausbaden, dass du dich schlecht fühlst
wegen der letzten Nacht", wandte er sich mir zu, als er
die letzten Spuren von Elliots Gefühlsausbruch besei-
tigt hatte. Er nahm eine Tasse aus dem Küchenschrank
und drückte sie mir in die Hand. „Also trink einen

Kaffee und mach dich fertig. Wir fahren in einer halben Stunde los."

Kapitel 6

Das Freundschaftsangebot

Eine gute Stunde, eine Kopfschmerztablette und eine recht schweigsame Autofahrt später, bei der lediglich von der Rückbank hin und wieder freudige Laute zu uns nach vorn drangen, kauften wir eine Familienkarte im Zoo und begannen den Rundlauf, der zu Anfang an einigen riesigen Papageienvolieren entlangführte. Die lauten, bunten Vögel zogen nicht nur die Aufmerksamkeit der beiden Kinder auf sich, sondern auch die unzähliger anderer Gäste.

Aufgrund des schönen Wetters mit fast 18 Grad Außentemperatur war es an diesem Märztag unheimlich voll, in meinen Augen *zu* voll, und während ich Elliot nicht aus den Augen ließ, entfernte sich Maddie mehr als nur einmal beängstigend weit von uns weg. Jedes einzelne Mal blieb mir fast das Herz stehen, während Leonard absolut tiefenentspannt blieb. Ich verstand ihn nicht. Was, wenn sie entführt wurde? Uns nicht mehr fand? Sich unbewusst in Gefahr begab? Unfassbar, dass ihn das nicht kümmerte. Ich hingegen war bereits nach den ersten zehn Minuten nass geschwitzt vor Nervosität und fragte mich zum ersten Mal, ob ich für ein Leben als Zweifachmutter geschaffen war. Vielleicht genügte ein Kind ja doch?

Es folgte das Affenhaus mit seinem drückend tropischen Klima und typisch strengem Geruch, in dem uns ein unzufrieden dreinblickender Gorilla empfing, dem

Maddie und Leonard durch die Glasscheibe Grimassen schnitten. Ich nutzte die Chance, um Elliot beiseitezunehmen und ihm zwei niedliche Orang-Utan-Babys zu zeigen, die sich am langen Rückenfell ihrer Mutter festhielten, während sie sie über die Äste balancierend durch das Gehege trug. Mit großen Augen betrachtete Elliot das Geschehen.

Ich räusperte mich. „Elliot, wegen vorhin …", setzte ich an, „… wir sollten darüber reden, dass …"

Doch kaum wandte er sich von den Orang-Utans ab und mir zu, rempelte Maddie mich von der Seite an und riss Elliot mit sich.

„Der Affe da hinten hat einen roten Po", verkündete sie begeistert und beide Kinder begannen zu prusten.

Ich biss mir verärgert auf die Unterlippe. Maddie hatte unsere Mutter-Sohn-Unterhaltung unterbrochen, bevor sie richtig begonnen hatte. Dabei hatte ich so vieles sagen wollen. Leonard jedoch schmunzelte bloß und schüttelte den Kopf, als beide sich im Affenhaus weiter von uns entfernten und ich den Mund öffnete, um sie zurückzurufen.

„Elliot soll in meiner Nähe bleiben", erklärte ich ungeduldig.

„Wieso das denn?" Leonard zuckte lässig mit den Schultern. „Lass ihn doch mitlaufen."

Ich sah den beiden nach, wie sie begannen, Runden durch das Affenhaus zu drehen. An all den Gehegen vorbei, immer schneller und schneller und von lautem Quietschen begleitet, das zuerst Maddie anstimmte, bevor Elliot es nachahmte. Ich hatte nicht einmal gewusst, dass er so schnell sein konnte. Und so laut.

„Aber was, wenn er fällt?", fragte ich alarmiert, ohne den Blick von den beiden abzuwenden.

Leonard blieb vollkommen gelassen. „Dann steht er auf und läuft weiter."

„Aber was, wenn er sich wehtut?"

„Ich verstehe die Frage nicht." Leonard wartete, bis ich seinen Blick erwiderte, bevor er weitersprach. „Josephin, Verletzungen lassen sich nicht vermeiden. Die einen schmerzen nur kurz, die anderen brauchen ewig, um zu verheilen und einige wenige hinterlassen Narben. Aber ohne diese Erfahrungen und diese Wunden, Schmerzen und Narben kann man nicht wachsen. Ohne sie wären wir nicht die, die wir sind."

Irrte ich mich oder hatte Leonard McEvans gerade etwas unglaublich Tiefsinniges gesagt? Ich tat ihm nicht den Gefallen, zu zeigen, wie beeindruckt ich davon war und dass die Wahrheit, die darin steckte, mir tatsächlich gerade einen kleinen Stich ins Herz versetzt hatte. Stattdessen nickte ich bloß und unterdrückte den Instinkt, Elliot zurückzurufen. Die beiden drehten noch eine weitere Runde und noch eine, bevor sie lachend zu uns zurückkehrten. Elliot hatte ein knallrotes Gesicht und feuchte Haare. Hoffentlich erkältete er sich nicht.

Nach den Affen besuchten wir das Elefantengehege, den schlafenden Tiger, ein umherschleichendes Löwenpärchen und die Zebras, die zwei entzückende Fohlen hatten. Bei den Erdmännchen verbrachten wir die längste Zeit, und anschließend kaufte Leonard für uns alle ein Eis, womit wir uns auf eine Bank in die warme Frühlingssonne setzten, von der aus man eine gute Sicht auf das Erdmännchengehege und den Streichelzoo hatte. Ich verkniff es mir, das Angebot auszuschlagen und auf eine zuckerfreie Variante zu beharren, obwohl ich zu Hause ausreichend Gurkenscheiben, Apfelschnitze und Avocadostreifen für uns alle in eine Box gelegt und eingepackt hatte.

„Ich glaube, das ist seit einer langen Zeit das erste Eis für Elliot", murmelte ich stattdessen und sah meinem Sohn dabei zu, wie er hingebungsvoll daran leckte.

Leonard tat erschrocken. „Maddie ernährt sich von kaum etwas anderem. Es gibt Tage, an denen *frühstückt* sie sogar Eis", sagte er dann schulterzuckend.

„Ja. Habe ich schon mitbekommen." Ich verkniff mir, an die Riesenmenge Zucker zu denken, die das Kind demzufolge regelmäßig zu sich nahm. Stattdessen konzentrierte ich mich auf den süßen, schokoladigen Geschmack, der sich auf meiner Zunge ausbreitete.

Die Kinder waren als Erste fertig. Ich zog eine Packung Feuchttücher aus meinem Rucksack und säuberte Elliot das gänzlich mit Schokolade verschmierte Gesicht. Er kniff die Augen zusammen und hielt wie üblich ganz still. Als ich mit ihm fertig war und er vor Sauberkeit schier glänzte, hielt Maddie mir mit vorgerecktem Kinn ebenfalls ihr Gesicht entgegen, das nur unwesentlich sauberer war als Elliots zuvor. Ich zögerte kurz, schließlich war sie nicht mein Kind, und ich war mir unsicher, wie ich reagieren sollte. Dann nahm ich ein frisches Tuch aus der Packung und wischte damit kurz und vorsichtig über ihren Mund, bis sie ebenso sauber war wie Elliot.

„Danke, Josephin!" Maddie strahlte mich an und offenbarte eine winzige, aber markante Lücke zwischen ihren Vorderzähnen, und zum ersten Mal sah ich, wie bezaubernd dieses kleine Mädchen war.

Unter all dem zerzausten Haar, den frechen Sprüchen und der wenig schönen Kleidung verbarg sich tatsächlich wider Erwarten ein unheimlich süßes Kind mit Cassidy McEvans feinen Zügen, Leonards Mund und strahlend blauen Augen, die von dichten Wimpernkränzen umrahmt waren. Sie war geradezu liebenswert. Diese Erkenntnis erstaunte mich, und mir wurde unvermittelt warm ums Herz. Lächelnd nickte ich ihr zu.

„Soll ich ihnen erzählen, dass ich dich letzte Nacht genauso saubergemacht habe?", fragte Leonard leise, als die beiden aufstanden und zurück zum Erdmännchengehege liefen.

„Hör bloß auf!" Eine heiße Röte schoss mir in die Wangen. „Das war definitiv der tiefste Tiefpunkt meines Lebens."

Leonard lachte. Ein angenehmes, warmes Lachen.

„Ich weiß, dass du mich nicht ausstehen kannst", sagte er unvermittelt mit einer plötzlichen Ernsthaftigkeit in der Stimme. „Das ist okay. Wirklich. Ich würde dich auch nicht unbedingt zu meinen Lieblingsmenschen zählen." Er hob die Hand, um mich daran zu hindern, etwas zu entgegnen. „Was ich eigentlich sagen will ... wir sollten das Beste aus der Situation machen. Maddie und Elliot mögen sich, und sie scheinen irgendwie ..."

„... einander Halt zu geben", vollendete ich leise seinen Satz. Er hatte recht.

Leonard nickte. „Beide haben einen Verlust erlitten. Und wenn sie einander auch nur ein winziges Stückchen dabei helfen können, diesen Verlust zu verkraften, dann ..."

Er ließ seinen Satz unvollendet im Raum stehen und betrachtete mich fragend. Ich dachte einen Augenblick lang nach, während ich die Kinder beobachtete, die vor dem Streichelzoo Futter vom Boden aufklaubten, das aus dem Futterautomaten gefallen war, um es über den Zaun zu den Ziegen zu werfen. Unhygienisch, aber süß.

„Also, was meinst du: Können wir um ihretwillen ... so was wie Freunde sein?", raunte Leonard mir zu und streckte mir unerwartet die rechte Hand entgegen.

Mit einem Nicken schüttelte ich sie, bevor wir aufstanden und den Kindern zum Streichelzoo folgten.

Das Freundschaftsangebot änderte die Beziehung zwischen Leonard und mir innerhalb der nächsten Tage grundlegend. Ich empfand ihn immer noch als anstrengend, seine Erziehung als wenig produktiv und die Art und Weise, wie er mit Frauen umging, als machohaft. Ihm ging es mit mir nicht anders. Er machte keinen Hehl daraus, dass er mich für eine überorganisierte, steife Glucke mit den falschen Prioritäten hielt. Aber wir kamen miteinander aus. Irgendwie und aller Unterschiede zum Trotz.

Dass ausgesprochen worden war, dass wir einander nicht mochten, schien die Spannung auf eine paradoxe Art und Weise herausgenommen und zu der Erkenntnis geführt zu haben, dass wir einander gar nicht mögen *mussten*. Wir mussten uns bloß eine Wohnung miteinander teilen, die Macken des anderen akzeptieren und Verständnis dafür aufbringen, dass unsere Kinder sich allmählich zu besten Freunden entwickelten. Und das war etwas, was man von erwachsenen Menschen nun einmal erwarten konnte.

Es war ein regnerischer Samstagabend Anfang April, als Leonard mit schlechter Laune durch die Wohnung lief und auf seinem Handy herumtippte. Die Kinder und ich spielten gerade Memory auf dem Esstisch. Maddie hatte begonnen, Interesse daran zu zeigen, wenn ich Elliot pädagogisch förderte, und so bezog ich sie mit ein, wann immer sie wollte.

„Alles in Ordnung?“, erkundigte ich mich. „Hat dich etwa jemand versetzt?“

„Was? Nein.“ Leonard blickte von seinem Handy auf und wirkte zerstreut. „Ich habe recht spontan einer Verabredung zugesagt, aber weder Maddies Großeltern noch die Studentin aus der Nachbarschaft, die ich normalerweise frage, haben Zeit zum Babysitten.“

„Ich bin doch gar kein Baby!“, protestierte Maddie.

„Das behauptet ja auch niemand.“ Leonards Gesichtszüge wurden wie immer ganz weich, als er seine Tochter ansah. Dann zuckte er mit den Schultern. „Egal. Ich sage einfach ab.“

„Josephin kann doch auf mich aufpassen“, schlug Maddie vor und deckte ein weiteres Pärchen auf, das sie auf ihren bereits recht hohen Stapel legte.

„Oh, das muss sie nicht“, entgegnete Leonard schnell.

„Ich könnte aber.“ Ich deckte absichtlich zwei ungleiche Karten auf, damit Elliot, der nach mir an der Reihe war, ein Pärchen finden konnte. „Elliot und ich sind doch sowieso zu Hause.“

Leonard zögerte. „Nur, wenn es dir wirklich nichts ausmacht.“

„Ich bitte dich. Das ist kein Problem. Geh nur.“

Leonard sah aus, als würde ihm ein Stein vom Herzen fallen.

„Du bist ein Schatz!" Er trat zu uns an den Tisch und drückte mir unvermittelt einen Kuss auf die Wange. „Danke!"

Ich errötete und ärgerte mich über die Reaktion meines Körpers. Die Kinder kicherten.

„Mein Papa will deine Mama heiraten", lachte Maddie albern und lehnte sich über den Tisch, wobei ihr ihre langen dunklen Haare ins Gesicht fielen.

„Gar nicht!" Elliots ausgelassene Stimmung schlug abrupt um, und er hörte auf zu kichern. „*Mein* Papa heiratet meine Mama. Oder, Mama?"

„Ähm ..." Ich zögerte.

„Gewonnen!" Maddie deckte mit flinken Fingern die letzten drei Memory-Pärchen auf und präsentierte stolz ihren Stapel, der sowohl meinen als auch Elliots um Längen überragte.

Meine Gedanken schweiften ab, während die Kinder ihre Stapel verglichen und anschließend aufstanden, um in Maddies Zimmer zu spielen. *Würde* ich Marten heiraten? Es war bereits ein Monat vergangen, seit ich bei Leonard eingezogen war – und somit vier Monate, seit Marten mich verlassen hatte. Ich hatte die Hoffnung nie aufgegeben, doch irgendwie schien sie langsam minimal zu bröckeln. Und meine hundertprozentige Überzeugung, wieder in unserem gemeinsamen Haus zu leben, ihn zu heiraten und ein Geschwisterchen für Elliot zu gebären, war zu einer höchstens fünfundneunzigprozentigen Überzeugung geworden. Doch noch war ich nicht bereit, diese Vorstellung aufzugeben.

Die Tage in der WG waren seit Leonards Freundschaftsangebot erträglicher geworden, und ich hatte mit Maddie Frieden geschlossen, die zwar eine kleine verwöhnte Kratzbürste, aber auch unheimlich aufgeweckt und liebenswert war. Dennoch war jeder Tag für mich ein weiterer in einer Art Warteschleife, an deren Ende hoffentlich Marten stand und mich unter Tränen um Vergebung bat.

Leonard kam aus seinem Schlafzimmer und strich in bester Laune sein bordeauxrotes Shirt glatt, zu dem er eine zerschlissene dunkle Jeans trug. Pfeifend verschwand er im Badezimmer und kam wenige Minuten später von einer Wolke aus herbem Herrenparfüm umgeben und mit zum Seitenscheitel gegeltem Haar wieder hinaus. Er sah aus, als wäre er gerade einem Werbespot entsprungen. Hoffentlich wusste die Frau, die er heute daten würde, dass er zwar äußerlich zum Anbeißen war, sie aber nach dieser Nacht schneller vergessen würde, als sie seinen Namen würde aussprechen können.

„Danke noch mal." Leonard setzte eine dunkle Sonnenbrille auf (im März ... wie albern) und schlüpfte in eine schwarze Lederjacke und schwarze Sneakers. „Könnte spät werden. Und falls du ..."

„... ich Geräusche in der Nacht höre, weiß ich, woher sie kommen", beendete ich seinen Satz und verdrehte die Augen.

„Genau." Leonard grinste. „Oder du kommst uns Gesellschaft leisten."

„Willst du, dass ich dich wieder vollkotze?", konterte ich.

Er lachte, griff nach seinem Schlüssel und verschwand. Nachdenklich warf ich einen Blick zu Maddie und Elliot hinüber, die auf dem Sofa eine Burg aus Kissen bauten, und ging in die Küche, um das Abendessen zu richten.

Maddie verspeiste zwei große Portionen meiner veganen Gemüse-Bolognese mit Vollkornnudeln, was ich mir nicht nehmen lassen konnte, Leonard per Textnachricht mitzuteilen.

Du sollst sie betreuen. Nicht vergiften!,

antwortete er sofort. Ich grinste.

„So, ihr beiden. Schlafenszeit", teilte ich mit einem Blick auf die Uhr mit. „Gehen wir mal eure Zähne putzen!"

Ich scheuchte sie ins Badezimmer, wobei sie vor Freude quietschend vor mir herliefen.

„Leg dich schon mal hin, Schatz, ich bringe Maddie ins Bett", bat ich Elliot, nachdem die beiden mit gewaschenen Gesichtern und geputzten Zähnen vor mir standen.

Maddie schlüpfte sehr selbstständig in ihren mindestens eine Nummer zu kleinen blauen Schlafanzug, sprang ins Bett und deckte sich zu. „Gute Nacht", sagte sie, schloss die Augen und drehte sich zur Seite.

Unsicher blieb ich im Türrahmen stehen. Ich war etwas erstaunt. Elliot schlief nie ein, ohne vorher eine Geschichte vorgelesen bekommen zu haben und in den Schlaf begleitet zu werden. Ich zuckte mit den Schultern. Sie war es vermutlich einfach nicht gewohnt.

Schnell huschte ich zurück ins Bad, putzte mir selbst die Zähne, zog meine Hose aus und tauschte die Bluse, die ich trug, gegen ein langes Schlafshirt. Dann schlich ich in mein Zimmer, um mich zu Elliot zu legen. Doch kaum hatte ich den Raum betreten, als mir auch schon verdächtige Schnarchlaute entgegenkamen. War mein Kind etwa ... tatsächlich, er schlief. Ohne Geschichte, ohne Begleitung. Zutiefst erstaunt musterte ich ihn. Ausgestreckt wie eine Krake lag er inmitten meines Bettes und kam mir plötzlich furchtbar groß vor.

Erst gestern schien er geboren worden zu sein, als winziges, zartes Frühchen mit fast durchsichtiger Haut, durch die man all seine Adern hatte sehen können. Eine paradoxe Gefühlsmischung aus Wehmut und Stolz ließ mein Herz höher schlagen.

Plötzlich war ich gar nicht mehr müde. Leise schlich ich mich auf Zehenspitzen wieder aus dem Zimmer, lehnte die Tür an und sah noch mal nach Maddie, die ebenfalls schon schlief. War doch ein Klacks mit zwei Kindern! Ob ich eines Tages auch ein Mädchen bekommen würde? Ich wusste, dass Marten sich immer eine Tochter gewünscht hatte. Eine weibliche Ausgabe von Elliot würde sicher süß aussehen.

Nachdenklich setzte ich mich auf die Couch, schaltete den Fernseher an und merkte kaum, wie mein Kopf bereits nach kurzer Zeit immer schwerer wurde und meine Lider sachte hinabfielen, bis ich einschlief.

Als zehn Jahre junge Jo saß ich in meinem Traum auf einem Stuhl, während meine Mutter mir die hüftlangen Haare kämmte. Hundert Bürstenstriche. Wie an jedem Abend. Sie kämmte etwas fester als gewohnt, und es ziepte und zog ganz schrecklich, doch ich gab keinen Ton von mir. Ich war es gewohnt, dass sie grob zu mir war, wenn ich sie verärgert hatte. Und ich *hatte* sie verärgert. Mehr denn je zuvor vermutlich.

„Also kein Ballett mehr", sagte sie spitz. Es war das erste Mal seit Minuten, dass sie sprach, und obwohl aus jeder Silbe die bloße Enttäuschung herausklang, war ich erleichtert, dass die Stille durchbrochen worden war.

Kaum merklich schüttelte ich den Kopf. Ich hatte es gehasst – vom ersten Tag an. Und dass es endlich aus mir herausgebrochen war, dass ich nicht mehr tanzen würde, ganz gleich, was sie auch tat, war eine Befreiung und eine Gefahr gleichermaßen. Denn ich wusste, dass eine lange Zeit vergehen würde, bis sie mir dies vergeben würde.

„All das Geld, all die Energie und Zeit, die ich da reingesteckt habe." Sie kämmte noch etwas fester, nun so fest, dass ich die Zähne aufeinanderbeißen musste, um keinen Laut von mir zu geben. „Aber wenn du nicht mehr tanzen willst, willst du nicht mehr tanzen. Ich kann dich schließlich nicht zwingen, nicht wahr?!"

Es klang nicht wirklich wie eine Frage, deshalb antwortete ich nicht. Stattdessen hielt ich dem Blick des blassen, dünnen Mädchens stand, das mich aus dem Spiegel heraus anstarrte. Das Mädchen hatte markante Wangenknochen und ein spitzes Kinn.

Unsanft flocht Elinor mein langes Haar nun zu einem straffen Zopf und erwiderte meinen Blick im Spiegel.

„Du hast Glück, dass du schön bist, Jo", sagte sie kühl. „Zumindest das kannst du. Das musst du eines Tages zu deinem Vorteil nutzen. Such dir einen Mann, der Geld hat. Wenn man schön ist, hat man die Wahl."

Wie betäubt nickte ich. Und plötzlich veränderte sich der Traum. Meine Mutter, der Spiegel und der Stuhl, auf dem ich gesessen hatte, lösten sich im Nebel auf, und ich stand in absoluter Finsternis, ein winziges, warmes Bündel im Arm, das nicht aufhören wollte zu schreien. Und plötzlich waren Hände da. Von überallher kamen sie. Kalte, klamme Hände, die mir das Einzige nehmen wollten, das ich in dieser Dunkelheit, Leere und Stille noch hatte: mein Baby.

„Nein. Nein, bitte nicht!" Schlagartig war ich wach und drückte das warme Bündel an meine Brust, das plötzlich gar nicht mehr winzig, sondern ziemlich groß und schwer war.

„Josephin, schon gut. Ich nehme sie." Leonards Stimme war ganz nah, die kalten Hände gehörten ihm.

Erstaunt realisierte ich, dass ich die schlafende Maddie im Arm hielt. Erschrocken ließ ich zu, dass Leonard sie mir abnahm und sie in ihr Bett trug. Als er zurückkehrte, schämte ich mich plötzlich.

„Sie muss zu mir gekommen sein", murmelte ich. „Ich glaube, ich bin auf der Couch eingeschlafen."

„Offensichtlich." Leonard setzte sich neben mich. Er roch immer noch nach Parfüm, aber ein wenig Rauch, Bier und etwas anderes hatten sich daruntergemischt.

„Keinen Übernachtungsgast heute?", versuchte ich von mir abzulenken und fuhr mir mit beiden Händen über die Augen.

„Keinen Übernachtungsgast heute." Leonard schüttelte den Kopf. „Maddie hat nie so bei mir geschlafen, wie gerade bei dir. Sie mag dich."

Ich nickte, denn ich wusste nicht, was ich darauf antworten sollte. Leonard seufzte, zog sich die Schuhe aus und warf sie in die nächstbeste Ecke. Er wirkte erschöpft.

„Wie spät ist es?", fragte ich.

„Halb zwei." Er musterte mich. „Bist du müde?"

„Nein." Ich streckte mich gähnend. Es war gemütlich, hier auf dem Sofa, und irgendwie genoss ich Leonards Gesellschaft gerade, was ich natürlich niemals zugegeben hätte. Sein Ego war bereits groß genug, es musste nicht noch mehr wachsen.

Leonards Blick ruhte eine Weile auf der Zimmertür von Maddie, bevor er sich die Haare aus dem Gesicht strich. Sie sahen nicht mehr so ordentlich aus wie am Abend, als er aufgebrochen war. Wahrscheinlich war er durch den immer noch leise prasselnden Regen gelaufen.

„Weißt du, Cassidy war nie der Engel, für den sie alle gehalten haben", sagte er langsam. „Sie wollte unbedingt ein Kind damals. Ich nicht. Sie hat mich belogen und die Pille abgesetzt."

Eine gefühlte Ewigkeit lang sagte keiner von uns etwas. Die Tatsache, dass Leonard mir plötzlich so tiefe Einblicke in sein Privatleben und seine Vergangenheit gewährte wie nie zuvor, erstaunte, erschrak und erfreute mich gleichermaßen. Auch wenn es wahrscheinlich gerade eine große Rolle spielte, dass er angetrunken war. Ich hatte mich schon öfter gefragt, wie Cassidy McEvans zu Lebzeiten gewesen war, doch niemand hier sprach je über sie, und ich hatte nie das Gefühl gehabt, das Recht zu besitzen, dies tun zu dürfen.

Leonard sah mich an. Offenbar erwartete er eine Reaktion von mir. Ich schluckte.

„Und dennoch bist du bei ihr geblieben", sagte ich leise.

„Das stand nie zur Debatte, Josephin." Leonard klang erstaunt. „Ich habe Maddie geliebt, von der Sekunde an, in der ich von ihrer Existenz erfuhr."

Ich musste lächeln. „Ging mir damals mit Elliot genauso."

Eine Weile lang starrten wir beide ins Leere, jeder in seinen eigenen Gedanken gefangen.

„Wie war sie so? Cassidy, meine ich. Wie war sie als … Mutter?", brachte ich schließlich zögernd hervor. Obwohl ich sehr leise gesprochen hatte, klang meine Stimme in der Stille der Nacht laut und nahm den ganzen Raum für sich ein.

Leonards Gesichtszüge verhärteten sich kaum merklich.

„Maddie war Cassidys Aushängeschild", antwortete er mit einem bitteren Unterton in der Stimme. „Ihr Accessoire. Cassidy hat sich nie etwas aus Maddies Gefühlsleben gemacht. Sobald Maddie krank wurde, müde oder bockig, hat sie sie fallenlassen. Dieses kleine Mädchen musste immer lieb sein, immer brav und artig. Sie musste immer sauber und hübsch angezogen sein und durfte sich unter Cassidys Aufsicht nicht schmutzig machen."

Langsam begriff ich. Leonard wollte Maddie all das bieten, was Cassidy ihr zu Lebzeiten nicht gegeben hatte, nun, da sie beide alleine miteinander waren. Deshalb durfte Maddie tun und lassen, was sie wollte. Deshalb musste sie sich nicht die Haare kämmen, wenn ihr nicht danach war. Deswegen durfte sie drei Tage hintereinander dasselbe Kleid tragen, auch wenn es ausgeblichen, kaputt oder schmutzig war. Mein Herz wurde schwer. Diese arme kleine Seele.

„Und ihre Großeltern sind nicht besser", fuhr Leonard leise fort, ohne den Blick von seinen Händen abzuwenden, die er im Schoß gefaltet hielt. „Reiche, stocksteife Möchtegernwohltäter, die in Maddie eine zweite Cassidy sehen. Man kann es Cassidy noch nicht einmal verübeln, dass sie als Mutter so war, wie sie war. Sie hat es nie anders gelernt. Was glaubst du, wie oft die beiden mir Geld angeboten haben, mir angeboten haben, mit Maddie in ihr großes Haus oder in das Haus von Cassidy zu ziehen ... nur um die Kontrolle darüber zu haben, was mit der Kleinen geschieht."

„Aber wieso lebt ihr nicht in Cassidys Haus?", fragte ich. „Du und Maddie."

„Kurz bevor Cassidy krank wurde, zog ich aus dem Haus aus und in diese Wohnung", antwortete Leonard. „Und als es ihr schlechter und schlechter ging, zog sie mit Maddie zu mir, damit ich sie unterstützen konnte. Später, damit ich sie pflegen konnte." Leonard schluckte.

„Leonard ..." Ich legte betroffen meine Hand auf seine, doch er zog sie fort. Eine unangenehme, bedrückende Stille legte sich über uns. Es dauerte einen Moment, bis er sich wieder gefangen hatte.

„Was ich sagen wollte, ist: Das hier ist das letzte Zuhause, das Maddie mit Cassidy geteilt hat. Und auch wenn sie nie eine wirklich gute Mutter war, so war sie doch die einzige Mutter, die Maddie gekannt hat. An das Haus erinnert Maddie sich nicht mehr. Da war sie noch zu klein. Cassidy war lange krank, bevor sie … die letzten sechs Wochen hat sie bei ihren Eltern gelebt. Jedenfalls … diese Erinnerungen, dieses letzte Stück von Cassidy, das möchte ich Maddie nicht nehmen."

„Du hast sie gar nicht betrogen, oder?", flüsterte ich.

Leonard schüttelte den Kopf. „Kurz vor ihrer Diagnose habe ich sie mit einem ihrer Kollegen erwischt. Deshalb bin ich ausgezogen. Die beiden waren nur kurz zusammen. Als sie krank wurde, verschwand er."

Ich wusste nicht, was ich sagen sollte. Plötzlich war alles ganz klar: Er war nie der Täter gewesen, für den ihn alle gehalten hatten. Im Gegenteil – er war das Opfer.

„Aber … aber ich verstehe nicht, dass du das nie jemandem erzählt hast", brachte ich mit zittriger Stimme hervor. „Dass du das alles nie … nie geradegerückt hast!"

Leonard sah mich an, als würde ich die einfachste Matheaufgabe der Welt nicht verstehen. „Sie war dabei, zu sterben, Jo", sagte er dann mit Nachdruck. „Ich wollte ihr Andenken nicht beschmutzen. Sie wollen sie als Engel in Erinnerung behalten, dann sollen sie das tun."

Und etwas wie Trotz trat in seine Augen. Ein völlig anderer Leonard McEvans als der, den ich vor einem Monat kennengelernt hatte, saß mir gegenüber. Unter all dem Machogehabe, den dummen Sprüchen und der Selbstverliebtheit war er verletzlicher als jeder andere. Kein Wunder, dass er die Frauen nur für eine Nacht an seiner Seite bleiben ließ. So kamen sie nicht an sein Herz heran.

„Es tut mir *so* leid. Ich habe dich völlig falsch eingeschätzt", sagte ich aufrichtig.

Leonards Ernsthaftigkeit wich einem Schmunzeln, sodass er dem alten Leonard McEvans wieder viel mehr ähnelte. Es war erstaunlich, wie schnell seine Stimmung umschlagen konnte.

„Das muss es nicht", sagte er. „Mein Ruf war schon schlecht, bevor Sie in mein Leben getreten sind, Josephin Carter." Er zwinkerte mir auf eine merkwürdige Art und Weise zu, und mir wurde irgendwie warm. „Und es um so Vieles anstrengender gemacht haben", setzte er hinzu.

Der Augenblick war zerstört. Ich verdrehte die Augen.

„Und gesünder. Und durchstrukturierter. Und pädagogisch korrekter. Und humorloser", zählte er an den Fingern ab.

Ich warf ihm ein Kissen ins Gesicht.

„Hey!" Er lachte und schleuderte es zurück zu mir, worauf ich es erneut, und dieses Mal fester, in seine Richtung feuerte.

Er versetzte mir einen Schubs gegen die Schulter, und ich fiel lachend mit dem Rücken auf die Couch. Plötzlich war er über mir, hielt meine Handgelenke fest und drückte mich herab.

„Was ich jetzt alles mit dir tun könnte", raunte er.

„Tu's doch", brachte ich atemlos hervor und funkelte ihn an.

Er schien einen Augenblick lang nachzudenken. Seine grau-grünen Augen glitten über meinen Körper, bevor unsere Blicke sich wieder trafen.

„Besser nicht." Er ließ mich los und lehnte sich entspannt zurück. „Gut, dass wir Freunde sind, Josephin Carter."

„Ja." Ich versuchte, mir nicht anmerken zu lassen, dass ich außer Atem war. „Gut, dass wir Freunde sind."

Kapitel 7

Zu Hause

Wenige Tage später wurde Elliot krank. Es begann damit, dass er furchtbar schlecht schlief – und ich mit ihm – und am Morgen ungewöhnlich blass und still aus dem Bett kroch. Nachdem er sowohl sein über alles geliebtes Früchtemüsli als auch meinen Naturjoghurt und Vollkornbrot mit Avocado verweigert hatte – was er normalerweise bereitwillig und mit großem Appetit aß – und selbst Maddies fast gänzlich aus Zucker und Chemie bestehende Cornflakes abgelehnt hatte, erbrach er sich in einer großen Lache auf den Fußboden.

Während ich für einige Sekunden wie gelähmt dastand, denn Elliot machte zwar immer einen etwas schwächlichen Eindruck, war aber selten in seinem Leben krank gewesen, reagierte Leonard geistesgegenwärtig. Erst trug er Elliot ins Badezimmer und wies Maddie dann an, Küchenrolle zu holen. Die beiden waren bereits fertig angezogen und so gut wie abfahrbereit für den Kindergarten und das Büro.

Dankbar nahm ich die Küchenrolle von Maddie entgegen, holte das Desinfektionsspray und einen Müllbeutel aus dem Küchenschrank und begann zittrig, das Erbrochene aufzuwischen, während Elliot sich im Badezimmer erneut lautstark übergab. Leonard kehrte zurück und legte mir eine Hand auf die Schulter. „Geh zu ihm, ich mach das", sagte er vollkommen ruhig.

„Okay", war alles, was ich hervorbrachte. Mit großen Schritten eilte ich zu Elliot, der, über die Toilettenschüssel gebeugt, auf dem kalten Badezimmerboden kauerte und am ganzen Leib zitterte. Er war kreidebleich und weinte. Sofort begann mein Herz schneller zu schlagen. Was hatte er bloß? Wie krank war er? Und sollte ich sicherheitshalber einen Rettungswagen rufen?

Horrorberichte von Kindern mit lange unentdecktem Magenkrebs oder lebensgefährlichen Hirnhautentzündungen kamen mir in den Sinn, und Angst legte sich wie eine eiskalte Hand um mein Herz, um es schmerzvoll zusammenzudrücken.

Ich sank neben Elliot auf die Knie, strich ihm über den Rücken und war erleichtert, als Leonard schließlich zu uns ins Badezimmer kam. Ich hoffte, dass man mir meine Überforderung nicht gleich ansah, andererseits wünschte ich mir sehnlichst, dass er mir irgendwie helfen oder mir sagen würde, was ich tun sollte.

Elliot hatte als Kleinkind diverse Erkältungen gehabt und eine leichte Bronchitis im Urlaub vor zwei Jahren, doch so schlecht wie in diesem Moment war es ihm nie gegangen. Und ich als Mutter, die ihm ein Fels in der Brandung sein musste und ihn umsorgen sollte, war in meinem logischen Denken vollkommen gelähmt vor Sorge. Während ich noch darüber nachdachte, würgte Elliot erneut, doch es kam nichts mehr aus ihm heraus. Er sank etwas in sich zusammen und ließ den Toilettendeckel los.

„Hier." Leonard nahm ihm die schief sitzende Brille von der Nase, legte sie beiseite und befeuchtete ein Handtuch, um es ihm zu geben. „So ist es besser."

Seine Stimme war angenehm leise und besänftigend.

„Danke." Ich blinzelte zu ihm hoch. „Ich wusste nicht, dass du so …"

„So was?"

„So fürsorglich sein kannst." Ich hatte es ausgesprochen, bevor ich darüber nachdenken konnte.

Leonard verzog das Gesicht, als hätte er in eine besonders saure Zitrone gebissen.

„Was hast du erwartet? Ich bin ein Vater, Josephin. Ich weiß, wie man sich um Kinder kümmert."

Es war nicht meine Absicht gewesen, doch offenbar hatte meine Reaktion ihn gekränkt. Ich blickte zu Boden. Leonard zog den flauschigen Badezimmerteppich zu uns heran und schob ihn Elliot unter, damit er nicht mehr auf dem kalten Boden sitzen musste.

„Tut mir leid", murmelte ich.

„Schon okay." Leonard sah mir nicht in die Augen. „Maddie hatte vor zwei Monaten auch einen Magen-Darm-Virus. In der Kita geht so was ständig rum."

Elliot rutschte ein Stück von der Toilette weg und putzte sich den Mund mit dem Handtuch ab, das Leonard ihm gereicht hatte. Er wirkte erschöpft und kuschelte sich an mich.

„Einen Magen-Darm-Virus?", echote ich.

Woher wollte er wissen, dass es nur ein Virus war? Was, wenn es etwas Schlimmeres war? Eine Lebensmittelvergiftung zum Beispiel. Oder Magenkrebs. Oder eine Hirnhautentzündung.

„Ich muss zur Arbeit." Leonard wusch sich die Hände und warf sich selbst einen kurzen, prüfenden Blick, der an Arroganz grenzte, im Spiegel zu. „Kommst du klar hier?"

Ob ich klarkam? Natürlich kam ich klar! Ich nickte, und Leonard strich Elliot aufmunternd über den Kopf, um nun das Badezimmer und anschließend gemeinsam mit Maddie die Wohnung zu verlassen.

Sofort holte ich mein Handy und rief in der Kinderarztpraxis an. Die Ärztin, eine tiefenentspannte, freundliche Seele, kannte Elliot seit seiner Geburt und hatte es schon oft geschafft, mich zu beruhigen, wenn es niemand anderem gelungen war.

„Wichtig ist jetzt, dass er ausreichend trinkt, Miss Carter", schnurrte sie, nachdem sie sich meine Wehklage angehört hatte. „Dann ist er in ein, zwei Tagen wieder auf den Beinen."

„Aber soll ich nicht doch mit ihm in die Praxis kommen? Sicherheitshalber?", bohrte ich nach.

„Hat er Fieber?", erkundigte sie sich.

„Hmm ..." Ich legte meine Hand an Elliots Stirn. „Nein, ich denke nicht."

„Ausschlag?"

„Nein, auch nicht."

„Schwindel, starke Kopfschmerzen, Ohnmacht?"

Ob das noch folgen würde?

„Ich ... nein, bisher zumindest nicht. Er hat sich einfach nur übergeben. Und möchte nicht essen."

„Beobachten sie ihn." Ich hörte, wie die Ärztin etwas in den Computer eintippte und kurz nebenbei mit einer Arzthelferin sprach. „Wenn Fieber, Ausschlag oder Apathie hinzukommen oder er nicht trinkt, dann kommen Sie mit ihm rein. Bis dahin tun Sie ihm den größten Gefallen, wenn Sie ihm Ruhe und ausreichend zu trinken geben. Gerne auch etwas Zuckerhaltiges."

„Zuckerhaltiges?"

„Sein Körper braucht jetzt die Energie." Die Ärztin machte eine kurze Pause, so, als würde sie darauf warten wollen, dass ihre Worte auf mich wirken konnten. „Und ... Miss Carter?"

„Ja?" Ich zog Elliot auf meinen Schoß. Immer noch hockten wir gemeinsam auf dem Teppich, den Leonard uns herangezogen hatte.

„Ihr Sohn ist ein großer, gesunder Junge. Kein Baby mehr. Kein Frühchen. Er wird noch viele Krankheiten bekommen, vor allem in seinem ersten Kindergartenjahr. Er geht doch bald in den Kindergarten?"

Bei der letzten Vorsorgeuntersuchung hatte ich diese Angabe gemacht, doch nun war ich mir der Sache nicht mehr ganz so sicher. Mit seinen viereinhalb Jahren war er älter als die meisten Kinder, die neu in den Kindergarten kamen, und dennoch kam er mir viel kleiner und schutzbedürftiger vor. Und wollte ich ihm und mir all die Krankheiten zumuten, die da noch kommen würden? Scharlach? Die Hand-Fuß-Mund-Krankheit? Läuse? Ich erschauderte unwillkürlich.

„Miss Carter?"

„Oh, ich ... ja, er geht bald in den Kindergarten", beeilte ich mich zu sagen, schließlich sollte sie mich nicht für eine überbesorgte Glucke halten. Die ich nicht war. Keineswegs. „Also viel trinken, Zucker, Ruhe und zu Ihnen fahren, sobald es ihm schlechter geht?"

„Genau richtig. Gute Besserung dem Kleinen", schnurrte sie, legte auf und ließ mich wieder allein mit dem kranken Elliot und meinem sich wie wild drehenden Gedankenkarussell.

Mehr denn je wünschte ich, dass Marten an meiner Seite wäre. Zwar hatte ich immer die Hauptsorge für

Elliot getragen, ihn gepflegt und gebadet und zu Bett gebracht, aber Marten war der ruhigere, entspanntere Part gewesen, der nicht gleich in Panik verfiel, wenn Elliot sich mal verschluckte oder auf die Nase fiel. Kurz dachte ich darüber nach, ihn anzurufen, doch irgendetwas hielt mich ab.

Und Elinor? Nein. Ich verwarf den Gedanken, noch bevor ich ihn ganz zu Ende gedacht hatte. Sie würde sich vermutlich über mich lustig machen, mich als Glucke betiteln und sagen, dass Elliot die paar Keime schon nicht umhauen würden. Dass es meine Schuld war, weil ich immer alles so steril hielt und ihn zu sehr verwöhnte. Sie war als Mutter nie besonders fürsorglich gewesen, und als Oma war sie es auch nicht.

„Geht es besser, Baby?", fragte ich Elliot sanft, der seine Stirn an meinen Hals gebettet hatte.

„Ein bisschen", piepste er mit schwachem Stimmchen.

„Komm, wir gehen auf die Couch." Ich rappelte mich vom Boden auf und nahm ihn auf den Arm. „Ich mache dir einen Tee."

Ohne ein Wort ließ er sich von mir aus dem Badezimmer tragen und auf dem Sofa ablegen, wo ich ihn behutsam mit seiner Lieblingsdecke zudeckte und den Fernseher anschaltete.

„Ich darf fernsehen? *Du* lässt mich fernsehen?", fragte er erstaunt.

Ich nickte. „Das eine Mal wird schon okay sein. Du bist ja krank", erklärte ich mit Blick auf das Programm (eine Kinder-Dokumentation über Hühner) und machte mich auf den Weg in die Küche.

In eben diesem Moment vibrierte mein Handy. Ich zog es aus der Hosentasche, legte es auf die Arbeitsplatte der Küche und warf einen Blick darauf, während ich Wasser in den Wasserkocher füllte. Zu meinem Erstaunen war es Leonards Nummer, die auf dem Display aufblinkte.

Alles gut?

Ich warf einen Blick zu Elliot hinüber, wie er so dalag und fernsah. Leonard sollte nicht denken, dass ich das hier nicht unter Kontrolle hatte. Ich *hatte* es definitiv unter Kontrolle!

Alles gut.

Ich schickte einen Smiley hinterher, der den Daumen nach oben reckte.

Doch es war nicht gut. Wir schleppten uns durch den Tag. Elliot wollte partout nicht essen und trank nur, da ich ihn alle paar Minuten vehement daran erinnerte. Er erbrach sich noch zwei weitere Male, und am Mittag kam leichter Durchfall hinzu, was, wie ein erneuter Anruf in der Kinderarztpraxis ans Licht brachte, kein Grund zur Beunruhigung war, wenn er weder apathisch noch fiebrig oder ausgetrocknet wirkte.

Am späten Nachmittag kamen Maddie und Leonard nach Hause. Elliot schaute gerade eine Sendung namens *Peppa Wutz*, die zugegebenermaßen recht amüsant war, und ich schrubbte die Reste vom letzten Erbrechen aus dem Teppich. Es war kalt in der Wohnung, da ich alle Fenster aufgerissen hatte, um den Geruch von Erbrochenem loszuwerden.

„Ich habe dir ein Bild im Kindergarten gemalt, Elliot." Maddie zog einen übergroßen eingerollten Zettel aus ihrem Rucksack und legte ihn Elliot behutsam auf den Schoß. „Das bist du. Und das bin ich. Und das ist mein Papa. Und das ist Josephin."

„Danke", murmelte Elliot schwach, und ich bekam aus irgendeinem Grund feuchte Augen.

„Halt etwas Abstand, Süße." Ich räusperte mich. „Nicht dass du dich ansteckst und wir hier nachher zwei kranke Kinder haben."

Leonard betrachtete mich mit einem kurzen, prüfenden Blick. Ich musste grauenhaft aussehen. Verschwitzt, müde und ungekämmt. Aber es war mir egal. Ob Leonard immer noch gekränkt war wegen meiner Aussage vom Morgen?

„Heute koche ich", sagte er jäh und zwinkerte Maddie geheimnisvoll zu.

Die kicherte. „Das heißt, er bestellt Pizza", klärte sie mich auf.

„Freitag ist Pizzatag!", trällerte Leonard.

Ich verdrehte die Augen.

Doch als wir eine Dreiviertelstunde später zu viert auf dem Sofa lümmelten und uns eine große Pizza teilten, bis auf Elliot, der Salzstangen knabberte, hatte ich mich ganz gut mit der Situation arrangiert. Es war schließlich eine Ausnahme. Und unheimlich lecker. Und verdammt bequem. Maddie kuschelte sich an mich, während Elliot, der immerhin ein halbes Stückchen geknabbert hatte, mit dem Kopf auf meinem Schoß ruhte. Leonard hatte den Arm um seine Tochter gelegt, und seine Hand ruhte wie selbstverständlich auf meiner Schulter. Ich musterte seine langen Finger und unsere Blicke trafen sich. Er lächelte.

„Gut, dass wir Freunde sind, oder?", wisperte er.

Ich nickte. Und so merkwürdig das auch war, irgendwie begann ich mich in dieser Wohnung, in dieser Situation, in dieser Freundschaft zu Hause zu fühlen. Was nicht heißen sollte, dass ich mein Ziel aus den Augen verloren hatte. Marten war immer noch das, was ich wollte. Ganz sicher. Und er *würde* um Vergebung bitten. Und ich *würde* ihm vergeben. Das stand fest. Felsenfest. Doch bis dahin würde ich hier warten. Mit Elliot, mit Maddie und mit Leonard McEvans.

Es schien Elliot besser zu gehen, als wir zu Bett gingen. Noch reichlich blass, aber etwas munterer tapste er neben mir her, seine mit Tee gefüllte Flasche in der einen und das Bild, das Maddie ihm gemalt hatte, in der anderen Hand. Ich nahm es, legte es auf den Nachttisch und betrachtete es, als Elliot sich in mein Bett legte. Maddie malte wirklich toll für ihr Alter. Sie war nur ein knappes Jahr älter als Elliot und würde im Sommer sechs werden, doch ihre Zeichnung sah aus wie die eines Schulkindes. Unter einem wunderbar hellblauen Himmel und einer riesigen lächelnden Sonne stand eine vierköpfige Familie Hand in Hand. Über ihnen flogen dutzende von kleinen Herzen. Ich musste unwillkürlich schmunzeln. Kinder und ihre wilde Fantasie.

Erschöpft kroch ich zu Elliot ins Bett, zog mir die Decke bis an das Kinn und seufzte. Endlich. Ich hatte mich seit langem nicht mehr so müde gefühlt. Selbst der Umzug war nicht so anstrengend gewesen wie dieser eine

Tag. Gerade fielen mir die Augen zu, als Elliot sich neben mir regte.

„Ich muss zur Toilette", sagte er mit weinerlicher Stimme.

Ich war sofort wieder hellwach. Eilends schnappte ich ihn und lief mit ihm ins Badezimmer. Gerade noch rechtzeitig.

Kaum lagen wir wieder im Bett, zog er unruhig an meinem Arm.

„Ich muss noch mal, Mama!"

Mit einem unterdrückten Aufstöhnen schwang ich die Beine aus dem Bett und lief erneut mit ihm ins Badezimmer. Frierend stand ich dort und wartete, bis er fertig wurde. Mir war so kalt, dass meine Zähne klappernd aufeinanderschlugen.

Irgendwann hörte ich auf zu zählen, wie oft wir in dieser Nacht aufstanden. Gefühlt jedes Mal, wenn ich die Augen schloss, weckte er mich, weil er zur Toilette musste. Ich kam wir vor wie ein Roboter, der irgendwann nur noch funktionierte. Irgendwann – Elliot hatte das Gefühl, dass ihm wieder schlecht war, er erbrach sich jedoch nicht, als wir im Badezimmer ankamen – klopfte jemand an die Badezimmertür. Mit vom Schlaf verwuschelten Haaren und mit einem weißen Shirt sowie einer kurzen Hose bekleidet trat Leonard in den Raum.

„Ich löse dich ab", sagte er mit einem kurzen Blick auf Elliot, der neben der Toilette kauerte.

„Ich komme klar", lehnte ich entschieden ab.

„Ich weiß, dass du klarkommst", Leonard hockte sich zu Elliot und strich ihm sanft über den Rücken, „und trotzdem löse ich dich ab. Geh ins Bett, Josephin. Du siehst aus wie ein Zombie. Elliot macht das nichts aus. Stimmt's, Kumpel?"

„Okay", nuschelte Elliot.

„Aber ... aber du musst morgen früh aufstehen", setzte ich an.

Leonard schüttelte den Kopf. „Morgen ist Samstag, Josephin. Da habe ich für gewöhnlich frei."

Unsicher blieb ich am Waschbecken stehen und wusch mir unnötig lange und sorgfältig die Hände, während in meinem Inneren zwei Seelen gegeneinander anzukämpfen schienen. Während die eine vor Müdigkeit und Erschöpfung schrie, nach Schlaf verlangte und Leonard augenblicklich die Verantwortung übergeben wollte, zögerte die andere. Vertraute ich meinem Mitbewohner genug, um ihm meinen kleinen Sohn anzuvertrauen? Konnte ich es mit meinem Gewissen vereinbaren, mein sichtlich krankes Kind allein zu lassen, um mein eigenes Bedürfnis nach Ruhe zu befriedigen? War das nicht furchtbar egoistisch?

Doch Leonard hatte sich Elliot so offen und liebevoll zugewandt, dass meine Bedenken dahinschmolzen. Leise schlich ich mich aus dem Badezimmer, eilte barfuß über den kalten Boden im Flur und kroch mit einem Gefühl von Dankbarkeit und tiefer Erleichterung in mein Bett, das mir nie zuvor so bequem vorgekommen war. Und kaum hatte mein Kopf das Kissen berührt, spürte ich bereits, wie ein tiefer, traumloser Schlaf mich davontrug.

Gegen 7 Uhr schreckte ich aus dem Schlaf. Im ersten Moment tastete ich verwirrt nach Elliots kleinem warmem Körper neben meinem, doch als ich ihn nicht finden konnte, war ich mit einem Mal hellwach. Die

Erinnerung an den gestrigen Tag und die anstrengende Nacht waren binnen Sekunden wieder präsent.

Schnell schwang ich die Beine aus dem Bett und tapste durch den Flur. Eine tiefe morgendliche Ruhe lag an diesem Samstag in der Luft. Der Schlaf hatte mir gutgetan. Ich fühlte mich vitaler, wacher und nicht mehr derart zittrig.

Als ich leise die angelehnte Badezimmertür aufdrückte, erwartete mich dort eine Überraschung. Mit dem Rücken an die Heizung gelehnt saß Leonard auf dem Boden und schlief. In seinem Arm, den Kopf an Leonards Brust gelehnt, schlummerte Elliot, der in eine flauschige Decke eingewickelt war.

Und plötzlich geschah etwas Merkwürdiges: Mein Herz zog sich zusammen – auf eine Art und Weise, die mir gänzlich unbekannt war. Es ziepte und brannte, und beinahe tat es weh. Ganz kurz und ganz intensiv, bevor es ebenso jäh verschwand, wie es aufgetaucht war und mich verwirrt zurückließ.

Kapitel 8

Eine Geburtstagsparty mit Folgen

„Und dein Vater hat wirklich nichts dagegen, dass Elliot und ich mitkommen?" Zweifelnd betrachtete ich die Torte, die ich am Vorabend gebacken hatte und welche ich nun behutsam mit beiden Händen festhielt, damit sie mir während der Autofahrt nicht vom Schoß rutschte.

„Sicher nicht." Leonard blieb gelassen, obwohl er diese Frage bereits mehrfach hatte beantworten müssen.

Es war Sonntag, eine gute Woche war vergangen, seit Elliot krank gewesen war, und er war längst wieder der Alte. Während das Aprilwetter exakt das tat, was man von diesem Monat erwartete und sowohl Regen als auch Sonnenschein mit sich brachte, waren wir auf dem Weg ins knapp siebzig Kilometer entfernte Franklin, in dem sich Leonards Elternhaus befand.

Ganz nebenbei hatte er mich am Mittwochmorgen am Frühstückstisch gefragt, ob wir ihn und Maddie zur Geburtstagsfeier seines Vaters begleiten wollten, damit Maddie sich in der Gesellschaft der Erwachsenen nicht langweilte. Ich (angestrengt versucht, nicht auf die verdächtigen roten Knutschflecken an seinem Hals zu starren, die deutliche Zeugen seiner nächtlichen Aktion waren) hatte nach kurzem Zögern auf Maddies und Elliots Drängen hin nachgegeben. Die für die Knutschflecke verantwortliche Dame wollte er lieber nicht mitnehmen, beteuerte er. Ich war mir sicher, dass dies bereits daran gescheitert wäre, dass er sich an ihren Namen würde erinnern müssen.

„Sind wir bald da?", quengelte Maddie von der Rückbank aus und trommelte ungeduldig mit den Füßen gegen die Rückseite meines Sitzes.

„Maddie, lass das bitte sein", verlangte ich, nachdem ich Leonard ausreichend Zeit gegeben hatte, selbst erziehungstechnisch zu reagieren.

Er schien gar nicht mitzubekommen, dass wir etwas gesagt hatten. Maddie seufzte, trat noch ein letztes Mal gegen meinen Sitz und schaltete schließlich ihr Tablet an, das natürlich nicht hatte zu Hause bleiben können.

„Findest du es nicht komisch, mit diesem Kerl Wochenendausflüge zu machen?", hatte Marten am Vortag gefragt, nachdem er Elliot nach Hause gebracht und mich skeptisch über den Rand seiner Brille hinweg angeschaut hatte. „Der ist doch gar nicht auf deiner Wellenlänge, Jo."

Seine Reaktion hatte mich verwirrt und dafür gesorgt, dass ich selbst jetzt, auf dieser Autofahrt, noch darüber nachdachte. Weshalb kümmerte es ihn, mit wem ich meine Wochenenden verbrachte? War ich ihm doch nicht so egal, wie er immer tat? Oder lag es lediglich daran, dass er vermeiden wollte, dass sein Sohn zu viel Kontakt mit meinem, ihm unangenehm auffallenden Mitbewohner hatte?

Leonard hielt an einer roten Ampel, setzte den Blinker und deutete auf einen weit in der Ferne liegenden Feldweg, über den eine Art kleine Steinbrücke gemauert war.

„Auf dieser Brücke habe ich gestanden und Ritter gespielt", sagte er gedankenverloren und so leise, dass Elliot und Maddie es sicher nicht hören konnten, denn die unangenehme Melodie des Tablets übertönte nahezu alles.

„Es gibt ein Foto von mir und meiner Mutter vor dieser Brücke. Es hängt immer noch im Wohnzimmer. Wurde nie abgehängt, weil mein Vater dachte, ich würde sonst vergessen, wie sie aussah." Leonard bemerkte nicht, dass die Ampel auf Gelb und dann auf Grün umsprang und gab, als das Auto hinter uns hupte, lautstark Gas. Ich hoffte inständig, dass Elliot die wüste Geste nicht sah, die Leonard mit seiner Hand machte und an den ungeduldigen Fahrer hinter uns richtete.

„Deine Mutter lebt nicht mehr?", fragte ich, ohne weiter auf dieses kindische Verhalten einzugehen.

„Sie starb, als ich noch ein Kleinkind war. Jap", er nickte, als er meinen erschrockenen Blick bemerkte, mit dem ich ihn von der Seite aus musterte, „dasselbe Schicksal wie Maddie. McEvans-Mütter haben keine allzu hohe Lebenserwartung." Er lachte trocken auf, doch seine Augen hatten selten so traurig gewirkt. „Deshalb wird Maddie zwangsverheiratet und muss den Namen ihres Zukünftigen annehmen, sobald sie achtzehn ist. Sicher ist sicher."

Er zwinkerte mir kurz zu, bevor er seinen Blick wieder auf die Straße richtete, doch mir war absolut nicht nach Lachen zumute. Betreten blickte ich auf die Torte hinab, bis wir wenige Minuten später auf die breite Einfahrt eines hübschen weißen Hauses rollten, dessen gepflegter Vorgarten in einem beinahe unnatürlichen Grünton schimmerte.

„Leonard, und du bist sicher, dass ...“, setzte ich erneut an.

„Dass er nichts dagegen haben wird, dass ihr mitkommt? Ja, ich bin mir sicher.“ Leonard stieg aus dem Auto, trat mit weit ausholenden Schritten um es herum und öffnete die Beifahrertür, ehe ich es tun konnte. „Außerdem“, fügte er gedehnt hinzu, „habe ich ihm vielleicht erzählt, dass du meine Freundin bist.“

Vor Schreck ließ ich fast die Torte fallen. „Deine ... was?!“

„Stell dich nicht so an, als würde Quasimodo persönlich um deine Hand anhalten“, raunte er mir zu, streckte mir die Hände entgegen und nahm mir die Torte ab. „Ihm sind Gerüchte zu Ohren gekommen, dass ich ...“, er warf einen kurzen Blick auf die Rückbank, „du weißt schon ... viele Frauen kenne.“

„Oh, woher kommen bloß solche Gerüchte?“, erwiderte ich bissig.

Wenn es etwas gab, das ich nicht ausstehen konnte, dann waren es Lügen. Und vor Leonards Vater spielen zu müssen, dass wir ein Paar waren, gefiel mir alles andere als gut. So erzog ich meinen Sohn nicht, und so wollte auch ich nicht agieren.

„Jetzt schmoll nicht“, Leonard balancierte die Torte auf der linken Hand und zog mich mit der rechten aus dem Auto, „er ist nicht mehr der Jüngste und hatte vor einem Jahr einen Herzinfarkt. Die Trennung von Cassidy, ihr Tod und all das haben ihn ziemlich mitgenommen. Wieso also nicht einem alten Mann eine Freude machen und ihm vorspielen, dass sein Sohn in einer stabilen, glücklichen Beziehung lebt?“

„Und dafür hast du keine Bessere gefunden als mich?", murmelte ich und nahm die Torte wieder an mich.

Leonard schlug schwungvoll meine Autotür zu. „Oh doch und ob. Mindestens fünfzig. Aber du hast diesen konservativen, wohlerzogenen, spaßfreien Charme an dir. Das mag er."

Ich blinzelte ihn böse an. „Leonard, die Idee gefällt mir gar nicht! Du lügst ihn an und ..."

„Josephin", Leonard hielt einen Moment lang mit dem Griff von Maddies Tür inne, ohne sie zu öffnen, „dein Freund hat dich mit einer anderen Frau betrogen. Und dennoch willst du ihm vergeben und planst, zu ihm zurückzukriechen. Da hat dich das Lügen nicht gestört. Aber das, was ich vorhabe, ist in deinen Augen kriminell? Überdenk bitte deine Prinzipien."

Und er öffnete die Tür, woraufhin ein lachendes, aufgedrehtes Knäuel, bestehend aus Maddie und Elliot, aus dem Auto purzelte und über den auffallend grünen Vorgartenrasen hüpfte.

Leonards klare Worte hatten mir die Sprache verschlagen. Gerade versuchte ich noch, eine schlagfertige Antwort darauf zu finden, als die Haustür des hübschen Hauses aufgerissen wurde und ein älterer Mann heraustrat, den ich auf den ersten Blick sofort als Leonards Vater erkennen konnte. Mit kurzen, kleinen Schritten kam er die Stufen heruntergeeilt und begrüßte Maddie, die ihm mit Anlauf in die Arme sprang. Ich musste unwillkürlich an die recht kühle, distanzierte Begrüßung zwischen Maddie und Cassidys Eltern denken – ein himmelweiter Unterschied.

Er wandte sich, noch mit Maddie auf dem Arm, Elliot zu, der ihm etwas verlegen die Hand schüttelte, und kam nun mit so schnellen Schritten, als könne er es kaum noch erwarten, auf das Auto zu, an dem Leonard und ich immer noch verharrten. Leonard löste seinen Blick von mir und umarmte seinen einen guten Kopf kleineren Vater liebevoll. Was war das nur mit diesem Mann, dass er eine solch sanfte, herzliche und wunderbare Art an sich hatte, meist aber ein unausstehlicher, arroganter, selbstverliebter und Frauen verschleißender Mistkerl war?

„Und du musst Josephin sein. Ich bin William", sagte er schließlich mit einer Feierlichkeit in der Stimme, die mir so unangenehm war, dass ich spontan errötete. „Mann, Mann, Mann, Junge, da hast du aber nicht übertrieben, als du mir von ihr vorgeschwärmt hast." Fröhlich schüttelte er mir die Hand eine gefühlte Ewigkeit lang, bevor er einen Blick auf die Torte warf, die ich auf der anderen Hand balancierte. „Oh wow, ist die etwa für mich?"

„Oh, natürlich." Schnell ließ ich seine Hand los und streckte ihm die Torte entgegen. „Alles Liebe zum Geburtstag von … ähm … uns allen. Die habe ich ohne Zucker, Eier und Milch gebacken. Falls Sie Veganer sind oder … oder so." Peinlich berührt wandte ich mich an Leonard. Wieso rettete er mich nicht?

„Ohne Zucker, toll", William nickte freudig. „Mein Diabetes wird es dir danken."

Ich wusste nicht, ob er scherzte oder tatsächlich Diabetiker war, deshalb begnügte ich mich damit, freundlich zu lächeln. Dann winkte er uns mit einer weit ausholenden Bewegung ins Haus, und während er mit der

Torte und den Kindern vorlief, schlenderten Leonard und ich gemächlich hinterher.

„Du hast von mir geschwärmt?", zog ich ihn auf. Die Wut wegen seiner Aussage über Marten war von Williams Herzlichkeit aufgefangen worden und nun fast gänzlich verpufft.

Leonard hob die Schultern an und ließ sie wieder sinken. „Ich bin ein guter Schauspieler, Josephin Carter."

„Dafür bist du mir was schuldig", murmelte ich, als wir die weißen marmornen Stufen zum Haus emporstiegen.

„Nur dieser eine Nachmittag und Abend", sagte er leise und winkte mich vor sich durch die Haustür. „Danach verlange ich nie wieder so etwas von dir. Schadet schließlich nur meinem Ruf."

Grinsend zog er seine Schuhe im Flur aus und stellte sie zu denen der Kinder, die kreuz und quer dalagen. Rasch bückte ich mich danach und schob sie alle an die Seite, bevor ich aus meinen eigenen schlüpfte und sie danebenstellte.

Im kleinen, ziemlich vollgestopften, aber gemütlichen Wohnzimmer roch es nach Zimt und frischer Wäsche. Mit einem Blick auf den Esstisch und die fünf Gedecke darauf wurde mir schnell klar, dass wir die einzigen Gäste waren. William hatte die Torte bereits in die Mitte des Tischs gestellt, zwischen einen gekauft aussehenden Käsekuchen und eine offene Schachtel Mini-Schokoküsse, an der Maddie sich bereits bediente.

„Maddie, hast du dir die Hände gewaschen?", ermahnte ich sie, denn ich war mir ziemlich sicher, dass sie auf der Autofahrt mindestens einmal die Finger in der Nase gehabt hatte.

Maddie zuckte gleichgültig mit den Schultern und steckte sich mit Blickkontakt zu mir einen ganzen Mini-Schokokuss in den Mund.

Als wir alle am Tisch saßen, stimmte Leonard lautstark *Happy Birthday* an, Maddie fiel schief und begeistert mit ein, Elliot blickte betreten drein, und ich bemühte mich, etwas beschämt und so leise wie möglich mitzusingen. Neben dem Industrie-Kuchen und den Mini-Schokoküssen schien niemandem meine zucker- und glutenfreie, vegane Torte besonders zu schmecken, auch wenn zumindest William sich sichtlich Mühe gab und zwei großzügig geschnittene Stücke davon verspeiste. Schließlich lehnte er sich mit zufriedenem Blick in seinem Stuhl zurück, legte die Hände auf sein Bäuchlein und musterte erst Leonard, dann mich, bevor sein Blick wieder zu seinem Sohn glitt.

Das Ganze war mir ziemlich unangenehm, doch der rechte Zeitpunkt, um die Lüge aufzuklären, war längst vorbeigezogen. Stattdessen waren wir nun dazu gezwungen, ein Paar zu spielen, während William uns schier überglücklich betrachtete und die Kinder zum Spielen im Garten verschwanden.

„Ich gehe lieber hinterher. Nicht dass sie sich wehtun", ergriff ich die Gelegenheit und schob unsanft Leonards Hand von meinem Oberschenkel, die er ohne mit der Wimper zu zucken dort abgelegt hatte.

„Oh, die kommen schon klar, Liebling." Er zog mich wieder auf den Stuhl neben sich. „Bleib ruhig hier." Augenzwinkernd wandte er sich an seinen Vater. „Josephin ist etwas übervorsichtig, was die Kids angeht."

Und er legte mir den Arm um die Schulter, wie um sicherzugehen, dass ich nicht floh.

Innerlich brodelte ich vor Wut und hätte ihn am liebsten angeschrien und geohrfeigt, aber der Blick in Williams Gesicht hielt mich davon ab, auch nur irgendetwas davon zu tun. Wie könnte ich diese treue, offensichtlich einsame und freundliche Seele verletzen? Und was, wenn er einen weiteren Herzinfarkt bekommen würde, weil es ihn so entsetzte, dass wir ihn getäuscht hatten? Vor meinem inneren Auge sah ich Maddie und Leonard schon schwarz gekleidet auf dem Friedhof stehen und mir die Schuld am Tod des (Groß-)Vaters geben. Ein Schauder lief mir über den Körper.

Also verkniff ich mir jegliche Gegenwehr und nahm mir lediglich vor, dies Leonard auf ewig übelzunehmen.

„Und wie habt ihr euch kennengelernt?", fragte William unvermittelt und leerte seine Kaffeetasse mit einem großen Schluck.

„Oh ... über Sam", log Leonard, ohne mit der Wimper zu zucken. „Sie hat mit ihm zusammen gearbeitet, und er hat eine Art Doppeldate organisiert." Lässig zuckte er mit den Schultern. „Am nächsten Tag hat sie mich direkt angerufen und wollte sich wieder mit mir treffen. Nicht wahr, Hase?"

Unter dem Tisch drückte ich seine Hand, die er auf meine gelegt hatte, entschieden von mir.

„Ach, Sam. Guter Junge." William strahlte über das ganze Gesicht. „Hat er immer noch diese schreckliche Frisur?"

Leonard sah mich an. William sah mich an. Ich spürte, wie ich rot wurde.

„Ähm ... ja ... ja, hat er." Ich lachte krampfhaft. „Deshalb nennen ihn bei der Arbeit auch immer alle ... ähm ... Schreckliche-Frisur-Sam. Weil er so eine ... na ja ... schreckliche Frisur hat."

Ich wollte vor Scham im Erdboden versinken. Ging es noch etwas peinlicher? Leonard neben mir schien sich das Lachen verkneifen zu müssen. Er amüsierte sich köstlich.

„Ich sehe jetzt nach den Kindern", sagte ich entschieden und stand auf, ehe Leonard mich davon abhalten konnte. „Und vergiss nicht, dass wir nicht allzu lange bleiben können, *Schatz*."

„Weil?" Unschuldig blickte Leonard zu mir hoch.

Hinter meinem Rücken ballte ich die Hände zu Fäusten.

„Du weißt doch", drängte ich, „diese ... diese Sache!"

„Ach", machte Leonard und zog das A in die Länge wie Kaugummi, „*diese* Sache. Ja, mach dir keinen Kopf. Die habe ich abgesagt."

Ich biss mir auf die Zunge. „Gut", würgte ich hervor und ging so hoheitsvoll wie möglich hinaus zu den Kindern, die im Garten Fangen spielten.

Lustlos setzte ich mich auf einen kleinen Holzstuhl auf der Terrasse und beobachtete die beiden.

„Aufpassen, Elliot!", warnte ich ihn. „Nicht so schnell laufen ... sei bitte vorsichtig, Maddie ... nicht am Shirt ziehen! Macht langsam, ihr beiden, sonst verbiete ich euch das Laufen!"

„Du bist richtig doof!" Elliot kam schwer atmend vor mir zum Stehen, stemmte die Hände in die Hüften und funkelte mich erbost an. „Leonard sagt nie, dass wir aufpassen oder langsam laufen sollen!"

„Schön für Leonard. Aber du bist *mein* Kind und hörst auf *mich*, verstanden?" Ich konnte mich nicht erinnern, je zuvor so autoritär mit ihm gesprochen zu haben, doch diesen Angriff wollte ich keineswegs auf mir sitzenlassen. „Und jetzt kommst du auf meinen Schoß und machst eine Pause. Du schwitzt ja schon! Ich möchte nicht, dass du dich erkältest."

Mit einem Blick, der Maddie alle Ehre gemacht hätte, schürzte Elliot die Lippen und verschränkte die Arme vor der Brust. Wo war nur mein vorsichtiges, wohlerzogenes, zurückhaltendes Kind geblieben, und wer war dieser wilde, laute Rabauke? Das konnte ja noch heiter werden ... Sehnsuchtsvoll dachte ich an das Ende dieses Besuchs und an mein Zimmer, in das ich mich mit Elliot zurückziehen würde.

Eine gefühlte Ewigkeit später erschienen Leonard und William ebenfalls im Garten, so sehr in ein Gespräch vertieft, dass keiner von ihnen bemerkte, wie angefressen ich war. Während sie über Autos fachsimpelten und über alte Insiderwitze lachten, traten sie zum Grill hinüber. Großartig! Jetzt wurde also auch noch gegrillt! Ich verdrehte die Augen, aber niemand nahm Notiz davon.

Leonard hatte offensichtlich einen Heidenspaß daran, ein kleines Lagerfeuer am Rande des Gartens zu entfachen, und ich hatte meine liebe Mühe damit, Elliot davon fernzuhalten. Dass Maddie drum herum tanzte und womöglich stolpern und sich schwerwiegende Verbrennungen zuziehen könnte, war ihm wohl gleich. Ich schüttelte den Kopf. Den Entschluss, mitgekommen zu sein, bereute ich immer mehr.

Als Leonard schließlich begann, Marshmallows auf Stöcke zu spießen und über das kleine Feuer zu halten, das er entfacht hatte, gab es für Elliot kein Halten mehr. Er stieß all meine Warnungen in den Wind, gesellte sich zu Leonard und Maddie und nahm ehrfürchtig den Stock entgegen, den Leonard ihm reichte.

Immer noch schmollend verschränkte ich die Arme vor der Brust, als sich William zu mir gesellte. Er reichte mir eine von zwei Flaschen Bier, die er in den Händen hielt.

„Oh nein, vielen Dank", lehnte ich ab. „Ich trinke nicht."

Die ungute Erinnerung an die Nacht, in der ich es mit dem Alkohol übertrieben hatte, war noch zu frisch. Selbst im Nachhinein errötete ich beim Gedanken daran.

„Ist alkoholfrei." William hielt mir die Flasche weiterhin stoisch entgegen.

„Oh, okay ... dann ..." Ich nahm sie an und rang mir ein kleines Lächeln ab. „Danke."

„Prost, Josephin."

„Prost, William."

Ich musterte William unauffällig, während er ganz verzückt zum Lagerfeuer hinübersah. Er war wirklich unverkennbar Leonards Vater. Zumindest äußerlich. Die gleichen funkelnden grau-grünen Augen, dieselben Lippen, sogar die Mimik und Gestik waren ähnlich. Es war, als hätte ich einen Blick in die Zukunft geworfen und Leonard in zwanzig Jahren gesehen.

„Ich habe meinen Sohn noch nie so glücklich gesehen", sagte er unerwartet und trank einen Schluck aus seiner Flasche.

Überrumpelt und in Ermangelung passender Worte trank ich ebenfalls. Es schmeckte nach Zitrone. Ich folgte Williams Blick, und wir beide betrachteten Leonard, der einhellig mit den Kindern am Feuer saß und Marshmallows grille. Als Elliots zu Boden fiel, gab er ihm kommentarlos seinen eigenen, bereits fertigen, drückte ihn kurz wie zum Trost mit einem Arm an sich und angelte eine Handvoll neuer Marshmallows aus der Tüte, die neben ihm im Gras lag. Und da geschah es wieder: Mein Herz ziepte plötzlich, schien sich wie in einem Krampf zusammenzuziehen. Fast tat es weh. Und es lag sicher nicht daran, dass Elliot meiner Meinung nach gefährlich nahe an der offenen Flamme saß und puren Zucker konsumierte. Kalter Schweiß brach mir aus.

Ich *mochte* Leonard.

Ich mochte Leonard.

Ich mochte *Leonard*.

„Ich mag Leonard", brachte ich mit schwächlicher Stimme hervor.

„Natürlich magst du Leonard." Leicht irritiert klingend stieß William mit seiner Bierflasche erneut an meine. „Schließlich seid ihr ein Paar. Da ist es immer besser, wenn man sich mag."

Er lachte lauthals über seinen eigenen Witz.

Ich trank, um nicht antworten zu müssen, während mein Gehirn auf Hochtouren lief und mir abwechselnd heiß und kalt wurde. Wie war das bloß passiert? Was stimmte nicht mit meinem komischen Herzen? Ruckartig wandte ich mich von dem herzerwärmenden Anblick der drei ab und versuchte, mit tiefen, ruhigen Atemzügen zur Besinnung zu kommen.

Ich wollte doch immer noch Marten. Oder? Ich stellte mir sein Gesicht vor, seinen blonden, immer perfekt sitzenden Seitenscheitel und die Art und Weise, in der er seine Brille mit dem Zeigefinger zurück auf den Nasenrücken schob. Seine Intelligenz und die innere Ruhe, die er ausstrahlte. Wie er sich gefreut hatte, als der Schwangerschaftstest damals positiv geworden war. Wie er mir, mit Tränen in den Augen, den Antrag gemacht hatte. Ja, ich wollte Marten. Natürlich wollte ich Marten! Ich würde ihn immer wollen. Wir drei, Marten, Elliot und ich, gehörten einfach zusammen. Wir waren eine Familie. Ein Team. Und da würde niemals jemand zwischen kommen. Weder irgendeine Geliebte noch ein selbstverliebter Macho wie Leonard.

Wahrscheinlich war ich einfach nur desorientiert. Die Trennung hatte mich aus der Bahn geworfen, hatte meine Seele in Teile splittern lassen, und ich war immer noch dabei, sie wieder aneinanderzusetzen, um mich selbst zu reparieren. Ich war viel verletzlicher als normalerweise, viel angreifbarer und empfänglicher für Schwingungen. Ich mochte Leonard nicht wirklich. Mein Herz war nur durcheinander. Ja. Das klang einleuchtend. Das klang logisch.

Etwas beruhigter drehte ich mich wieder zu William um, doch er war nicht mehr da, sondern saß zwischen Maddie und Elliot am Feuer und fächerte sich mit der flachen Hand Luft zu, da er sich offensichtlich einen viel zu heißen Marshmallow in den Mund gesteckt hatte. Die Kinder lachten. Wie lange hatte ich ihm den Rücken zugekehrt, bis er gegangen war? Wie unhöflich von mir! Und wo war eigentlich Leonard, der doch

wenige Augenblicke zuvor noch an Williams Stelle gesessen hatte?

„Na, Schatz, hattest du Sehnsucht nach mir?", hörte
ich ihn plötzlich unerwartet nah an meinem Ohr und
fuhr zusammen.

Wo kam er denn plötzlich her?!

Jäh schlang er seine Arme um meine Taille, drehte
mich herum und machte Anstalten, mich zu küssen.
Vor Schreck versetzte ich ihm eine Ohrfeige. Leonard
blickte kurz verwirrt drein, dann begann er zu lachen.

„Schüchtern, die Gute", rief er seinem Vater zu, der
uns über die Flammen hinweg, ebenfalls lachend, beobachtete.

Er konnte von Glück sagen, dass die Kinder vom
Feuer und den Marshmallows so abgelenkt waren, dass
sie von der merkwürdigen Szene nichts mitbekommen
hatten.

Leonard lachte immer noch und rieb sich die Wange.

Wut stieg in mir empor. Sie schlängelte sich durch
meinen Magen, der sich schmerzhaft zusammenzog,
kroch in mein Herz hinein, das zu galoppieren begann
und schoss mir glühend heiß in die Wangen.

Ich brachte kein Wort heraus, stieß Leonard ungeduldig von mir weg und stapfte ans Feuer.

„William, wir müssen uns verabschieden", sagte ich
mit bebender Stimme. „Ich entschuldige mich. Wir haben noch einen dringenden Termin."

Ich deutete Maddie und Elliot mit einer weit ausholenden Handbewegung, dass sie mir folgen sollten, und
wider Erwarten taten sie dies sogar. Sie verabschiedeten sich (Maddie umarmte ihn und Elliot schüttelte ihm
vorbildlich die Hand) von William, der angesichts

unseres so hektischen Aufbruchs recht verdutzt dreinblickte.

Leonard folgte ebenfalls ohne Widerrede, versprach
seinem Vater, so bald wie möglich wiederzukommen
und sagte irgendetwas von wegen dass ich streng ka-
tholisch erzogen worden sei, was auch immer er damit
zu entschuldigen versuchte.

Später auf der Fahrt lachte Leonard immer noch.

„Du findest das witzig?", fuhr ich ihn mit mühsam unterdrücktem Zorn an. „Zuerst sollte ich für dich lügen,
und dann überschreitest du auch noch eine Grenze, indem du versuchst … du weißt schon … du bist unmöglich!"

Leonard seufzte. Er lächelte immer noch, doch als er
sprach, schwang in seiner Stimme etwas wie Ungeduld
mit.

„Das war Spaß, Josephin. Man nennt es *Spaß*. Soll ich
es dir buchstabieren? S-P-A-ß. Zieh dir endlich mal den
Stock aus deinem …", er unterbrach sich selbst mit Blick
in den Rückspiegel, „… Allerwertesten."

Zornesfunkelnd sah ich ihn an.

„Du. Bist. Widerlich", raunte ich ihm so leise zu, dass
hoffentlich nur er und ich es hören konnten.

Und die ganze Rückfahrt über sagte ich nicht ein einziges Wort.

Kapitel 9

Vom Träumen und Aufwachen

Ich weiß nicht, wann genau mir der Gedanke kam, zu Marten zu fahren. Er hatte Elliot zum zweiten Mal für einen halben Tag und eine anschließende Übernachtung abgeholt, dieses Mal an einem Mittwoch. Drei Tage nach Williams Geburtstag, zwei Stunden nach der Ergotherapie und eigentlich genau zu der Zeit, während der wir beim Mutter-Kind-Turnen hätten sein müssen. Aber ich hatte ein Auge zugedrückt. Ausnahmsweise. Ich war Marten freundlich (ja fast schon seriös) gegenübergetreten und hatte Elliot tapfer hinterhergewinkt.

Es hatte sich zwar nicht gut angefühlt, meinen Sohn wieder herzugeben und riss mein Herz wieder entzwei, jedoch war es erstaunlicherweise bereits wesentlich erträglicher als beim ersten Mal. Die Leere war da, sie war gähnend und schwer, aber sie erfüllte mich nicht mehr ganz, sondern nur noch zu einem Teil. Zu einem Teil, den ich ertragen konnte. Ich wusste, dass es Elliot gutging und dass diese Vater-Sohn-Zeit wichtig für ihn war. Für sie beide.

Auch Maddie und Leonard würden an diesem Abend nicht da sein, sodass ich grundsätzlich Zeit dafür gehabt hätte, irgendetwas Sinnvolles zu tun. Ich hätte einkaufen fahren können oder vorkochen oder die Küchenschränke ausräumen, auswischen und neu einsortieren. Ich hätte das Badezimmer putzen, den Boden wischen oder eine Gesichtsmaske auftragen und in der Badewanne ein gutes Buch lesen können. Ich hätte all das tun können.

Stattdessen jedoch ergriff plötzlich eine seltsame Ruhe Besitz von mir, und ich betrat wie betäubt das Badezimmer, um mich zu schminken, mir die Haare zu machen und mich hübsch anzuziehen. Ich dachte nicht einmal über das nach, was ich tat. Ich tat es einfach.

Ich zog das apricotfarbene Kleid an. Jenes mit dem klemmenden Reißverschluss. Und als die Sonne unterging, schwebte ich geradezu, umhüllt von einer Wolke aus süßem Parfum und mit weich fallendem, geglättetem Haar zur Tür hinaus.

Dass ich Maddie und Leonard im Treppenhaus traf, versetzte meiner Laune zwar einen kleinen Dämpfer, konnte aber meiner Entschlossenheit nichts anhaben. Ich war immer noch verärgert wegen Leonards unmöglichem Verhalten an Williams Geburtstag und hatte daraus in den letzten beiden Tagen keinen Hehl gemacht. Maddie jedoch strahlte über ihr ganzes kleines Gesicht, als sie mich sah.

„Du siehst aus wie eine Prinzessin, Josephin“, sagte sie begeistert. Sie selbst trug ein ausgewaschenes rosa Disneykleid über einer Jeans und hatte ihr langes Haar zu einem unordentlichen Zopf hochgebunden. Ihre gelben Gummistiefel hatten auf der gesamten Treppe kleine Schmutzklumpen hinterlassen.

„Oh … danke.“ Ich kam nicht umhin, sie anzulächeln (immerhin hatte *sie* mir nichts getan und konnte nichts dafür, dass ihr Vater ein Idiot war) und blieb kurz stehen.

Leonard hob eine Braue und musterte mich von Kopf bis Fuß.

„Wohin?", fragte er knapp.

„Es geht dich zwar nichts an", erwiderte ich so hoheitsvoll wie möglich, „aber wenn du es genau wissen willst: Ich fahre zu Marten."

Leonard grinste wissend. „Und er ... weiß davon?"

„Nein, er weiß nicht davon." Ich verdrehte die Augen. „Er wird es früh genug erfahren. Und sich freuen."

„Ganz bestimmt." Leonards Worte trieften geradezu vor Sarkasmus. „Ach übrigens ... hübsches Kleid. Gib mir Bescheid, falls du später wieder Hilfe damit brauchst ..." Er zwinkerte mir zu. *Idiot!*

Kopfschüttelnd wandte ich mich von ihm ab und verließ mit kurzen, schnellen Schritten das Treppenhaus. Die überraschend kühle Abendluft ließ mich frösteln. Ich eilte zum Auto und schaltete erst einmal die Sitzheizung ein. Merkwürdigerweise hatte ich nicht den geringsten Zweifel daran, dass Marten mich nicht zurückweisen würde. Es war wie eine Eingebung gewesen, wie ein Befehl von ganz weit oben. Vielleicht war es Schicksal. Vielleicht war es ihm sogar genauso ergangen, und er stand nun bereits am Fenster und wartete auf mich. Der Gedanke – so abwegig er mir normalerweise auch erschienen wäre – wirkte in diesem Augenblick völlig logisch und klar und ließ mich so schnell fahren, dass ich das Ziel innerhalb einer Dreiviertelstunde erreichte.

Da war es also. Unser Haus. Ich hatte es seit dem Auszug nicht mehr gesehen. Irgendwie schien es größer geworden zu sein (was, realistisch betrachtet, verrückt war, denn Gebäude wuchsen nicht einfach von selbst), und die Fassade glänzte im Licht der Straßenlaternen, als wäre sie auf Hochglanz poliert worden.

Mein Herz schlug bei diesem Anblick automatisch schneller. Obwohl ich nach wie vor davon überzeugt war, dass Martens Reaktion auf mein unerwartetes Erscheinen positiv ausfallen würde, ergriff jäh ein Anflug von Aufregung Besitz von mir. Mit zittrigen Fingern klappte ich die Sonnenblende herab, warf einen Blick in den kleinen Spiegel und nickte mir selbst Mut machend zu. Meine Haare saßen noch so, wie sie sitzen sollten, mein Make-up war nicht verlaufen, und das Kleid würde ihn an die guten alten Zeiten erinnern.

Mit Beinen, die sich wie Pudding anfühlten, stieg ich aus dem Auto, schloss es ab und stakste über die Straße. Im Wohnzimmer brannte ein gedämpftes Licht. Elliot schlief längst, wahrscheinlich saß Marten in seinem Sessel und las ein Buch. Oder sah sich eine Dokumentation an. Ich sah ihn förmlich vor mir, wie er dasaß, sich gedankenverloren die Brille zurück auf den Nasenrücken schob und an seiner Tasse mit Tee nippte. Vor nicht allzu langer Zeit hatten wir gemeinsam so dagesessen, Abend um Abend, in trauter Zweisamkeit, und umhüllt von süßer Stille. In einer Welt, in der es kein Chaos, keine Kindertablets und keinen Pizzatag gegeben hatte.

Ich holte noch einmal tief Luft, bevor ich entschlossen meinen Finger auf die Klingel legte und deren kleinen, weißen Knopf drückte. Die vertraute Melodie, die daraufhin ertönte, weckte Erinnerungen. Ich hatte nie eine Klingel gewollt, die einfach nur ein schäbiges, durchdringendes Läuten von sich gab. Ich hatte eine Melodie gewollt. Und wie auch bei der Wahl des

Briefkastens, der Fußmatte und den Schuhüberziehern für Gäste war nur das Beste gut genug gewesen. Es dauerte einen Augenblick, bis ich leise Geräusche aus dem Inneren des Hauses vernahm. Mein Herz schlug schneller. Und dann stand er mir gegenüber: Marten. Mein Marten! In einem grauen Polohemd, tatsächlich mit einem Buch in der Hand und einem leicht verdutzt wirkenden Ausdruck auf dem Gesicht ließ er seinen Blick über mich gleiten.

Eine gefühlte Ewigkeit lang starrten wir einander bloß an. Es entging mir nicht, dass er bemerkte, wie gut ich aussah und dass ihm gefiel, was er sah. Seine Augen waren so blau, blauer, als ich sie in Erinnerung hatte. Und wie einst verlor ich mich in ihnen.

„Jo", brachte er schließlich hervor, als hätte er mich im ersten Moment gar nicht wirklich erkannt. Überraschung schwang in seiner Stimme mit.

„Marten", seufzte ich.

„Jo, ich ..."

„Du musst nichts sagen", ich trat einen Schritt auf ihn zu und senkte meine Stimme zu einem beschwörenden Flüstern, „sag einfach nichts. Ich vergebe dir."

Ich war ihm nun so nah, dass er mich hätte küssen können, ohne sich groß zu bewegen. Sein warmer, nach Pfefferminztee duftender Atem schlug mir ins Gesicht.

Marten öffnete den Mund, um etwas zu sagen, schloss ihn wieder und schob sich mit dem Zeigefinger die Brille hoch auf den Nasenrücken, wobei sein Arm mein Gesicht leicht streifte.

Sein Schweigen irritierte mich. Zum ersten Mal, seit ich beschlossen hatte, hierherzufahren, war ich verunsichert. Wieso sagte er nichts? Weshalb schloss er mich nicht in den Arm, küsste mich, trug mich ins Haus? Warum stöhnte er nicht vor Erleichterung darüber auf, dass die grauenhafte Zeit der Trennung endlich überstanden war?

Und plötzlich ertönte ein erneutes Geräusch im Inneren des Hauses, und leise Schritte näherten sich. Ich legte die Stirn in Falten.

„Ist Elliot etwa noch …", setzte ich an, doch die jähe Erkenntnis, wessen Schritte dies tatsächlich waren, brachte mich abrupt zum Schweigen. Alles Leben schien aus meinen Gliedern zu weichen. Wie ein Luftballon, der gegen eine Scherbe geflogen war.

„Liebling, wer ist denn da?", ertönte eine weiche Frauenstimme aus dem Flur heraus.

„Niemand. Geh wieder rein", antwortete er schnell.

Ich starrte Marten erschrocken an. Es fühlte sich an, als hätte er mir eine Ohrfeige verpasst. Tränen brannten mir in den Augen und bahnten sich in rascher Abfolge ihren Weg über meine Wangen, bis hin zu meinem Kinn, von dem sie lautlos herabtropften. Es dauerte eine gefühlte Ewigkeit, bis ich aufhören konnte zu weinen und meine Stimme wiederfand.

„Sie ist hier?" Ich klang völlig hysterisch, was mir aber im Augenblick absolut egal war. „Wenn … wenn *unser* Sohn bei dir ist?!"

Marten, immer noch recht ruhig, angesichts meines emotionalen Zusammenbruchs, versenkte die Hände in den Hosentaschen. Er sah unangenehm berührt aus, aber nicht mitleidig oder schuldbewusst.

„Wo sollte sie denn sonst sein, Jo? Sie wohnt hier."

„Das … aber … aber, Marten … ich …“ Ich brach erneut in Tränen aus.

Ich hatte gewusst, dass sie nach meinem und Elliots Auszug hier eingezogen war. Natürlich hatte ich es gewusst. Aber auf irgendeine paradoxe Art und Weise schien mein von Liebeskummer gequältes Hirn diese Tatsache vollends verdrängt zu haben. Erst jetzt tauchte sie wieder auf, grub sich ihren Weg an die Oberfläche und traf mich wie ein Schlag in die Magengrube.

„Jetzt gib bloß mir nicht die Schuld“, Marten hob abwehrend die Hände, „*du* musstest ja unbedingt hier auftauchen.“ Er schüttelte den Kopf, als wäre ich ein hoffnungsloser Fall und er mein Therapeut. „Fahr nach Hause, Jo. Schließ ab mit diesem Thema. Schließ einfach ab. Ich bringe Elliot morgen. Jo, ich …“ Er sah müde aus, ließ seinen Satz unvollendet und blickte zu Boden. „Mach's gut.“

Und damit schloss er die Tür vor meiner Nase und ließ mich zitternd vor Kälte, Aufregung, Verzweiflung und Wut in der Dunkelheit zurück. Ich blieb noch eine Weile stehen, dann stolperte ich zurück ins Auto, fuhr los und schaffte es wie durch ein Wunder trotz des Tränenmeers, das mir die Sicht trübte, nach Hause.

Immer noch schluchzend schleppte ich mich durch das Treppenhaus, schloss die Wohnungstür auf und warf meine Schuhe, wie es sonst nicht meine Art war, achtlos in die nächste Ecke. Wozu sollte ich sie auch ordentlich wegräumen? Wozu sollte ich überhaupt noch *irgendetwas* machen? Vor lauter Selbstmitleid bemerkte ich gar nicht, dass ich nicht allein in der WG war.

Ich zuckte zusammen, als ich es realisierte. Leonard saß bei gedimmtem Licht auf dem Sofa, hatte die Füße auf den Couchtisch gelegt und wandte sich mir nur kurz zu, als ich ins Wohnzimmer trat. Er hatte doch erzählt, dass er ein Date hatte. Wieso war er dann hier?

„Halt ... die Klappe!", schluchzte ich.

„Ich sag' ja gar nichts." Er verfolgte weiter die Sendung, die im Fernseher lief, dann klopfte er mit der flachen Hand auf den Platz neben sich. „Wenn du Gesellschaft brauchst, komm einfach her. Aber zick mich nicht an. Maddie schläft bei ihren Großeltern, und ich habe Chips." Er raschelte mit einer großen roten Tüte. „Und Bier."

Ich schniefte. „Chips und Bier klingt gut", murmelte ich kleinlaut, schlich auf ihn zu und setzte mich neben ihn. Nicht zu dicht.

Leonard legte ein Kissen in seinen Schoß. „Komm her."

Verwirrt blinzelte ich ihn durch meine geschwollenen Lider hinweg an.

Er verdrehte die Augen. „Stell dich nicht so an. Glaub mir, das hilft. Wir sind doch noch Freunde?"

„Sind wir", schniefte ich und drängte den Gedanken an sein kindisches Verhalten am Sonntag beiseite. Es erschien mir plötzlich auch gar nicht mehr so wichtig.

„Dann lass mich dein Freund sein, jetzt, wo du einen brauchst", sagte er ruhig.

Immer noch leicht zögernd legte ich meinen Kopf auf das Kissen auf seinem Schoß und atmete tief ein und wieder aus, bevor mein Körper erneut von einem Schluchzer geschüttelt wurde. Leonard legte mir eine

Hand auf die Schulter und strich sanft mit dem Daumen über meine kalte nackte Haut.

Ich brachte es nicht über die Lippen, aber plötzlich war ich ihm unendlich dankbar dafür, dass er einfach da war. Dass er er selbst war. Dass er mich hielt.

Eine Weile lang umhüllten uns die Geräusche des Fernsehers. Ich sah hin, war aber alles andere als aufnahmefähig. Trotz der dumpfen Traurigkeit, des Zorns, der Aufregung und all den anderen Emotionen, die sich in meinem Inneren zu einem harten, schmerzenden Kloß vermischt hatten, ergriff langsam aber sicher eine schwere Müdigkeit von mir Besitz.

Nach einigen Minuten regte Leonard sich. „Muss es denn unbedingt Marten sein?", fragte er ruhig.

Ich zog geräuschvoll die Nase hoch. „Was meinst du?"

Es dauerte eine gefühlte Ewigkeit, bis er antwortete. Es dauerte so lange, dass ich schon kurz davor war, meine Frage zu wiederholen.

„Na ja", sagte er schließlich zögerlich. „Ich kenne dich jetzt schon eine ganze Weile, Josephin. Und bisher habe ich nicht eine einzige positive Eigenschaft über diesen Mann aus deinem Mund gehört."

Er schwieg erneut, dann setzte er bekräftigend ein weiteres *nicht eine* hinzu.

„Du meinst ..." Seine Worte verschlugen mir die Sprache. Ich dachte ständig an Marten. Aber sprach ich auch über ihn? Lobte ich seinen Charakter, schwärmte ich über sein Wesen, berichtete ich von dem Leben, das wir miteinander geteilt hatten, bevor es zerbrochen war?

„Ich meine, dass diese Liebe, auf die du aus bist, vielleicht gar nicht Marten ist", sagte Leonard geradeheraus. Und obwohl er es sachlich und ruhig aussprach, als wäre es etwas völlig Belangloses, fühlte es sich wie ein Vorwurf an, wie ein Angriff.

Instinktiv ging ich in die Verteidigung. „Das ist Quatsch! Marten hat viele positive Eigenschaften", entgegnete ich, ohne den Kopf von seinem Schoß zu nehmen. „Er ist beispielsweise ... pünktlich."

„Das ist meine Waschmaschine auch", sagte Leonard trocken.

„Elliot braucht doch seinen Vater, Leonard." Ich rieb mir mit dem Handrücken die Tränen aus dem glühenden Gesicht.

Leonard machte ein Geräusch, das wie eine Mischung aus Lachen und Schnauben klang.

„Die einzige Person, die glaubt, Marten zu brauchen, bist du, Josephin. Ist dir nicht aufgefallen, wie scheu und zurückhaltend und auf dich fixiert Elliot war, als ihr zu uns gezogen seid vor ... wie lange ist es her? Zwei Monate? Anderthalb Monate? Ist ja auch egal. Und wie er sich inzwischen geöffnet hat? Ist dir *das* aufgefallen? Hast du das gesehen – in deiner Fixierung darauf, dass alles schlimm und grauenvoll und hoffnungslos ist? Auf mich macht er nicht den Eindruck, als würde er besonders unter der Trennung leiden. Ich sage es noch einmal: Die einzige Person, die glaubt, Marten zu brauchen, bis du."

Ich holte tief Luft. „Leonard, vieles hat sich geändert, wirklich vieles. Ich ... ich werfe in dieser WG gerade fast alle meine Prinzipien über Bord. Was Elliot anbelangt, mich und unsere Ernährung, unsere Termine, alles ... aber wenn es eines gibt, was ich weiß ..."

„Wenn man seine Prinzipien über Bord werfen muss“, fiel er mir leise ins Wort und reichte mir ein Taschentuch, „sollte man sie vielleicht noch mal grundlegend überdenken.“

„Aber wenn es eines gibt, was ich weiß“, sagte ich etwas lauter, ohne auf seine Worte einzugehen, „dann ist es, dass ich zu Marten gehöre. Dass *wir* zu Marten gehören. Für immer. Ganz, ganz sicher.“

Leonard schwieg eine Weile lang. Wir folgten beide der Fernsehsendung, während ich mir die Nase putzte und mir die Tränen aus dem Gesicht rieb. Dann räusperte Leonard sich, wie um anzukündigen, dass er noch etwas enorm Wichtiges zu sagen hatte. Instinktiv verdrehte ich die Augen. Wie konnte es gleichzeitig so angenehm und so unangenehm sein, Zeit mit einer Person zu verbringen? Er war so warm, so tröstlich, so beruhigend – aber konnte er nicht einfach mal seinen Mund halten?

„*Weißt* du es oder *willst* du es?“, fragte er betont.

Ich seufzte. „Was soll das denn schon wieder heißen?“

„Na ja, das ist ein enormer Unterschied. Also, ich würde sagen, die Frage, die du dir stellen solltest, lautet: Was will Josephin Carter?“

Mit diesen Worten legte er mir wieder eine Hand auf die Schulter, reichte mir ein weiteres Taschentuch und lachte über irgendeine dumme Szene, die im Fernseher lief. Offensichtlich sah er das Gespräch als beendet an.

„Und dein Date?“, brachte ich heiser hervor.

Er lachte und machte eine wegwerfende Handbewegung. „Das kann warten.“

Ich konnte mich nicht daran erinnern, eingeschlafen zu sein. Nicht einmal daran, besonders müde gewesen zu sein. Doch irgendwann wachte ich auf, weil ich ziemlich verrenkt auf dem Sofa lag und furchtbar fror. Die große Uhr neben dem Fernseher zeigte bereits kurz vor halb vier in der Nacht an. Ich musste mehrere Stunden lang geschlafen haben.

Leonard war weg und hatte mich nicht einmal zugedeckt. Typisch. Zitternd schlang ich die Arme um meinen Körper und rieb mir über die eiskalten Oberarme und Schultern. Wie gerne hätte ich dieses Kleid aus- und etwas Bequemeres und vor allem Wärmeres angezogen. Doch für einen Kampf mit dem Reißverschluss war ich viel zu müde. Ich würde wohl oder übel so schlafen müssen.

Erst als ich ein Geräusch im Hausflur hörte, wurde mir bewusst, dass dieser Lärm das gewesen war, was mich aufgeweckt hatte. Es klang, als würde jemand etwas an der Haustür entlangschleifen.

Immer noch schlaftrunken rappelte ich mich auf, schaltete das Licht ein und näherte mich der Tür, um einen Blick durch den Spion zu werfen. Doch kaum hatte ich sie erreicht, als sie geöffnet wurde und sperrangelweit in die Wohnung hineinragte, um dort lautstark gegen die Wand zu prallen.

Da war Leonard also. So eng umschlungen mit einer zierlichen Blondine, dass man kaum erkennen konnte, wo er anfing und sie aufhörte, stolperte er in die Wohnung. Mit ihnen quoll ein intensiver Geruch nach Alkohol und Zigaretten hinein. Leonard trat, ohne hinzusehen, die Tür zu. Sie hatten die Lippen fest aufeinandergepresst und bemerkten meine Anwesenheit überhaupt nicht. Beinahe wären sie gegen mich gelaufen, wäre ich nicht schnell beiseitegetreten.

Leonard, der ihre Hüften umschlungen hielt, hob sie plötzlich hoch, sodass sie einen überraschten Quietscher ausstieß, und setzte sie auf dem Schränkchen im Flur ab. Auf *meinem* Schränkchen! Ich räusperte mich diskret. Doch gegen die lauten Schmatzgeräusche kam ich offenbar nicht an. Als Leonard der Blondine die Bluse aufzuknöpfen begann, dämmerte es mir plötzlich, dass die beiden wohl nicht bis zum Bett warten würden und dass ich, wenn ich nicht sofort gehen würde, höchstwahrscheinlich Zeuge von etwas werden würde, das ich definitiv nicht sehen wollte. Mit einem Mal war ich hellwach. Ich musste aus diesem Wohnzimmer verschwinden und zwar sofort.

Hastig drehte ich mich auf den Fersen um und eilte so leise und so schnell wie möglich in mein Zimmer. Als ich mich im Türrahmen noch einmal umdrehte, bevor ich die Tür schloss, hatte Leonard die Augen geöffnet und sah mich über die nackte weibliche Schulter hinweg direkt an. Das grau-grüne Aufblitzen in seinem Blick fühlte sich an, als hätte mich ein Blitz getroffen.

Ohne sich in irgendeiner Art und Weise Schrecken, Überraschung oder Scham anmerken zu lassen, wandte er den Blick schließlich von mir ab, knipste das Licht aus, hob seine neuste Eroberung wieder vom Schränkchen herunter und trug sie in sein Schlafzimmer.

Ich fand in dieser Nacht kaum in den Schlaf. Zu viele Gedanken schwirrten mir durch den Kopf, zu viele Fragen, auf die ich keine Antworten wusste. Mein Herz fühlte sich an, als wäre es einst gebrochen gewesen, dann zum Teil repariert worden und nun wieder kaputtgegangen. Ich schämte mich zudem für die Aktion mit Marten und schüttelte innerlich den Kopf über den fast schizophrenen Charakter des Leonard McEvans. Wie konnte ein Mensch einerseits so verständnisvoll, intelligent und freundlich sein und dann, im nächsten Augenblick, derart widerlich? Anstatt mich aufzuwecken, sich kurz zu verabschieden und mich ins Bett zu schicken, hatte er mich achtlos liegen lassen und innerhalb kürzester Zeit irgendeine Frau abgeschleppt, um sie in unsere Wohnung zu bringen, als würde er allein hier wohnen.

Oder hatte ich irgendetwas gesagt, das ihn verärgert hatte? Ich rief mir unser Gespräch zurück in den Kopf. Soweit ich mich erinnerte, war das Letzte, was ich gesagt hatte, bevor ich eingeschlafen war, dass ich mir nur einer Sache sicher war im Leben: dass Elliot und ich zu Marten gehörten. Das konnte ihn unmöglich verärgert haben. Oder etwa doch?

Und dieser Blick, den er mir über die Schulter seiner neusten Eroberung hinweg zugeworfen hatte. Was sollte der? Hatte er mich provozieren wollen? Herausfordern? Entschuldigend hatte er nicht dreingeblickt. Eher forsch.

Ich wälzte mich von einer Seite auf die andere und drückte mir mein Kissen auf die Ohren, um bloß keine Geräusche zu hören, die ich nicht hören wollte. Irgendetwas sagte mir, dass ich mich wahrscheinlich übergeben würde, wenn ich dieses Stöhnen mitanhören musste. Verzweifelt versuchte ich, in den Schlaf zu finden. Was umso schwieriger war, da ich natürlich, in

Ermangelung eines Helfers, der mir den Reißverschluss öffnete, immer noch das Kleid trug. Es war wunderschön, ohne Frage, aber viel zu unbequem für die Nacht. Ich nickte einige Male kurz ein, schreckte aber nach vielen wirren Träumen immer wieder hoch.

Gegen 5 Uhr wurde die Haustür leise geöffnet und wieder geschlossen. Leonards Gast hatte sich also verabschiedet. Leise schlug ich die Bettdecke beiseite und stieg aus dem Bett. Der Fußboden war unangenehm kalt. Ich schlich durch den Flur und klopfte an Leonards Tür.

Es dauerte eine Weile, bis er sie mit verwuschelten Haaren und nur in Boxershorts bekleidet öffnete. Mein Blick fiel instinktiv auf seine athletischen Beine. Offenbar hatte er bereits geschlafen, als sie sich herausgeschlichen hatte.

„Was ist los?", gähnte er.

„Ich habe nachgedacht …", vorsichtig machte ich einen Schritt auf ihn zu, „… über unser Gespräch von vorhin."

„Und?"

„Und ich weiß jetzt, was ich will."

Ein letztes Mal sprach ich mir Mut zu, dann schlang ich die Arme um seinen Hals und küsste ihn. Für den Bruchteil einer Sekunde schien er wie zu Eis erstarrt, bevor seine Hände sich um mein Gesicht legten und er den Kuss erst sanft, dann immer fordernder erwiderte. Er zog mich an sich heran, in sein Zimmer hinein und drückte mich mit dem Rücken an die Wand.

„Wieso hat das so lange gedauert?", raunte er mir zwischen zwei Küssen ins Ohr, während seine Hände den

Reißverschluss meines Kleides gekonnt zu öffnen begannen.

Es war mir egal, dass er ein Macho war.

Es war mir egal, dass er ein Egoist war.

Es war mir egal, dass er ein Idiot war.

Es war mir egal, dass diese Lippen vorhin noch jemand anderen geküsst hatten.

Ich wollte ihn. Jetzt.

„Jo? Es ist für dich … "

Ich küsste seinen Hals. Er schmeckte so gut. Wieso war er eigentlich noch angezogen?

„Jo? Es ist für dich", wiederholte er lauter und irgendwie ungeduldiger.

„Was?" Irritiert hielt ich inne.

Und plötzlich löste Leonard sich auf und mit ihm schwand sein Geschmack von meinen Lippen. Alles löste sich auf. Verwirrt blinzelte ich unter meinen schweren Lidern hervor. Ich lag im Bett, hielt meine Decke eng umschlungen und hatte die Lippen darauf gepresst. Grelles Tageslicht fiel durch das Fenster in mein Gesicht und ließ erkennen, dass die Nacht vorbei und der Morgen längst angebrochen war. Ich erstarrte, als ich Leonard bemerkte, der mit süffisantem Gesichtsausdruck im Türrahmen lehnte.

„Es hat geklingelt. An der Tür. Es ist für dich", sagte er so langsam und deutlich, als wäre ich schwer von Begriff.

„Oh, also … danke." Ich versuchte, mich so majestätisch wie möglich im Bett aufzusetzen. Was gar nicht mal so einfach war, wenn man vor Scham glühte und gänzlich mit einer Bettdecke ineinander verschlungen dalag.

„Es ist Marten." Leonard grinste immer noch. „Sorry, dass ich euch gestört habe bei … was auch immer du und deine Decke da tun. Sieht spannend aus."

Peinlich berührt stürzte ich an ihm vorbei. Marten, mit Elliot auf dem Arm, wirkte milde überrascht, als er mich sah. Logisch. Ich trug immer noch das Kleid, das ich gestern angezogen hatte, meine Haare standen ab wie eine wirre Löwenmähne, und wahrscheinlich hatten die Tränen des vorigen Abends die Mascara in meinem gesamten Gesicht verteilt. Ich lächelte gequält und nahm Elliot in Empfang.

„Danke", murmelte ich mit Blick auf meine nackten Füße, als Marten mir Elliots Tasche entgegenstreckte.

Ich konnte ihm nicht in die Augen sehen. Nicht nach allem, was passiert war. Nicht nachdem ich mich dermaßen vor ihm lächerlich gemacht und erniedrigt hatte. Elliot ließ sich einen Kuss von mir aufdrücken, dann zappelte er sich von meinem Arm herunter und lief ins Wohnzimmer.

„Nicht laufen!", riefen Marten und ich synchron hinter ihm her.

Ich hob kurz den Blick, dann betrachtete ich wieder meine nackten Füße, als wären sie das Interessanteste, was es weit und breit zu sehen gab.

„Er hat nur eine Banane gefrühstückt", teilte Marten mir mit.

Der Unterton in seiner Stimme ließ mich aufhorchen. Er klang müde. Und Martens Gesicht zeigte – nun, da ich genauer hinsah – dasselbe. Unter seinen blauen Augen schimmerten dunkle Ränder. Er wirkte blass und unkonzentriert. Mein Herz begann schneller zu schlagen. Hatte mein Auftauchen am vorigen Abend etwa zu einer Auseinandersetzung mit seiner Neuen geführt? Hatte es Streit im Paradies gegeben? Leise Schadenfreude und Triumph stiegen in mir empor.

Als unsere Blicke sich trafen, verzog Marten die Lippen zu einem schmalen, kaum sichtbaren Lächeln. Er lächelte mich an. Er lächelte mich tatsächlich an! Zaghaft lächelte ich zurück.

„Also dann …" Er schob sich die Brille zurück auf den Nasenrücken.

„Also dann …", wiederholte ich in Ermangelung passenderer Worte.

„Mach's gut, Jo."

„Ja. Mach's gut, Marten."

Er winkte noch in Elliots Richtung, obwohl der längst außer Sichtweite war, dann wandte er sich mit einem kurzen Nicken zum Gehen.

Aufgewühlt schloss ich die Tür. Was war das denn gewesen? Bildete ich mir das ein, oder hatte sich etwas zwischen uns verändert? Womöglich war mein Auftreten am Vorabend doch nicht so erfolglos geblieben, wie ich gedacht hatte. Vielleicht hatten sie sich gestritten. Vielleicht hatte sie schlecht über mich gesprochen. Vielleicht hatte er mich in Schutz genommen. Instinktiv. Und darüber nachzudenken begonnen, was er an mir gehabt hatte und was er nun hatte. Mein Gedankenkarussell begann zu kreisen, und ich schwebte geradezu zum Esstisch, an dem Leonard und Elliot saßen.

„War es schön bei Papa?" Ich drückte Elliot einen Kuss auf den Kopf und setzte mich neben ihn.

Er roch nach Marten. Nach zu Hause.

„Ja", antwortete er eintönig.

Leonard trug ein eng anliegendes hellgraues Shirt und eine Jeanshose und nippte an seiner dampfenden Kaffeetasse. Betont lässig saß er auf seinem Stuhl. Als unsere Blicke sich trafen, grinste er bloß. Sofort schoss mir erneut eine heiße Röte in die Wangen, denn ich fühlte mich jäh in meinen Traum zurückversetzt, in dem er nur Boxershorts getragen und mich geküsst hatte. Großer Gott, was für ein Unsinn! Leonard und ich? Lächerlich! Mein Herz gehörte Marten. Und mein Körper natürlich auch. Und daran würde sich auch nie etwas ändern.

Kapitel 10

Überraschung!

„Ich bin bald ein Schulkind!" Es war Mai, und Maddie blinzelte mit ihrer Zahnlücke in das weißliche Sonnenlicht hinein.

„Wow." Sorgfältig rieb ich Elliots Arme mit Sonnencreme ein. „Ich wusste gar nicht, dass du schon *so* groß bist!"

Meine Verwunderung war nicht gespielt. Ich hatte tatsächlich nie darüber nachgedacht, dass sie bereits in diesem Jahr in die Schule kommen würde, wenige Tage vor ihrem sechsten Geburtstag. So ein großer Schritt … mir wurde bereits jetzt das Herz schwer, wenn ich an die Einschulung von Elliot dachte, die noch in weiter Ferne lag. Wie es wohl Leonard mit dem Gedanken ging? Prüfend ließ ich meinen Blick zu ihm hinübergleiten.

Wie üblich saß er betont lässig auf der Bank am Spielplatz. Er hatte ein Bein über das andere geschlagen, das Gesicht der Sonne zugewandt und die Augen genüsslich geschlossen. Während er nach wenigen Tagen Wärme bereits so braungebrannt war wie nach einem dreiwöchigen Karibikurlaub, sah ich neben ihm beinahe weiß aus. Meine zarte goldbraune Färbung der Haut kam schlichtweg nicht gegen seine Gene an.

Eine dreifache Mutter mit einem jammernden Kleinkind an der Hand, einem weiteren in einer Tragehilfe auf dem Rücken und einem Baby im Kinderwagen warf ihm unverkennbar schmachtende Blicke zu, als sie ihre Kinder mit der Aussicht auf Eis vom Spielplatz Richtung zu Hause lockte. Ich musste unwillkürlich schmunzeln. Wenn sie wüsste, dass dieser hübsche, charmante Mann die Frauen öfter wechselte als seine Bettwäsche, würde sie ihn sicher nicht so anhimmeln.

Ich gab einen letzten großzügigen Klecks Sonnencreme in meine Hände und rieb sie Elliot ins Gesicht. Mit zusammengekniffenen Augen umklammerte er seine Brille und trat von einem Bein auf das andere.

„Wieso braucht er das?", fragte Maddie und zog die Nase kraus. „Ist er krank?"

„Im Gegenteil", ich wandte mich Maddie freundlich lächelnd zu und sprach absichtlich laut, damit Leonard es mitbekam, „ich tue das, damit er nicht krank wird."

Leonard hielt nicht viel davon, Maddie einzucremen. Gut, es waren nur 26 Grad in der Sonne, aber sicher war sicher. Die Kraft der Frühlingssonne wurde oft unterschätzt. Ich versetzte Leonard einen Stoß mit dem Ellenbogen, als die Kinder Richtung Schaukel liefen.

„Oh, Lichtschutzfaktor 50?", scherzte Leonard mit Blick auf die Cremetube in meiner Hand. „Bist du sicher, dass das genügt? Darf es vielleicht noch ein UV-Ganzkörperanzug sein? Ein Sonnenschirm, oder besser noch eine Kuppel, die die Sonneneinstrahlung von ihm abwendet?"

Ich bedachte ihn mit einem herausfordernden Blick. „Mehr als immer dieselben alten Witze haben Sie nicht drauf, Mr McEvans?"

Leonard hob eine Augenbraue an. Mit gespielter Überraschung neigte er sich zu mir. „Flirten Sie etwa mit mir, Miss Carter?"

Ich lachte trocken. „Im Leben nicht! Du lässt mich so was von kalt. Kälter geht's gar nicht. Kalt wie Eis."

„Du weißt aber schon", Leonard griff in meine offene, mit klein geschnittenem Obst gefüllte Box und steckte sich betont langsam eine halbierte Traube in den Mund, „dass Eis Verbrennungen erzeugen kann?"

Ich prustete.

„Aber mal ernsthaft ...", er nahm sich ein Stück Apfel, kaute, schluckte es herunter und nickte dann in Richtung Maddie, die auf der Schaukel saß und den Kopf herunterbaumeln ließ, „... ihr kommt doch zu ihrer Einschulung? Man darf Begleitpersonen mitnehmen, und ihr seid selbstverständlich herzlich eingeladen."

„Natürlich. Also falls keine deiner Eroberungen mitkommen möchte", zog ich ihn auf.

„Eher nicht." Leonard lehnte sich wieder zurück, schloss die Augen und ließ sich die Sonne in das Gesicht scheinen. „Tagsüber habe ich keine Eroberungen."

„Logisch, tagsüber sind die schließlich nüchtern."

Leonard sagte nichts, verzog die Mundwinkel jedoch zu einem kleinen Lächeln, das mich automatisch ebenfalls lächeln ließ.

Es war bereits früher Nachmittag, als wir uns auf den Rückweg zur WG machten. Die Kinder waren verschwitzt und hatten Sand an allen möglichen und unmöglichen Stellen, der Proviant war uns ausgegangen, und auch ihre Flaschen hatten die beiden längst ausgetrunken. Die Sonne brannte warm auf den Asphalt, und es roch nach frisch gemähtem Gras. Alles fühlte sich leicht an. Der Zauber des Frühlings lag in der Luft: alles wirkte heller, wärmer, freundlicher. Als ob sich ein glitzernder Schleier um die Welt gelegt hätte – ganz sacht und leise, um sie zu einem besseren Ort zu machen.

Wir überquerten die Straße und betraten eine relativ enge Gasse, die uns, wie wir vor einer Weile entdeckt hatten, schneller nach Hause zurückführte. Maddie und Elliot nannten diese Gasse den Geheimweg und taten stets unheimlich geheimnisvoll, wenn wir sie betraten. Während die beiden vor uns herschlichen, auf Zehenspitzen und ungewohnt leise, als wären sie Geheimagenten, schlenderten Leonard und ich gemächlich hinterher. Die Frühlingssonne hatte uns angenehm müde gemacht.

Wir gingen so nah nebeneinander, dass Leonards Hand die meine leicht streifte. Kurz lächelten wir einander an. Diese Freundschaft tat mir gut, denn auch wenn vieles, was er tat, mir nach wie vor missfiel, so kam ich nicht umhin, ihn für seine charmante, lebenslustige und humorvolle Art zu lieben. Rein platonisch, versteht sich.

Und auch wenn er es nicht zugab und nie zugeben würde, wusste ich, dass auch ihm diese Freundschaft guttat. Ich hatte Ordnung in sein Leben gebracht, Halt, Struktur und Vernunft. Nicht schnell, sondern in einem schleichenden, ruhigen Prozess, den er selbst wahrscheinlich nicht einmal bemerkt hatte. Ich würde ihn nicht ändern können – er war nun einmal, wie er war – doch wir hatten uns miteinander arrangiert und trotz aller Unterschiede eine freundschaftliche Basis schaffen können, die sowohl den Kindern als auch uns selbst guttat.

Ich trug ein locker fallendes graues Shirtkleid über einer Leggins und süße, mit Perlen besetzte Ballerinas dazu. Maddie hatte ich am Morgen Zöpfe geflochten, die nun, da sie leicht tänzelnd auf Zehenspitzen vor uns herlief – ganz vertieft in ihr Spiel – auf und ab wippten. Sie trug ausnahmsweise ordentliche, gut passende Kleidung, die ich ihr bei der letzten Shoppingtour mitgebracht hatte: eine süße gelbe Bluse mit einer schmal geschnittenen Jeans. Sie sah unglaublich niedlich aus und war fast so braungebrannt wie Leonard.

Gerade lächelte ich noch in Anbetracht der Tatsache, wie sehr ich dieses freche, verwöhnte kleine Mädchen inzwischen ins Herz geschlossen hatte, als wir um die Ecke bogen. Sofort stach mir ein wohlbekannter weißer Wagen ins Auge, der am Bordstein vor dem Haus geparkt stand. Mein Herz setzte einen Schlag lang aus. Instinktiv brachte ich etwas Abstand zwischen Leonard und mich.

„Papa!", rief Elliot nach einem kurzen Moment der Sprachlosigkeit, überholte Maddie und lief auf den Wagen zu.

Das *sei vorsichtig* blieb mir im Halse stecken. Ich brachte kein Wort hervor. Leonard und ich tauschten einen Blick miteinander. Es war gar nicht abgesprochen, dass Marten Elliot heute holte.

Kurz bevor Elliot das Auto erreichte, stieg Marten aus, auffallend schick gekleidet im grauen Nadelstreifanzug, mit frisch geschnittenen Haaren und einem Blumenstrauß, der so groß war, dass er ihn mit beiden Händen halten musste.

Ich spürte, wie mir das Lächeln aus dem Gesicht glitt. Die Wärme, die ich bis gerade noch gespürt hatte, wich einer geradezu beklemmenden Hitze. Mein Herz begann schneller zu schlagen, während mein Magen rebellierte.

Marten machte Anstalten, sich zu Elliot herunterzubeugen, entschied sich dann jedoch anders, als er ihn sich genauer ansah.

„Wieso bist du so schmutzig?", hörte ich ihn sagen.

„Wieso bist *du* so sauber?", fragte Maddie. „Und wieso glänzt du so? Hat deine Mama dich auch eingecremt?"

Leonard neben mir grunzte belustigt.

Marten legte die Stirn in Falten, dann entschied er sich offensichtlich, nicht weiter auf Maddie einzugehen. Als wir vor ihm zum Stehen kamen, musterte er erst mich, dann Leonard, bevor er sich räusperte.

„Guten Tag", sagte er steif.

„Hallo", antworteten Leonard und ich im Chor.

Marten rümpfte die Nase. „Könnten wir vielleicht etwas Privatsphäre bekommen?"

Leonard betrachtete ihn ungerührt. „Josephin?", wandte er sich dann an mich.

„Ja", ich fühlte mich immer noch wie gelähmt, „ja … ähm … ja bitte, Privatsphäre wäre toll."

„Stets zu Ihren Diensten, Miss Carter." Leonard hob die Hände, dann nahm er mir meine Tasche von der Schulter, was Marten skeptisch beäugte. „Das nehme ich. Ich lasse den Monstern dann schon mal Badewasser ein, und wir bestellen die Pizza. Für dich das Übliche?"

„Gerne, danke", sagte ich leise. Ich versuchte ihn anzulächeln, aber es gelang mir nicht. Mein Gesicht fühlte sich an, als hätte ich gerade eine Betäubungsspritze vom Zahnarzt bekommen.

Elliot und Maddie folgten Leonard widerstandslos durch die Haustür, ohne sich noch einmal nach uns umzusehen.

„Pizza?", wiederholte Marten mit einem ungläubigen Unterton in der Stimme.

„Ja", ich zuckte mit den Schultern. „Es ist Pizzatag."

„Pizzatag." Marten blickte drein, als hätte ich ihm gerade eröffnet, dass Elliot mit dem Rauchen angefangen hätte.

Leonard öffnete oben lautstark das Fenster und lehnte sich heraus.

„Ich stelle eine Maschine Wäsche an", rief er. „Hast du noch was?"

„Die graue Strickjacke aus dem Wohnzimmer kannst du noch mitwaschen, da ist heute Morgen Kakao draufgetropft", rief ich zurück. „Und Leonard – eine halbe Flasche Weichspüler reicht!"

Leonard lachte über den Insiderwitz, dann schloss er das Fenster wieder.

Marten rümpfte die Nase. „Na, ihr habt euch ja gut arrangiert", sagte er sichtlich unzufrieden damit, dass Leonard und ich uns so gut verstanden.

Ich sog lautstark Luft ein. „Mir blieb keine andere Wahl, oder?"

Marten wirkte mit einem Mal ernsthaft betroffen. „Jo, ich verstehe, dass die letzte Zeit hart für dich war, aber ich bitte dich ... so ein Höhlenmensch wie der?"

Ich schüttelte den Kopf. „Leonard ist kein Höhlenmensch. Er ist mein Freund", erwiderte ich kleinlaut.

Marten lachte unfroh. „Dein Freund? Jo, das ist lächerlich! Einer wie der ist doch unter deinem Niveau."

„Wir ... wir ergänzen uns gut“, versuchte ich zu verteidigen, was ich mir in den letzten Monaten aufgebaut hatte.

„Ihr ergänzt euch?“ Marten klang, als würde ich Witze machen.

„Ja.“ Ich sah ihm in die Augen. „Er gibt mir Gelassenheit.“

„Du brauchst keine Gelassenheit! Du hast ja noch nicht mal einen Job!“

Einen Moment lang starrten wir einander an, während Zorn und Entsetzen über seine Worte in meinem Inneren miteinander rangen. Schließlich war er derjenige gewesen, der nie gewollt hatte, dass ich arbeiten gehe. Zuerst hatte ich mich auf die Modelkarriere konzentrieren sollen, dann auf Elliot.

Ich versuchte, den Kloß herunterzuschlucken, der sich in meinem Hals gebildet hatte.

„Und du bist heute hergekommen, um über meinen Mitbewohner herzuzuziehen?“, fragte ich schließlich kühl.

Marten schüttelte den Kopf, und alles Unverständnis und alle Gereiztheit wichen mit einem Mal aus seiner Mimik. Mit einer angedeuteten Verneigung überreiche er mir endlich den Blumenstrauß, der nicht nur übermäßig groß, sondern auch ganz schön schwer war. Eine hübsche, wahrscheinlich teure Mischung aus unterschiedlichen farbenprächtigen, filigranen Schnittblumen. Ihr süßer Duft stieg mir in die Nase und hüllte mich ein.

Dann tat er etwas, womit ich absolut nicht gerechnet hatte: Er zog eine kleine Schmuckschatulle aus der

Tasche seines Nadelstreifanzugs und fiel vor mir auf
die Knie.

„Jo …“, begann er, „… alles, was ich dir angetan habe,
tut mir leid. Wir haben beide Fehler gemacht, und ich
bin bereit, meine zuzugeben und an ihnen zu arbeiten.
Was ist mit dir?“

Es klang, als hätte er diese Ansprache auswendig gelernt.

Wie hypnotisiert starrte ich auf den Ring, den er beim
Öffnen der Schatulle nun offenbarte. Ich besaß bereits
einen Verlobungsring, den ich auch nie abgelegt hatte,
doch dieser übertraf ihn noch bei weitem. Er war auffallend schmal, funkelte silbern und trug einen großen
herzförmigen Diamanten.

„Weißgold“, verkündete Marten stolz.

Nur schwer konnte ich meinen Blick von dem Ring
lösen und Marten in die blauen Augen sehen.

„Ich weiß, du hast schon einmal Ja gesagt“, fuhr er
fort. „Aber hier und heute frage ich dich ein zweites
Mal, Jo: Willst du meine Frau werden?“

Geschah das gerade wirklich? Wie durch einen Nebelschleier nahm ich die Umrisse der Häuser, der Straße
und der Autos um uns herum wahr. Alles schien sich
im Zeitlupentempo und völlig lautlos zu bewegen, während Marten tapfer weiter auf dem Asphaltboden vor
dem Haus kniete, in dem Leonard, Maddie und Elliot
auf mich warteten, und mir in die Augen sah.

Kapitel 11

Abschiedskuss und Neuanfang

„Es ist nur … er hat dich verletzt! Er hat dich betrogen! Er hat dich …" Leonard schien krampfhaft nach einem Wort zu suchen, das all das ausdrücken konnte, was er sagen wollte. „Er hat dich *gebrochen*. Ich begreife einfach nicht, dass du ihn zurücknimmst."

Ich sah ihm nicht in die Augen. Mein Blick war nach wie vor auf den Ring geheftet, den ich nun am Finger trug. Er hatte den alten Verlobungsring abgelöst. Den, den Marten mir vor alledem angesteckt hatte. Dieser neue Ring stand für so vieles mehr: für Vergebung, für einen Neuanfang, für immerwährende Liebe und Verbundenheit. Wie betäubt sah ich dabei zu, wie sich das Licht in dem zum Herz geschliffenen Diamanten brach. Weißgold, hatte Marten gesagt. Weißgold war viel teurer als gewöhnliches Gold. Er musste ein Vermögen dafür ausgegeben haben. So viel war ich ihm also wert. Mehr als Gold.

„Ich meine, es ist natürlich deine Entscheidung." Leonard, der offensichtlich gar nicht bemerkt hatte, dass ich ihm nur mit einem Ohr zuhörte, hockte auf dem Boden, einen Eimer in der einen und einen Lappen in der anderen Hand und schrubbte die Küchenschränke aus. „Du bist erwachsen und kannst und musst das selbst entscheiden. Aber wir sind Freunde, richtig?"

„Richtig."

„Und als Freund muss ich dir leider sagen, dass du den größten Fehler deines Lebens machst."

Leonard hielt kurz in seinem Tun inne und sah mich einen Moment lang an, nur um dann umso gründlicher weiter zu schrubben.

Marten hupte, und ich fuhr wie ertappt zusammen. Mit jäher Hast stopfte ich alles, was ich für wichtig erachtete, in die große Tasche, die ich dafür bereitgestellt hatte. Dass er noch am selben Abend erwartete, uns beide mit nach Hause nehmen zu können, war völlig unerwartet gekommen. Ich hatte nur das Nötigste einpacken und den Rest am Wochenende mit Marten gemeinsam abholen wollen. Doch nun stand ich bereits seit einer gefühlten Ewigkeit neben der immer noch halb leeren Tasche in der Küche und sah Leonard dabei zu, wie er die Küche auf Hochglanz polierte. Maddie hatte er vor dem Fernseher geparkt, damit sie nicht allzu viel mitbekam, und Elliot saß bereits bei Marten im Auto und wartete. Er hupte erneut.

Erschrocken ließ ich Elliots Lieblingsbecher und seine Lieblingsmüslischale in die Tasche gleiten. Ich hatte bereits eine Handvoll Kuscheltiere, ein paar Kinderbücher, meinen Wochenplaner und wahllos irgendwelche Kleinigkeiten aus allen möglichen Räumen eingepackt, denen nun einige Küchenutensilien folgten.

Leonard hielt mit tropfendem Lappen in der Hand kurz inne.

„Gute Wahl. Die Käsereibe hätte ich auch mit als Erstes eingepackt", sagte er trocken.

Aber mir war nicht nach Lachen zumute. Ich fühlte mich komisch. Überrumpelt. Und ich verstand nicht, wieso. War es nicht das, was ich die ganze Zeit über gewollt hatte? Warum sträubte sich dann jetzt alles in mir dagegen, diese Wohnung zu verlassen? Warum stand ich dann hier und packte nutzlose Dinge ein, anstatt zu dem Mann zu gehen, für den einzig und allein mein Herz schlug?

Leonard wrang den Lappen aus, hängte ihn über den Griff des Backofens und erhob sich. Dann streckte er die Hand nach meiner Tasche aus. „Ich trage sie dir nach unten."

„Nicht nötig", ich hatte einen Kloß im Hals, „ich ... ich sollte gehen."

Wir sahen einander in die Augen, und innerlich schrie ich ihn an, dass er mich bitten sollte zu bleiben. Dass er einen Grund hatte, einen wirklich guten, plausiblen, ausreichenden Grund, dass ich bleiben sollte. Doch er tat es nicht. Und das konnte nur eines bedeuten ... Ich war für ihn nicht mehr wert als all diese Frauen, die sich nachts von ihm kichernd und schleichend in die Wohnung führen ließen. Nicht mehr und nicht weniger. Leonard musterte mich verstimmt. Er sah aus, als wollte er etwas sagen, und dennoch schwieg er beharrlich, spielte mit einem Mal sogar den hilfsbereiten Mitbewohner. Als wäre er froh, mich loszuwerden.

„Dann bis dann", murmelte er und wandte sich wieder der Küche zu.

Seine Resignation verärgerte mich. „Mehr hast du mir nicht zu sagen?"

Unerwartet heftig wirbelte Leonard herum. „Was erwartest du, Josephin?! Ich habe dir gesagt, dass es ein Fehler ist. Aber wenn du gehen willst, dann geh. Ich werde dich nicht aufhalten. Ich bin nicht dein verdammter Babysitter!“

„Gut“, sagte ich kühl und biss die Zähne zusammen. Aus irgendeinem völlig bescheuerten Grund stiegen mir Tränen in die Augen. Ich ärgerte mich über mich selbst.

„Gut“, murmelte Leonard und schluckte deutlich sichtbar.

Kurz machte er den Eindruck, den Raum verlassen zu wollen, dann hupte Marten erneut, dieses Mal dreimal, und Leonard wandte sich mir wieder zu. „Weißt du, Josephin, du tust immer so erwachsen, abgeklärt und allwissend. Aber im Grunde bist du naiver als alle anderen Frauen da draußen. Du würdest deine große Liebe nicht einmal erkennen, wenn sie direkt vor dir stünde.“

„Wenigstens glaube ich an die Liebe!“, schleuderte ich ihm entgegen, die Tränen nun nicht mehr halten könnend. „Nur weil *du* nie geliebt wurdest ...“

Leonard sah aus, als hätte ich ihm ins Gesicht geschlagen. Plötzlich tat es mir leid. Er trug nicht die Schuld daran, dass die Situation mich überforderte. Unwirsch rieb ich mir die Tränen aus dem Gesicht. „Ich muss gehen. Wir sehen uns am Wochenende, wenn ... wenn ich den Rest unserer Sachen holen komme.“

Leonard nickte, ohne mir in die Augen zu sehen. Ich brachte es nicht über mich, mich von Maddie zu verabschieden. Der dicke, schmerzhafte Kloß in meinem Hals wurde immer größer. Mit der unhandlichen Tasche im Arm stolperte ich Richtung Haustür, warf auf dem Weg dahin noch mein Handy, die Schlüssel und das Portemonnaie obenauf und riss die Tür auf. Als ich in den Hausflur trat, umfasste Leonard meine Schulter und drehte mich zu sich um. Ich hatte nicht gemerkt, dass er mir gefolgt war, und hielt den Atem an.

Mit unergründlichem Blick kam er näher und küsste mich sachte auf den Mundwinkel. Ich schloss die Augen.

„Was war das denn?", brachte ich leise, fast flüsternd heraus.

„Das war ein Abschied", er presste die Lippen aufeinander, „mach's gut, Josephin Carter."

„Mach's besser, Leonard McEvans", sagte ich flapsig, doch es klang hölzern.

Mein Herz schlug schnell, viel zu schnell, in einem so ungewohnten Rhythmus, dass es wehtat. Endlich! Endlich war das geschehen, was ich all die Zeit über herbeigesehnt hatte. Es gab wieder ein *Wir*. Marten, Elliot und ich waren wieder eine Familie. Wir beide würden heiraten, alles würde wieder so werden, wie es zuvor gewesen war – vielleicht sogar besser. Doch warum fühlte es sich dann so an, als würde ich das Falsche tun? Warum bewegte mein Körper sich wie ferngesteuert? Warum fühlte es sich an, als würde ich mein Zuhause verlassen, obwohl ich doch auf dem Weg dorthin war?

„Es wird Zeit brauchen, Jo", Marten legte mir eine Hand auf den Oberschenkel, während die andere ruhig oben auf dem Lenkrad ruhte, „wir müssen daran arbeiten. Beide."

Ich nickte. Wahrscheinlich hatte er recht. Daran lag es. Ich brauchte Zeit. Einfach nur Zeit. Ohne den Blick von seiner gepflegten hellen Hand mit den penibel kurz geschnittenen Fingernägeln zu nehmen, verharrte ich die gesamte Rückfahrt über regungslos.

„Ich will ein Tablet haben!", tönte Elliot vom Rücksitz.

Glücklicherweise standen wir gerade an einer Ampel, denn Martens Gesichtsausdruck nach zu urteilen, hätte er ansonsten höchstwahrscheinlich einen Verkehrsunfall gebaut. Ich spürte den entsetzten Blick, den er mir zuwarf, auf meiner linken Wange brennen.

„Auch das wird Zeit brauchen", sagte ich, ohne ihn anzusehen. „Maddie wird etwas ... nun ja ... anders erzogen." Ich zuckte mit den Schultern. „Er hat sich viel bei ihr abgeguckt. Das wird sich schon wieder legen."

Und noch während ich sprach, schämte ich mich dafür, so über Leonards Erziehung zu sprechen. Eine tolle Freundin war ich!

Endlich, als wir auf die Garage unseres Hauses zufuhren, hob ich den Blick und sah Marten an, seine strahlend blauen Augen hinter dem schmalen Brillengestell, das er stets, wie Elliot, mit dem Zeigefinger zurück auf den Nasenrücken schob. Die schmalen Lippen, die sich nun zu einem zarten Lächeln kräuselten und die ich so lange nicht geküsst hatte. Das feine, helle Haar, das er stets mit einer Menge Haargel zum Seitenscheitel stylte. In diesen Mann hatte ich mich vor vielen Jahren verliebt. Dieser Mann war der Vater meines Kindes. Diesen Mann würde ich heiraten.

Und plötzlich rannen mir Tränen über die Wangen. Ganz still fielen sie mir in den Schoß, während Marten den Motor abstellte und die Handbremse anzog. Als er sich mir zuwandte und es bemerkte, schien er einen Moment lang peinlich berührt. Dann nahm er meine Hand, die linke, an der der wundervolle neue Ring funkelte, und legte sie in seine.

„Wir werden die letzten Monate sehr bald schon vergessen", versprach er mir.

Ich konnte nur nicken. Ich brachte kein Wort heraus. Der Schmerz, den ich damals empfunden hatte, als Marten sich bei Cassidy McEvans Beerdigung von mir getrennt hatte, schien mit all seiner Wucht zurückzukehren. Aus Angst, nicht mehr aufhören zu können zu weinen, hielt ich den Mund fest geschlossen, während die Tränen kein Ende fanden. Krampfhaft presste ich die Lippen aufeinander.

Marten tätschelte noch einen Moment lang mit verlegenem Grinsen meine Hand – wahrscheinlich plagten ihn Schuldgefühle – bevor er aus dem Auto stieg und erst mir, dann Elliot die Tür öffnete.

Es fühlte sich merkwürdig an, die sauber glänzenden Pflastersteine bis zum Haus entlangzugehen und fremd, obwohl ich sie bereits hunderte Male betreten hatte. Ich fühlte mich wie in einem Traum, aber etwas tief in meinem Inneren hinderte mich daran, mich ganz und gar aufrichtig zu freuen. Zu groß war die Angst, wieder aufzuwachen.

Das Haus roch anders. Das war das Erste, was mir auffiel. Marten hatte offensichtlich eine ganze Flasche Raumspray versprüht, als hätte er versucht, damit den letzten verbliebenen Rest dieser Frau zu überdecken: die Couch, auf der sie gesessen hatte, das Bett, in dem sie geschlafen hatte, die Teppiche, über die sie gelaufen war. Ich spürte es trotz des Raumsprays, das sich mit einer unangenehm intensiven Vanillenote in meine Nase zu fressen schien.

Elliot zog sich die Schuhe aus, warf sie in die nächstbeste Ecke und lief los, um in seinem Zimmer zu spielen. Marten öffnete den Mund, um ihn ermahnend zurückzurufen, doch ich schüttelte den Kopf. „Lass ihn. Nur heute ... bitte. Gib ihm etwas Zeit, sich wieder einzufinden.“

„In Ordnung.“ Marten kümmerte sich um Elliots Schuhe und verzog schmerzlich das Gesicht beim Anblick der Sandkörner, die aus ihnen herausfielen, obwohl ich sie zuvor ausgeklopft hatte.

Etwas verunsichert blieb ich im Eingangsbereich stehen, der auffallend aufgeräumt und sauber war, und sah ihm dabei zu, wie er die Sandkörner mit einem Kehrblech und einem Besen beseitigte. Martens Schuhe im offenen Regal waren nach Farben sortiert: oben die weißen Sneaker und Turnschuhe, darunter mehrere Paare brauner Wanderschuhe und ganz unten seine schwarzen, auf Hochglanz polierten Lackschuhe. Hier lag kein Körnchen Staub. Hatte das kurze Wohnen in der WG mich so sehr verändert, dass mir diese extreme Sauberkeit nicht einmal mehr vertraut vorkam?

„Ich habe Rosita heute Morgen noch kommen lassen, um alles zu schrubben. Ist ganz schön ins Schwitzen geraten, die Gute. Aber ich wollte, dass es perfekt ist ...“, Marten zog mich unerwartet an sich und drückte mir einen Kuss auf die Wange, „... für meine Familie.“

Nur mit Anstrengung gelang es mir, den Blick von der Garderobe zu lösen, an der fein säuberlich Martens Jacken und Mäntel hingen, und an der vor kurzem noch die Jacken und Mäntel seiner Freundin gehangen haben mussten.

„Schön.“ Ich merkte, dass er mich küssen wollte, richtig küssen, nicht nur auf die Wange. Doch ich wich ihm aus, indem ich aus meinen Schuhen schlüpfte und sie neben seine stellte. Ganz nach unten. Schwarz zu schwarz.

Wir hatten uns noch gar nicht geküsst. Auch nachdem ich Ja gesagt und er mir den Ring angesteckt hatte nicht. Er hatte mich lediglich umarmt, deutlich erleichtert darüber, dass so wenig Überzeugungsarbeit nötig gewesen war – offenbar weitaus weniger, als er erwartet hatte. Unwillkürlich fragte ich mich, wann sie ausgezogen war, die Andere. Wann sie sich aus unserem Bett, unserem Haus und seinem Profilfoto auf dem Handy geschlichen hatte. Hatte er sie verlassen oder sie ihn? War es passiert, kurz nachdem ich hier gewesen war oder später?

Marten schien meine Gedanken lesen zu können. Nachdem er den Sand in den Biomülleimer entsorgt und das Kehrblech mit dem Besen zurück an seinen Platz geräumt hatte, betrachtete er mich mit einer tiefen Furche auf der Stirn.

„Sie ist fort, Jo, schon lange“, sagte er leise. „Es ist aus, das verspreche ich dir. Ich habe einen Fehler gemacht, ja, aber jetzt ... jetzt sehen wir nach vorn. Okay?“

Ich nickte. Marten half mir aus der leichten Frühlingsjacke, die ich in der WG schnell übergeworfen hatte, und hing sie zwischen seine Mäntel. Cremeweiß zu cremeweiß.

„Es ist spät. Lass uns zu Bett gehen.“ Marten nickte mir aufmunternd zu. „Ich mache dir einen Vorschlag: Heute bringe *ich* Elliot ins Bett. Und vorher lasse ich dir oben ein schönes heißes Schaumbad ein. Dann kannst du dich entspannen und all die Strapazen der letzten Monate vergessen.“

Er sah aus, als wäre er selbst ziemlich stolz auf seine Idee. Damals, beim Hausbau, hatte ich auf die große luxuriöse Eckbadewanne bestanden und Stunden meines Lebens darin verbracht. Marten wusste das.

Ich zwang mich zu einem kleinen Lächeln. „Das klingt toll", hörte ich mich sagen.

Doch auch als ich wenig später im wunderbar weißen Badeschaum lag, der herrlich nach einer Mischung aus Rosen, Zimt und Lavendel duftete, konnte ich mich nicht richtig entspannen. Ich fühlte mich immer noch überrumpelt, immer noch wie in Schockstarre. Die überwältigende Freude und Erleichterung, die ich eigentlich hätte spüren sollen, blieb aus – warum, war mir ein Rätsel. All meine Träume hatten sich erfüllt.

Jetzt freu dich endlich, forderte ich mich selbst auf.

Und dann gesellte sich eine andere Stimme hinzu:

Die Frage, die du dir stellen solltest, lautet: Was will Josephin Carter?

Ungeduldig verdrängte ich Leonard McEvans Stimme aus meinem Kopf. Ihn konnte ich nun wirklich gar nicht gebrauchen.

Ich ließ mir betont viel Zeit und stieg erst aus der Wanne, als das Wasser nur noch lauwarm und meine Haut ganz runzlig war. Ich hatte gehofft, dass es mir nach dem Bad bessergehen würde, dass meine Gedanken geordneter und mein Kopf klarer wären. Doch dem war nicht so. Ich war jetzt müde, roch nach Rosen, Zimt und Lavendel und fühlte mich immer noch irgendwie fehl am Platz. Dabei hatte ich perfekt hierher gepasst. Vor all dem.

Mit einem letzten Blick auf das weiße große Badezimmer mit den mintfarbenen Handtüchern und der beeindruckenden Eckbadewanne machte ich mich, nur mit einem Handtuch bekleidet, auf den Weg ins Schlafzimmer.

„Elliot schläft. Er war ziemlich müde." Marten legte das Buch, in dem er gelesen hatte, beiseite, nachdem er sein Lesezeichen hineingesteckt hatte.

„In seinem Bett?", fragte ich.

„In seinem Bett", Marten nickte. „Er hat immer, wenn er hier geschlafen hat, in seinem Bett geschlafen. Er kennt das inzwischen."

„Oh", war alles, was ich dazu sagen konnte.

Irgendwie hatte ich gehofft, dass er zwischen uns liegen würde. Wie ein kleiner Schutzschild für meine paradoxen Gefühle. Wie ein Kleber, der das kitten konnte, was zerbrochen war.

Plötzlich fühlte ich mich unwohl, nur mit dem Handtuch bekleidet vor Marten zu stehen. Obwohl wir uns schon so lange kannten und vieles miteinander erlebt hatten, fühlte es sich plötzlich viel zu intim an, nackt zu sein – fremd und irgendwie verboten.

Marten legte die Fingerspitzen aneinander. „Warum kommst du nicht ins Bett?", fragte er leise.

„Ich habe nichts zum Anziehen." Eine spürbare, heiße Röte stieg mir in die Wangen. „Wo ist meine Tasche?"

„Du brauchst nichts zum Anziehen." Er klopfte mit der Hand neben sich auf die Matratze.

Das Bett war mit meiner Lieblingsbettwäsche bezogen. Ich hatte mich damals oft darüber geärgert, sie nicht mitgenommen zu haben. Weiße Sterne auf hellgrauem Grund.

„Gut." Etwas unbeholfen schlich ich über den Fußboden und kroch zu Marten ins Bett, ohne das Handtuch abzulegen. Er griff danach und warf es achtlos auf den Boden, und verrückterweise war mein einziger Gedanke in diesem Moment, wie untypisch das für ihn war, es nicht erst einmal zu falten und ordnungsgemäß beiseitezulegen. Er dimmte das Licht seiner Nachttischlampe und kam mir so nah, dass ich seinen warmen Atem im Gesicht spürte. Er roch nach Zahnpasta. Im gedimmten Licht waren die Pupillen seiner blauen Augen ungewöhnlich groß. Er presste seine Lippen auf meine, und ich schloss die Augen und erwiderte seinen Kuss. Den Kuss, der sich so vertraut und zugleich so fremd anfühlte.

„Vergibst du mir?", raunte er mir zu, ganz leise, ganz nah, ganz warm.

„Ich vergebe dir", wisperte ich an seinen Hals.

Und als er sich über mich legte, schob ich alle negativen Gedanken ganz weit fort. Die Erinnerung an diese Frau würde verblassen. Ich würde ihm vergeben können. Und unsere Zukunft würde rosig werden.

Das konnte doch wohl nicht wahr sein! Da hatte ich ganz bewusst den Montag gewählt, an dem Leonard im Büro und Maddie im Kindergarten sein sollten, so wie es immer war, und dennoch erblickte ich, bereits als ich in die Straße einbog, seinen schwarzen Kleinwagen vor der Garage. Ein mulmiges Gefühl stieg in mir auf. Ich war wütend auf Leonard und wollte ihn nicht sehen, und dennoch – wir hatten so viel Zeit miteinander verbracht, dass ich nicht wollte, dass es so endet. Vielleicht hatte es sogar etwas Gutes, dass wir uns nun ein letztes Mal begegnen konnten, um mit dieser WG-Sache sauber abzuschließen.

„Ist Maddie da?", jubelte Elliot in aufbrausender Vorfreude vom Rücksitz aus. Er hatte es sich nicht nehmen lassen, mich zu begleiten.

„Ich weiß nicht." Seufzend stellte ich den Motor ab und stieg aus dem Auto. „Gehen wir und sehen nach."

So gut gelaunt wie an diesem Morgen war Elliot das ganze Wochenende über nicht gewesen. Während Marten sich wirklich bemüht hatte, uns zwei wundervolle Tage zu bieten, bevor er am Montagmorgen wieder früh arbeiten musste, war Elliot durchweg stur und unzufrieden gewesen. Weder den selbst gepressten Orangensaft zum Frühstück noch den Restaurantbesuch am Abend oder den hübschen neuen Abakus aus Holz, den er geschenkt bekommen hatte, hatte er zu schätzen gewusst.

„Er braucht Zeit", hatte ich Marten erklärt, doch im Grunde wusste ich selbst nicht, ob es daran lag. Hatte er vielleicht in den letzten Wochen zu viele Freiheiten bekommen? Zu wenig Struktur? Hatte Maddies Verhalten wirklich so sehr auf ihn abgefärbt?

Mit einem erneuten Seufzer schlug ich die Autotür zu und folgte Elliot zum Haus. Als ich den Schlüssel ins Schloss steckte, wurde mir plötzlich bewusst, dass es das letzte Mal sein würde, dass ich dies tat. Nachdem Marten am Samstag all unsere Sachen im Alleingang geholt hatte, wollte ich heute eigentlich nur den Schlüssel in die Wohnung legen. Doch nun würde ich ihn Leonard persönlich geben – und ihn gleichzeitig zur Rede stellen können. Denn was er am Wochenende getan hatte, verlangte nach einer guten Erklärung. Mindestens.

Elliot verschwendete keine Zeit und sauste in Windeseile die Stufen hinauf, wo er voller Ungeduld darauf wartete, dass ich die Wohnungstür aufschloss. Ohne Begrüßung lief er mit Schuhen direkt in Maddies Zimmer. Ein freudiges, zweistimmiges Aufjauchzen zeigte deutlich, dass Maddie tatsächlich nicht im Kindergarten war. Sehr ungewöhnlich.

Leonard saß müde und zerzaust am Tisch und hielt eine längst leere Tasse in den Händen. Ohne mich anzusehen, brummte er etwas, das wohl *Hallo* heißen sollte. Die Küche glänzte wie nie zuvor. Mein Auszug hatte ihm also in irgendeiner Art und Weise doch zu schaffen gemacht. Paradoxerweise erfüllte mich dies mit einer Art Genugtuung. Der stolze, selbstbewusste Macho Leonard McEvans war betrübt. Meinetwegen. Ein wahres Phänomen.

„Arbeitest du heute nicht?", fragte ich und näherte mich ihm langsam.

Er trug ein zerknittertes dunkelblaues Shirt, das förmlich danach schrie, gebügelt zu werden und jene helle, zerschlissene Jeanshose, die ich schon so oft an ihm gesehen hatte.

„Hab mich krankgemeldet", murmelte er eintönig und immer noch ohne mich anzusehen. Er hielt den Blick starr auf die leere Tasse gerichtet, als hätte er etwas darin entdeckt, was niemand außer ihm sehen konnte.

„Oh, was hast du denn?", erkundigte ich mich höflich. Vielleicht einen Kater?

„Bauchschmerzen." Endlich hob er den Blick und sah mir direkt in die Augen. „Bauchschmerzen bei der Entscheidung, die du da gerade triffst."

„Oh Leonard!“ Ich verdrehte genervt die Augen. „Ich bin erwachsen. Ich brauche niemanden, der mir sagt, was falsch und was richtig ist. Ich liebe Marten, und er liebt mich. Und es tut ihm furchtbar leid, was er da getan hat.“

„Aha.“ Leonard stand auf und räumte seine Tasse mit unnötig viel Radau in die Spülmaschine. Dann nahm er sich ein Stück Küchenrolle und rieb damit über die blitzblanke Spüle.

Mit dem Ausdruck in seinem Gesicht erinnerte er mich mehr denn je zuvor an Maddie. An eine bockige, unausgeschlafene Maddie, die Tabletverbot hatte. Ich vergewisserte mich, dass die Kinder immer noch im Zimmer waren, dann trat ich schnell um den Tisch herum und stellte mich neben Leonard.

„Du hast Marten geschlagen!“, flüsterte ich vorwurfsvoll.

„Ja“, Leonard zuckte mit den Schultern, als hätte ich ihn gefragt, ob heute Montag sei, „er hatte es verdient.“
„Leonard!“

„Josephin, hör mir zu“, er unterdrückte sichtlich ein Gähnen, zerknüllte das Stück Küchenrolle und warf es in den Müll, „mir ist egal, was du machst. Wenn du diesen Blender heiraten möchtest, dann tu das. Aber irgendwann, vor gar nicht allzu langer Zeit, hatten wir beschlossen, Freunde zu sein. Und Freunde sagen einander, wenn sie kurz davor sind, einen schrecklichen Fehler zu begehen. Deshalb dachte ich wohl dummerweise, es stehe mir zu, dich zu warnen. Aber das tut es wohl nicht.“

Ich schürzte die Lippen. „Und das gibt dir das Recht, ihm ein blaues Auge zu verpassen?“

Leonard setzte mit einem Mal ein ziemlich selbstgefälliges Grinsen auf. „Das habe ich nicht für dich getan. Bild' dir nichts ein, Josephin Carter. Dein Macker ..."

„Verlobter", verbesserte ich ihn scharf.

„Dein *Verlobter* hat mir die nächsten drei Monatsmieten bezahlt. Bar. Und seine Überheblichkeit dabei hat mir nicht gepasst. Deswegen habe ich ihn geschlagen. Ganz einfach."

„Verstehe." Nachdenklich betrachtete ich den Schlüssel in meiner Hand. Wie sehr hatte ich mir anfangs gewünscht, ihn nicht lange zu brauchen. Und nun, da ich ihn hergeben musste, fühlte es sich merkwürdig an. Ich streckte ihn Leonard entgegen.

„Danke." Leonard nahm ihn, warf ihn hoch in die Luft, fing ihn lässig wieder auf und steckte ihn sich in die Hosentasche seiner zerschlissenen Jeans.

Wie auf Kommando kamen in diesem Moment Maddie und Elliot aus dem Zimmer gelaufen. Maddie trug eines der Kleider, das ich ihr geschenkt hatte und das nun einen großen Kakaofleck auf der Brust trug. Ihre Haare waren ungekämmt und ihre Finger- und Fußnägel kunterbunt lackiert. Elliot machte in seinem weißen Poloshirt und der braunen Chinohose mit seinem strengen Seitenscheitel und dem frisch eingecremten, glänzenden Gesicht neben ihr fast einen sterilen Eindruck.

Leonard verschränkte die Arme vor der Brust.

„Na dann", sagte er.

„Na dann", wiederholte ich.

Und dann kam der schwerste Teil. Ich sah in Maddies kleinem Gesicht, wie sie langsam verstand und das strahlende Lächeln einer ganz und gar entsetzten

Miene wich. Sie hatte tatsächlich gedacht, wir wären zurückgekommen. Und nun wurde ihr schlagartig bewusst, dass der endgültige Abschied bevorstand. Mein Herz zog sich krampfartig zusammen.

„Darf ich mich von ihr verabschieden?", fragte ich erstickt.

Leonard nickte bloß. Maddie begann zu weinen. Mir schossen ebenfalls die Tränen in die Augen. Ich ging vor ihr in die Hocke, zog sie an mich und drückte sie. Sie war ganz warm und roch nach meinem Weichspüler. Nach viel zu viel von meinem Weichspüler. Leonard hatte immer noch nicht gelernt, ihn richtig zu dosieren.

„Ich hab dich lieb, Josephin", flüsterte sie.

Ich konnte nicht antworten. Der Kloß in meinem Hals war zu groß. Sanft löste ich ihre kleinen Arme von meinem Hals und fühlte mich wie eine Verräterin, als ich sie zu Leonard schob, der ihr tröstend eine Hand auf die Schulter legte. Dann wandte er sich Elliot zu, der angesichts der vielen plötzlichen Emotionen um sich herum recht perplex schien. Im Gegensatz zu Maddie schien er nicht wirklich zu verstehen, was hier gerade wirklich geschah.

„Hey Sportsfreund. Pass auf deine Mutter auf." Leonard drückte ihn kurz mit einem Arm an sich und wandte sich dann ruckartig von uns ab. „Wir bleiben in Kontakt", log er mit dem Rücken zu mir hölzern, während er die Kaffeemaschine anmachte und sich eine weitere Tasse aus dem Küchenschrank holte. Lautstark kramte er nach der Zuckerdose und einem Löffel.

„Natürlich", log ich monoton zurück, ohne einem von ihnen in die Augen sehen zu können.

Ich dachte an den Abschiedskuss, den er mir gegeben hatte. Einen weiteren würde es nicht geben. Dann nahm ich den immer noch überrumpelt wirkenden Elliot auf den Arm und verließ fluchtartig die Wohnung.

Und tatsächlich sollten zwei ganze Monate vergehen, bis ich Leonard McEvans wiedersehen würde.

Kapitel 12

Das Leben geht weiter

Mit zusammengekniffenen Augen starrte ich auf das kleine hellweiße Feld, das sich schier im Zeitlupentempo in ein dunkleres Weiß verfärbte. Obwohl ich wusste, dass es nichts brachte, schüttelte ich den Test leicht. Ich hatte bewusst einen mit rosafarbener Kappe gekauft, da irgendeine verrückte, abergläubische Stimme in meinem Inneren behauptet hatte, dass dies die Wahrscheinlichkeit steigern würde, ein Mädchen zu bekommen.

Während ich auf das immer noch leere Feld starrte und mir vor lauter Anstrengung schon die Augen tränten, sah ich sie lebhaft vor mir: meine Tochter. Blond würde sie sein, wie Elliot und Marten. Natürlich. Mit denselben strahlend blauen Augen wie die beiden sie hatten. Sie würde niemals mit ungekämmten Haaren oder schmutziger Kleidung herumlaufen, und mit drei Jahren würde ich sie zum Ballett anmelden ... Ballett? Mein Kopfkino riss ab. Was, wenn sie es hassen würde, wie ich es einst gehasst hatte, und es nicht über ihr Herz bringen würde, es mir zu sagen, so wie auch ich es jahrelang verheimlicht hatte? Was, wenn ich eine schreckliche Mädchenmutter sein würde, so eine wie meine eigene, und wenn sie mich eines Tages mit meinem Vornamen ansprechen und nur sporadisch besuchen kommen würde?

Beinahe konnte ich uns beide sehen. Sie auf einem Stuhl sitzend, dünn und blass, und ich hinter ihr stehend, älter, grauer und strenger, mit einer Bürste in der Hand. Hundert Bürstenstriche. An jedem Abend. Ich erschauderte unwillkürlich.

Ein erster Strich erschien auf dem kleinen Feld. Ein kräftiger rosafarbener Strich. Kalter Schweiß brach mir aus, und ich zuckte unweigerlich zusammen, als Marten an die Badezimmertür klopfte und nach einem kurzen Wartemoment eintrat. Lautlos schloss er die Tür hinter sich. Das Bild vor meinem inneren Auge verpuffte wie ein Wölkchen.

„Und?", fragte er.

„Warte." Ich hielt mir den Test so nah vor die Augen wie möglich, um ganz genau hinzusehen. Meine Hand zitterte ganz leicht. Doch es hatte sich kein zweiter rosafarbener Strich zum ersten gesellt. Die Enttäuschung brach wie eine große Welle über mich herein und nahm alle Wunschvorstellungen, die ich gehabt hatte, mit sich.

„Negativ", sagte ich mit betont gleichgültiger Stimme.

Mit einem unterdrückten Seufzen warf ich den Test in den Kosmetikmülleimer, wusch mir die Hände und warf einen kurzen Blick auf mein Spiegelbild, das mir blass und ungekämmt entgegenstarrte. Marten band sich gerade seine Krawatte um. Der Wecker im Bad zeigte 6:30 Uhr an, und draußen zwitscherten bereits die Vögel in der lauen Junisonne. Marten drückte mir einen Kuss auf die Wange. Er roch nach Zahnpasta, Aftershave und Haargel.

„Beim nächsten Mal klappt es", tröstete er mich zuversichtlich.

Ich nickte betrübt. Das Bild des kleinen Mädchens in meinem Kopf zerplatzte wie eine Seifenblase. Ich hatte mir dieses Kind so sehr gewünscht. Wie sehr, realisierte ich erst just in diesem Augenblick. Es wäre aber auch zu schön gewesen, wenn es bereits beim ersten Mal geklappt hätte. Seit einem knappen Monat wohnten wir nun schon wieder im Haus, und wir hatten uns recht schnell wieder eingelebt. Bereits nach wenigen Tagen hatte Marten erklärt, dass er nun für das zweite Kind, das wir immer hatten haben wollen, bereit sei. In meine Planung passte dies ebenso gut, auch wenn das Gefühl, erneut überrumpelt worden zu sein, zart von innen an mein Herz klopfte. Die Traumvorstellung eines rosigen, duftenden Neugeborenen jedoch, das die Resttraurigkeit vertreiben würde, die noch in mir verweilte, war stärker.

Elliot würde etwa fünfeinhalb Jahre alt sein, wenn das Baby geboren werden würde. Noch klein genug, um später mit ihm zu spielen. Aber auch groß genug, um viel mit einbezogen zu werden, damit bloß keine Eifersüchteleien oder andere negative Gefühle bei ihm entstanden. Das Baby sollte in seinen Augen nicht zum Rivalen werden. Zur Sicherheit hatte ich mir schon einmal prophylaktisch drei Ratgeber bestellt, in denen erklärt wurde, wie man das werdende Geschwisterkind feinfühlig auf die Schwangerschaft, die Geburt und das erste Babyjahr vorbereitet.

Ich hatte mich so sehr in diese Babyvorbereitung hineingestürzt, dass ich mich nun fühlte, als hätte man mir etwas weggenommen. Elliots Förderung und das Planen der Schwangerschaft hatten einen so großen Raum in diesem Haus und in dieser kleinen Familie eingenommen, dass ich gar keine Zeit gehabt hatte, mir den Kopf über das zu zerbrechen, was in der Zeit der Trennung geschehen war. Weshalb auch?

Die anfängliche Überforderung, die ich empfunden hatte, nachdem Marten mir den Antrag gemacht hatte, war lange verflogen und erschien mir im Nachhinein geradezu lächerlich. Und je mehr Tage vergingen, umso mehr schien die Erinnerung an diese Frau und die WG-Zeit in den Hintergrund zu rücken. Leonard, Maddie und all die Tränen, die ich in dieser Zeit vergossen hatte, schienen ganz weit fort. Wie jahrzehntealte, verblasste Erinnerungen, mit denen man keine besonderen Emotionen verknüpfte. Nur ein minimales melancholisches Gefühl war geblieben, leise und nicht allgegenwärtig, wie ein winziger dunkler Fleck auf meinem Herzen, den man nicht sehen, sondern nur hin und wieder spüren konnte.

Tatsächlich hatten wir nie wieder darüber gesprochen. Marten hatte einen Fehler gemacht, aber wer ist schon fehlerfrei? Er war ein guter Ehemann und Vater, und ich gab mein Bestes, um eine ebenso gute Ehefrau und Mutter zu sein.

„Und? Alles eingepackt für den großen Tag?", fragte Marten, als wir in die Küche gingen, um, wie an jedem Morgen, gemeinsam eine Tasse Kaffee zu trinken.

Obwohl ich natürlich nicht vergessen hatte, dass Elliot heute zum ersten Mal in den Kindergarten gehen würde, schien ein Schwarm Schmetterlinge in meinem Bauch aufzuflattern, als Marten es ansprach.

Ich deutete auf die kleine viereckige Kindertasche, die auf der Arbeitsfläche stand. Sie sah aus wie eine unheimlich niedliche Miniaturausgabe von Martens

Aktentasche und war nicht gerade preiswert gewesen. Natürlich hatte ich längst am Vorabend ein ausgewogenes Frühstück vorbereitet und in seiner luftdicht verschließbaren Lunchbox mit mehreren Fächern über Nacht im Kühlschrank aufbewahrt. Ich hatte Matschkleidung, Gummistiefel, Hausschuhe, Rutschsocken und eine Trinkflasche sowie ausreichend Ersatzkleidung mit seinem Namen beschriftet. Sicherheitshalber hatte ich eine Tube Sonnencreme für sensible Haut, einen Sonnenhut und eine Ersatzflasche Wasser mit eingepackt.

„Wie immer bestens vorbereitet", lobte Marten, stellte seine leere Tasse in die Spüle und drückte mir einen Kuss auf den Mund. „Wünsch ihm viel Spaß von mir, ja?"

Ich nickte lächelnd.

Kurz nachdem Marten ins Büro gefahren war, wachte Elliot, der nicht halb so aufgeregt war wie ich, auf. Er aß eine Banane und zog die Kleidung an, die ich ihm am Vortag herausgelegt hatte: eine kurze Jeanshose mit Hosenträgern, ein hellblaues Poloshirt mit der Aufschrift *Mein erster Kindergartentag* und ebenfalls hellblaue Sneaker. Er sah unfassbar süß aus. Und irgendwie ganz schön groß. Plötzlich musste ich in einem Anflug von Sentimentalität die Tränen zurückhalten.

Lächelnd hielt ich den Augenblick mit der Kamera meines Smartphones fest und schickte es Marten. Wem auch sonst? Von Leonard hatte ich seit dem Auszug nichts mehr gehört und von Elinor sogar nicht, seit ich bei ihr gewohnt hatte. Sie wusste nicht einmal, dass Marten und ich wieder zusammen waren.

„Freust du dich auf den Kindergarten?“, fragte ich, nachdem ich das Handy weggesteckt hatte, während ich Elliot das Gesicht eincremte und ihm die Haare zum Seitenscheitel kämmte.

„Ja.“ Er schob sich die Brille mit dem Zeigefinger hoch auf den Nasenrücken und wirkte mit einem Mal nachdenklich. „Mama?“

„Ja, mein Schatz?“

„Wird Maddie da sein?“

Ich hielt inne. Mein Herz fühlte sich an, als wäre es gestolpert. Doch ganz schnell hatte es sich wieder beruhigt.

„Nein, Elliot. Maddie geht in einen anderen Kindergarten“, erklärte ich sanft.

Elliot wirkte betrübt, sagte jedoch nichts. Ich reichte ihm seine Zahnbürste, sah ihm dabei zu, wie er sorgfältig Zahn für Zahn putzte und warf die leere Tube anschließend in den Kosmetikmülleimer. Dabei fiel mein Blick auf den negativen Schwangerschaftstest. Der Tag heute wäre perfekt gewesen für einen positiven. Eigentlich. Elliots erster Tag als großer Junge und zugleich der erste Tag als bald-großer-Bruder. Ich ließ den Mülleimer wieder zuschnappen. Es würde beim nächsten Mal klappen. Wie Marten gesagt hatte.

Als Elliot und ich uns auf den Weg zum Auto machten, war es bereits angenehm warm. Wir fuhren nur knappe zehn Minuten zum Kindergarten mit dem klangvollen Namen *Kleine Waldkita*. Als wir auf einen der wenigen freien Parkplätze fuhren, wurde mir ganz flau im Magen. Mit Bauchschmerzen stieg ich aus und holte Elliot aus seinem Sitz. Ich fühlte mich, als hätte ich einen wichtigen Termin.

Das Gebäude war groß und auffallend bunt. An den Fenstern klebten Unmengen gebastelter Blumen aus Pappkarton und Transparentpapier, und eine grellgelbe Sonne aus Handabdrücken zierte die doppelt verglaste Eingangstür.

Unzählige Geräusche und Gerüche prasselten auf uns ein, als wir eintraten. Es roch nach Knete, Aufbackbrötchen, flüssigem Kleber, Kaffee und Weichspüler. Irgendwo weinte ein Kind, während zeitgleich aus einem der Gruppenräume Gesang klang. Im Flur spielte eine Handvoll Jungen mit erhitzten Gesichtern lautstark Fangen. Richtige Rabauken. Hoffentlich würde Elliot sich mit denen nicht anfreunden.

In einer kleinen Kammer mit offen stehender Tür lief rumpelnd eine Waschmaschine. Die Geräuschkulisse war alles andere als angenehm. Waren Kindergärten immer so laut? Ich erinnerte mich nicht mehr sonderlich gut an den, den ich als Kind besucht hatte.

Etwas unsicher blieb ich im Eingangsbereich stehen, Elliot in einem, seine randvoll gefüllte und zugegebenermaßen relativ schwere neue Tasche im anderen Arm, bis eine junge Erzieherin mit einem Lächeln auf den Lippen auf uns zukam. Sie hatte schulterlanges, seidig schwarzes Haar und ein schmales Gesicht.

„Das muss der große Elliot Carter sein, auf den ich mich schon so gefreut habe", sagte sie mit süßlicher Stimme. „So ein großer Junge und noch auf Mamas Arm?"

„Er ist schüchtern", antwortete ich an seiner Stelle und fühlte mich unwillkürlich angegriffen.

„Das sind sie anfangs alle." Die Erzieherin lächelte unentwegt. „Womit spielst du denn am liebsten, großer Elliot?" Es nervte mich jetzt schon, wie sehr sie betonte, dass er groß war.

„Wir haben gaaanz viele Spielsachen in unserer Gruppe. Autos, Lego und Puppen und eine Spielküche und ..."

„Bücher", antwortete ich. „Er mag Bücher. Und Holzspielzeuge. Und er zählt gerne, nicht wahr, Elliot? Bis hundert kann er bereits. Und bis vierzig auf Englisch."

„Ich mag nur Tablets", verkündete Elliot lautstark.

Ich spürte, wie ich scharlachrot anlief. Wie kam er denn jetzt auf diesen Unsinn?!

„Wir haben gar kein Tablet", sagte ich so ruhig wie möglich.

„Natürlich nicht." Die junge Erzieherin lächelte spitz. Sie glaubte mir kein Wort, so viel stand fest. Fröhlich fuhr sie damit fort, auf Elliot einzureden. „Also, ein Tablet haben wir hier leider nicht. Aber vielleicht mag deine Mama dich mal absetzen, dann kann ich dir den Kindergarten zeigen."

„Ich kann es versuchen, aber er wird nicht ...", setzte ich an und lockerte meinen Griff ein wenig, um ihr zu zeigen, dass er sich keineswegs in einer fremden Umgebung einfach absetzen lassen, sondern eher an mir festklammern würde. Doch bevor ich den Satz beenden konnte, hatte Elliot sich bereits aus meinen Armen gestrampelt.

Strotzend vor Selbstbewusstsein trat er zur Erzieherin, die mir sofort einen Hab-ich-doch-gewusst-Blick zuwarf. Immer diese hochnäsigen Pädagogen.

„Hallo, Elliot", sie hockte sich vor ihn hin, um auf seiner Augenhöhe zu sein, „ich bin Marta. Freut mich sehr, dich kennenzulernen."

Die Gruppe, in die Marta uns (oder vielmehr Elliot, ich folgte ihnen wie das dritte Rad am Wagen) führte, hieß *Die kleinen Füchse.* Es gab außerdem noch *Die kleinen Waschbären, Die kleinen Wildschweine* und *Die kleinen Dachse.*

Elliots Garderobensymbol war ein Fliegenpilz, und seine Tasche stach unter Unmengen von kitschig bunten Rucksäcken durch angenehme Schlichtheit hervor. Die Lunchbox, die darin steckte, hatte ich umsonst gekauft und befüllt, da die Kinder sich jeden Morgen an einem Frühstücksbuffet bedienen konnten. Neben Marta gab es noch die betagte, Brille tragende Shona, die resolute Liza und einen Praktikanten namens Carl, der gerade damit beschäftigt war, ein bitterlich weinendes rothaariges Mädchen zu beruhigen, das sich – wenn ich dies richtig verstanden hatte – eine Bügelperle in die Nase gesteckt hatte.

Der Gruppenraum der *kleinen Füchse* war hell und warm, und die Wände waren mit mehr oder weniger kreativen Kunstwerken übersät. Und ehe ich mich versah, hatte Marta mich einmal um mich selbst gedreht und mit der Aufforderung aus der Einrichtung geschoben, ich solle irgendwo einen Kaffee trinken gehen und in einer Stunde wiederkommen. Bei so großen (schon wieder dieses Wort) und selbstbewussten Kindern wie meinem, so Marta, brauche es keine tagelange Eingewöhnung, was Elliot, der mir zum Abschied knapp zuwinkte, als wäre er froh, mich loszuwerden, stumm bestätigte.

Kaum fiel die schwere Eingangstür vor meiner perplexen Nase zu, als mich wieder jene wohlbekannte Leere erfüllte. Ob es mir nun täglich so gehen würde? Beim Gedanken daran, dass Elliot laut Vertrag immer von acht bis 12 Uhr in den Kindergarten gehen sollte, wurde mir ganz flau im Magen. Wieder fühlte es sich an, als hätte das Leben mich überrumpelt. Ständig tat es das. Ich war noch gar nicht so weit, und dann stieß es mich rücklings und unerwartet ins kalte Wasser, ohne mich darauf vorzubereiten, zu schwimmen oder mich warmzuhalten.

Gefühlt gestern hatte Elliot noch im Brutkasten gelegen, klein und hilflos und voller Schläuche. Wie sehr er mich gebraucht hatte – meine Nähe, meine Wärme, meine Anwesenheit und Fürsorge. Und heute schon blieb er ohne eine einzige Träne im Kindergarten. Gefühlt morgen würde er bereits eingeschult werden, dann ganz bald studieren, zu Hause ausziehen ... ich erschauderte.

Apropos Einschulung ... ob Maddie immer noch wollte, dass wir zu ihrer kamen? Ob *Leonard* immer noch wollte, dass wir kamen? Ich zog mein Handy aus der Tasche, warf einen kurzen Blick darauf und steckte es sofort wieder zurück. Der Abschied war merkwürdig gewesen, die Stimmung zwischen uns getrübt, und ich wusste nicht, in welcher Beziehung wir aktuell zueinander standen. Wir hatten keinerlei Kontakt miteinander gehabt, seit ich ausgezogen war. Galt die Einladung noch, da er sie nicht ausdrücklich widerrufen hatte? Waren wir noch Freunde? Hatte er mich womöglich längst vergessen? Lebte ein neuer Mitbewohner in meinem ehemaligen Zimmer – oder eine Mitbewohnerin? Der Gedanke fühlte sich zutiefst befremdlich an.

Sehnsüchtig folgte ich mit meinem Blick einer jungen, übernächtigt aussehenden Mutter mit Kinderwagen. Es wäre perfekt gewesen, wenn der Test am Morgen positiv ausgefallen wäre. Dann würde ich mir nun vielleicht nicht so leer vorkommen, sondern erfüllt mit einer neuen Aufgabe, mit einem neuen Leben.

Ich bemerkte jäh, dass ich immer noch vor dem Kindergarten stand und bewegte mich fluchtartig in irgendeine Richtung. Ich wollte der dauerlächelnden Marta auf gar keinen Fall die Genugtuung geben, zu sehen, dass ich mich nicht von Elliot lösen konnte. Vor allem nicht, da es ihm selbst alles andere als schwergefallen war.

Ich warf einen Blick auf meine Armbanduhr. 8:12 Uhr. Wie lange stand ich schon hier? Ich beschloss, um 9 Uhr zurückzukommen. Ich hätte nach Hause fahren können, aber das fühlte sich irgendwie nicht richtig an. Was erwartete mich denn da? Ein menschenleeres, stilles Haus, das so sauber war, dass ich mich nicht einmal in einen kleinen Putzmarathon würde stürzen können.

Ziellos marschierte ich die Straße entlang an ein paar Wohnhäusern vorbei, und mehrere andere Eltern, die ihre Kinder ebenfalls in den Kindergarten brachten, kreuzten meinen Weg. Unauffällig musterte ich sie. Ob es sich für sie ebenso komisch anfühlte, ihre Kinder abzugeben? Ob sie nett waren? Vernünftig? Erziehungstechnisch auf einer Wellenlänge mit mir? Ob diese Kinder einen schlechten Einfluss auf meinen Sohn haben würden?

Ich lief durch einen Drogeriemarkt und kaufte eine Handvoll Schwangerschaftstests für den nächsten Versuch sowie Vitaminpräparate und Eisentabletten, um das Zukunftsbaby bestmöglich versorgen zu können. Die restlichen zwanzig Minuten schlenderte ich um den Kindergarten herum und war heilfroh, als meine Armbanduhr endlich 9 Uhr anzeigte. Was ist das eigentlich für ein verrücktes Phänomen, dass die Zeit so schrecklich langsam vergeht, wenn man auf etwas wartet?

Elliot zog eine wenig begeistert aussehende Grimasse, als er mich durch die Tür kommen sah. Er saß mit Marta und zwei kleinen Jungen, die in seinem Alter zu sein schienen, auf einem Autoteppich, baute mit Legosteinen eine Burg und wirkte ziemlich zufrieden mit sich und der Welt. Kein bisschen hilflos. Kein bisschen aufgeschmissen. Kein bisschen klein. Und er wollte partout nicht nach Hause.

„Morgen kann er zwei Stunden bleiben, und ab nächster Woche schon täglich von acht bis zwölf, wenn es weiterhin so gut läuft", schnurrte Marta und tätschelte Elliot zum Abschied den Kopf.

Es war anfangs wirklich komisch, allmählich jedoch begann ich, mich daran zu gewöhnen, dass Elliot in den Kindergarten ging. Ich nutzte die Zeit alsbald, um einkaufen zu gehen, mich um den Haushalt zu kümmern (das bisschen, das Rosita mich selbst erledigen ließ) und Termine wahrzunehmen. Dann kochte ich, holte Elliot um 12 Uhr ab und aß mit ihm gemeinsam zu Mittag, bevor wir zur Logopädie, zum Mutter-Kind-Turnen und zu allem fuhren, was ansonsten noch anstand. Wir gingen täglich mindestens eine Stunde lang an der frischen Luft spazieren und übten das Zählen auf Englisch. Und abends, wenn Marten nach Hause kam, aßen wir gemeinsam zu Abend, bevor Elliot baden und schließlich zu Bett ging.

Sobald er schlief, saßen Marten und ich im Wohnzimmer und lasen Bücher, tranken Tee und unterhielten uns über seine Arbeit oder meinen Eisprung, bevor wir um zehn ins Bett gingen. Und so verschwammen die Tage ineinander. Schnell wurde es zur Routine, Elliot in den Kindergarten zu bringen und alleine in das große, leere Haus zu fahren. Je mehr Ordnung und Struktur wir hatten, umso sicherer fühlte ich mich. Es war fast so, als würde diese Sicherheit und dieses ständige beschäftigt sein mich davon abhalten, tiefer in mich zu gehen, nachzudenken. Über die Vergangenheit nachzugrübeln. Mein Herz war wie ausgeschaltet, mein Kopf regelte den Alltag für mich.

Eines Morgens jedoch fand ich Marten am Küchentisch vor, der eine Tasse Tee trank und ein Buch las, das er am Vorabend begonnen hatte. Als ich eintrat, klappte er es zu und lächelte.

„Wieso bist du nicht im Büro?", fragte ich verwundert.

„Ich habe eine Überraschung für dich." Marten nickte geheimnisvoll. „Rate, wo ich vorhin war, als du dachtest, ich wäre im Büro."

Ratlos zuckte ich die Achseln.

„Ich war beim Standesamt!", ließ Marten die Bombe platzen. „Ich habe den Termin für unsere Hochzeit gemacht!"

„Oh ...", machte ich erstaunt.

„Sagen wir es mal so: Ein wenig Kleingeld hat den Besitzer gewechselt, damit wir unseren Wunschtermin erhalten haben. Von wegen nicht bestechlich. Jeder ist bestechlich." Selbstgefällig nickend schob Marten sich die Brille hoch auf den Nasenrücken.

„Wir ... wir hatten einen Wunschtermin?"

„Nun ja, nicht direkt. Aber ich hielt den zehnten Oktober für passend. Zehnter Zehnter. Rate die Uhrzeit!"

„Ich weiß nicht ... 10 Uhr?"

„Korrekt." Marten lachte zufrieden. „Freust du dich?"

„Und wie." Ich erwachte aus meiner Schockstarre und umarmte ihn. „Oktober. Es ... es ist schon Mitte Juli. Mein Gott, das ist ja schon in drei Monaten!" Plötzlich schlug meine Stimmung von freudig erregt zu panisch um. „Das ist in *drei Monaten*, Marten! Wie sollen wir die ganzen Vorbereitungen schaffen? Das ist absolut unmöglich."

„Oh, das lass mal meine Sorge sein." Marten lächelte überlegen. „Ich habe längst eine Hochzeitsplanerin arrangiert. Sie heißt Denise. Sie ist die Beste auf ihrem Gebiet. Nicht ganz preiswert, die Gute, aber ihr Geld wert. Sie wird sich um alles kümmern. Die Torte, die Dekoration, die Einladungskarten – die gehen übrigens Ende der Woche noch raus. Wir müssen nur unser Okay zu ihrem Entwurf geben, und sie muss das Datum noch einfügen. Sie sorgt auch für die Musik, die Blumen ...", zählte er weiterhin an seinen Fingern auf, „.... das Gedeck – sogar für dein Kleid."

„Mein ... mein Kleid?" Ich lächelte unsicher. „Eine fremde Frau sucht mein Kleid aus?"

„Ein Hochzeitsprofi, mein Herz." Ein leicht tadelnder Unterton lag in Martens Stimme. „Natürlich begleitest du sie. Du musst das Kleid schließlich anprobieren."

Ich nickte langsam.

„Und damit nicht genug!" Marten blickte mich über den Rand seiner Brille hinweg geheimnisvoll an. „Selbst dein Junggesellinnenabschied steht schon!"

„Mein ... mein was? Marten, mit wem soll ich das denn machen? Ich habe nicht einmal Freundinnen, mit denen ich das machen könnte!"

„Sei unbesorgt. Auch dafür habe ich gesorgt", sagte Marten beruhigend und drückte mir einen Kuss auf die Wange. „Denise begleitet dich natürlich. Und meine Schwester. Und ich habe deine alten Modelfreundinnen angerufen."

Er suchte kurz in seinem Smartphone nach einem Foto und zeigte mir schließlich eine hübsche cremefarbene Einladungskarte, auf der zwei Ringe und ein herzförmiger Luftballon abgebildet waren. Darüber standen in kursiv ineinander verschlungenen Buchstaben unsere Namen. Schlicht, aber schön. Ich nickte wie betäubt.

„Gut, dann teile ich Denise schnell das Datum mit. Dann gehen die morgen noch raus." Marten tippte mit flinken Fingern auf seinem Handy herum.

Ich sah ihm dabei zu und fühlte mich elend. Denise kannte ich noch nicht einmal, mit Martens Schwester hatte ich mich nie sonderlich gut verstanden und meine ehemaligen Modelfreundschaften? Ich hatte sie alle drei seit einer Ewigkeit nicht gesehen und konnte mir beim besten Willen nicht vorstellen, einen langen Abend mit ihnen zu verbringen.

„Und wenn ich schwanger bin?“, warf ich leise ein.

Marten hielt kurz inne. Dieses eine Detail schien er nicht bedacht zu haben. Dann lächelte er entwaffnend und tippte weiter auf seinem Smartphone herum. „Es gibt doch auch viele alkoholfreie Cocktails. Und wenn dir schlecht ist, fährst du eben früher nach Hause. Ich miete euch eine Limousine. Na, wie klingt das?“

„Das klingt ...“, ich suchte nach dem richtigen Wort, „... *perfekt*. Danke, Marten. Es klingt wirklich perfekt.“

Und ich meinte, was ich sagte. Es *war* perfekt. Es *klang* perfekt. Wieso schnürte sich mir dann die Kehle zu? War es nur die Aufregung? Die Vorfreude? Eine Art Lampenfieber, weil dieser Schritt so groß und bedeutend und plötzlich derart greifbar war? Vermutlich. Ich straffte die Schultern und trug das Hochzeitsdatum in meinem Terminkalender ein. Zehnter Oktober.

Ich malte einen roten Kringel drum herum. Zehnter Oktober ...

Dann würde ich nicht mehr Josephin Carter sein, sondern Josephin Mitchell. Obwohl ich mir so lange gewünscht hatte, diesen Namen zu tragen, fühlte er sich plötzlich merkwürdig an. Wie ein Kleid, das man monatelang durch das Schaufenster der Boutique anstarrte, nur um es dann eines Tages anzuprobieren und zu bemerken, dass es einem einfach überhaupt nicht stand.

„Alles in Ordnung?“ Marten hatte mir die Verwirrung offenbar im Gesicht abgelesen. Mit einem Stift in der einen und seinem eigenen Terminkalender in der anderen Hand betrachtete er mich.

„Ja“, beeilte ich mich zu sagen. „Ja klar.“

Zehnter Oktober ...

Kapitel 13

Ein unerwartetes Wiedersehen

Der Tag, an dem ich Leonard McEvans wiedersehen sollte, stand von Anbeginn unter keinem guten Stern. Ich hatte in der Nacht meine Regel bekommen – völlig außer der Reihe – schlecht geschlafen und einen unangenehmen Druck im Kopf, und Elliot weigerte sich beharrlich, sich für den Kindergarten anzuziehen, weil seine Lieblingssocken in der Waschmaschine waren. Außerdem stand das erste Treffen mit Denise, der Hochzeitsplanerin an, was mir aus irgendeinem Grund zusätzliche Magenschmerzen bereitete. Marten hatte so positiv über sie gesprochen, dass ich tatsächlich ein wenig eingeschüchtert war und natürlich einen perfekten ersten Eindruck hinterlassen wollte, nachdem sie meinen ebenso perfekten Verlobten bereits kennengelernt hatte.

Kopfschüttelnd durchsuchte ich unseren Medizinschrank im Badezimmer nach Kopfschmerztabletten, während Elliot im Schneidesitz hinter mir auf dem Boden saß und zornig vor sich hinstarrte.

„Ich bringe dich sonst im Schlafanzug in den Kindergarten", log ich völlig wider all meiner pädagogischen Überzeugungen und wandte mich ihm mit entschlossener Miene zu.

„Okay ..." Elliot hörte auf, mit finsterer Miene vor sich hinzustarren und sah mir herausfordernd in die Augen.

Testete er mich, oder meinte er das ernst? Ich beschloss, es zu ignorieren. Endlich hatte ich eine Schachtel mit Schmerztabletten entdeckt und schluckte eine der weißen runden Pillen eilig mit einem Schluck Wasser aus dem Hahn herunter. Dann schlüpfte ich in ein leichtes rotes Shirtkleid mit einem schwarzen Taillengürtel, das ich mir am Abend zuvor für diesen Anlass herausgelegt hatte, schüttelte meine Locken aus und putzte mir die Zähne. Es blieb keine Zeit, um mich richtig zu schminken, obwohl ich es beim ersten Treffen mit Denise vorgehabt hatte, also trug ich nur ein wenig Wimperntusche und Rouge auf, bevor ich kurz auf die Waage stieg. Ein obligatorisches Prozedere, da ich vor der Hochzeit noch mein Idealgewicht erreichen wollte. Marten hatte Denise überoptimistisch erzählt, dass ich ein Kleid in Größe 34 benötigen würde.

Wir waren an diesem Morgen spät dran, und Marten hatte das Haus bereits verlassen, bevor Elliot und ich aufgewacht waren. Es war einiges an Überredungskünsten und sogar Bestechungsversuchen nötig, um Elliot davon zu überzeugen, dass ein anderes Paar Strümpfe genauso gut war wie seine Lieblingssocken, und als wir schlussendlich am Kindergarten ankamen, saß die gesamte Gruppe bereits im Morgenkreis zusammen. Marta bedachte mich mit einem leicht schadenfrohen Blick und begrüßte Elliot übertrieben fröhlich.

Als ich wieder im Auto saß, atmete ich erst einmal tief ein und wieder aus. Der drückende Kopfschmerz ließ langsam nach. Ich riskierte einen Blick in den kleinen Spiegel der Sonnenblende. Gerötete Wangen, geschwollene Augen, abstehende Haare und Sommersprossen, die die Sonne jedes Jahr bei mir hervorbrachte, lachten mir entgegen. Genervt klappte ich die Sonnenblende wieder zu, als mein Handy vibrierte.

Komme eine halbe Stunde später. Sorry, meine Liebe. Freue mich! Küsschen! Denise

Eine halbe Stunde? Ich verdrehte die Augen. Ich hasste es, wenn etwas nicht nach Plan verlief. Dennoch lohnte es sich nicht, noch einmal nach Hause zu fahren. Ich nahm mir vor, einfach in dem Café zu warten, in dem wir uns verabredet hatten, und trug während der Fahrt ein wenig kirschfarbenen Lippenpflegestift auf, damit ich nicht einen ganz so blassen Eindruck machte. Vielleicht würden ein wenig Ruhe und ein guter Kaffee meine Laune etwas anheben.

Ich parkte auf dem letzten freien Parkplatz vor dem Café (immerhin *etwas* Glück an diesem Morgen) und schulterte meine schwarze Handtasche, in der sich neben meiner Geldbörse auch noch einige Fotos von Brautkleidern befanden, die ich aus Modezeitschriften ausgedruckt hatte, damit Denise einen Überblick über meinen Kleidergeschmack bekam und in etwa einschätzen konnte, was mir gefallen könnte.

Ich schloss den Wagen ab und hielt inne, als ich das Auto sah, neben dem ich geparkt hatte – einen schmutzigen schwarzen Kleinwagen. Dasselbe Modell, das Leonard fuhr. Instinktiv trat ich um das Auto herum. Mein Herz machte einen Satz, als ich das Nummernschild tatsächlich als seines ausmachen konnte. Leonard war hier? Aber wo? Und warum? Und wollte ich ihn überhaupt sehen?

Während ich noch wie erstarrt dastand und mein Gedankenkarussell kreisen ließ, öffnete sich die Tür des Autos, und der Fahrer stieg aus. Groß, sportlich und mit längerem Haar als gewohnt musterte Leonard mich von Kopf bis Fuß, bevor sich ein warmes Lächeln auf seinem Gesicht ausbreitete.

„Mitbewohnerin!", sagte er munter.

„Mitbewohner", sagte ich einfallslos.

Schweigend sahen wir einander an.

„Bist du öfter hier?", scherzte er schließlich, schloss sein Auto ab und kam auf mich zu.

Ich musste lachen. „Zum ersten Mal."

„Verstehe." Unerwarteterweise drückte er mir einen Kuss auf die Wange. „Hattest wahrscheinlich Sehnsucht nach mir und hast daher mein Lieblingscafé beschattet …"

Ich suchte meinen Kopf nach einer lustigen, schlagfertigen Antwort ab, doch er war wie leer gefegt.

Leonards grau-grüne Augen funkelten. „Gehen wir einen Kaffee zusammen trinken?", fragte er. „Ist nicht ganz so gut wie der, den ich mache, aber er wird dir schmecken. Die machen einen erstklassigen Milchschaum."

„Milchschaum …" Ich nickte lahm. „Ja, okay. Gerne. Ich bin eigentlich verabredet, aber sie verspätet sich um eine halbe Stunde."

„Na, da hab' ich ja Glück." Er lächelte erneut und hielt mir die Tür zum Café auf.

Leise, poppige Musik empfing uns. Das Café war klimatisiert und ziemlich modern eingerichtet, und bei dem, was ich über Denise gehört hatte, verwunderte es mich nicht, dass sie sich für dieses entschieden hatte.

Leonard begrüßte die Kellnerin, die sofort errötete, und wir nahmen an einem kleinen, eiförmigen Tisch am Fenster Platz. Alle Tische und Stühle waren in einem weißen Shabby-Stil gehalten, ebenso wie die Fußleisten, die Fensterrahmen und die Blumenvasen auf den Fensterbänken, in denen bunte Plastikblumen steckten.

„Elliot ist im Kindergarten", sagte ich, nachdem wir beide einen Cappuccino bestellt hatten, um keine unangenehme Stille aufkommen zu lassen.

Es war schön, ihn wiederzusehen, aber irgendwie auch merkwürdig. Die ganze Vertrautheit, die wir im Frühling noch gehabt hatten, schien verpufft. Zumindest fühlte es sich für mich so an. Ob er ebenso empfand? Eigentlich machte er einen recht entspannten Eindruck.

„Oh Kindergarten – wow, und hast du kleine Kameras in seine Kleidung eingenäht?", zog er mich auf. „Oder kreisen Drohnen über der Einrichtung?"

„Witzig!" Ich verdrehte die Augen, musste aber lachen. „Wie geht es Maddie?"

„Oh, ihr geht es großartig. Sie kann es kaum erwarten, in die Schule zu kommen. Schreibt ununterbrochen ihren Namen und so."

Wir unterbrachen unser Gespräch, als die Kellnerin an unserem Tisch erschien und zwei grasgrüne Tassen mit dampfendem Cappuccino vor uns abstellte. Leonard hatte nicht übertrieben, der Milchschaum sah fantastisch aus. Dick, weiß und cremig und mit einem feinen hellbraunen Pulver bestreut. Ich zog meine Tasse zu mir herüber und hielt sie in den Händen.

Obwohl es draußen bereits fast dreißig Grad heiß war, fühlte sich die Wärme angenehm an.

Leonards Blick fiel auf meinen Verlobungsring und verweilte eine Weile darauf, bevor er ebenfalls nach seiner Tasse griff und sie festhielt, ohne zu trinken.

„Du trägst ihn noch", stellte er ruhig fest. „Also ist alles gut so weit?"

„Oh ..." Ich betrachtete den Ring ebenfalls. In dem herzförmig geschliffenen Diamanten brach sich das Sonnenlicht, das durch die Fenster in das Café fiel. „Ja. Sehr gut sogar. Wir heiraten am zehnten Oktober."

Leonard nickte, als hätte er diese Antwort erwartet und nippte vorsichtig an seinem Cappuccino. Ich tat es ihm nach und wischte mir verstohlen mit dem Handrücken den Milchschaum von der Oberlippe.

„Glückwunsch", sagte Leonard.

„Danke." Ich sah aus dem Fenster. Es war herrliches Wetter zum Spazierengehen. „Und du? Wie geht es dir? Was macht dein ... Liebesleben?"

Es sollte lustig klingen, doch als ich es ausgesprochen hatte, war ich mir nicht mehr sicher, ob es unangebracht war, danach zu fragen. Leonard ließ sich betont viel Zeit mit seiner Antwort. Er rührte unnötig lange in seiner Tasse herum und steckte sich einen Löffel Milchschaum in den Mund.

„Tatsächlich habe ich vor kurzem jemanden kennengelernt", sagte er endlich gedehnt. „Ich habe heute Abend das vierte Date mit ihr."

„Viermal ein Date mit derselben Frau?", tat ich empört. „Hast wohl erstmalig eine nicht beim ersten Treffen ins Bett bekommen."

Leonard schmunzelte. „Mach dich ruhig lustig. Wir lassen es langsam angehen."

„Langsam angehen?"

„Ja. Sie ist irgendwie … anders."

„Anders?"

„Sie heißt Carlie."

„Carlie?!"

Leonard fuhr sich mit der Hand durch die lang gewordenen Haare. „Josephin, bist du ein Papagei oder was?"

„Tut mir leid, Leonard", beeilte ich mich zu sagen und rührte grundlos in meinem Cappuccino. „Du … du magst sie", ich musste plötzlich lachen, „du magst sie wirklich! Oh Leonard, das ist toll, wirklich! Ich … ich freue mich für dich!"

Leonard nickte. „Ja, ich mag sie."

Ich versetzte ihm über den Tisch hinweg einen freundschaftlichen Stups gegen die Schulter und gab vor, noch ein Päckchen Zucker zu holen, um die Tränen zu verbergen, die mir urplötzlich aus unerklärlichen Gründen in die Augen schossen.

Auf dem Weg zum Zucker, der in einem kleinen neongrünen Weidenkörbchen neben dem Besteck lag, nahm ich all meine Kraft zusammen, um mich zu beruhigen. Wahrscheinlich lag es an meiner Periode. Hormonschwankungen und so. Natürlich. Leonard und ich waren Freunde, und ich sollte mich für ihn freuen. Das war meine Aufgabe. Immerhin hatte er lange genug die Frauen wie seine Unterwäsche gewechselt. Es war doch wunderbar, dass er endlich eine gefunden hatte, bei der er bleiben wollte.

Wesentlich entspannter trat ich mit meinem Tütchen Zucker in der Hand zum Tisch zurück und lächelte Leonard an.

Der jedoch hatte derweil sein leise vibrierendes Smartphone aus der Tasche genommen, verzog das Gesicht und hielt es sich mit widerwilliger Miene ans Ohr. Eine Weile lang lauschte er schweigend, während ich den Zucker in meinen Cappuccino rührte. Eine schnell sprechende, männlich klingende Stimme drang aus dem Handy, doch die Worte waren nicht zu verstehen. Ich meinte jedoch, etwas wie Ungeduld heraushören zu können. Vielleicht auch Zorn.

„Zum letzten Mal", raunte Leonard, als die Stimme verebbte, leise, aber sehr bedrohlich. „Ich will euer Geld nicht! Keinen Cent davon!"

Mit immer noch wütendem Ausdruck im Gesicht steckte er es zurück in seine Hosentasche und schien einen Moment zu brauchen, um sich wieder zu beruhigen. Ich sah ihn genauer an. Er wirkte müde und unter all seinem Charme und seiner Attraktivität irgendwie abgekämpft.

„Hast du Sorgen, Leonard?", fragte ich leise.

Er hob den Blick und sah mich an, als würde er mich zum ersten Mal sehen. Dann lächelte er entwaffnend und machte eine wegwerfende Handbewegung, und das Funkeln in seinen Augen machte die Müdigkeit wett.

„Jaa. Minimal", er fuhr sich mit der Hand in den Nacken, „Maddie geht seit kurzem nicht mehr zu ihren Großeltern, und die sind not amused."

Er bemerkte, dass ich immer noch besorgt aussah und fügte sanft hinzu: „Alles gut, Jo. Ich komme klar. Mach dir keine Sorgen."

Ich nickte. Aber irgendwie beunruhigten mich seine Worte. Ob es so klug war, den Kontakt zur wohlhabenden und wahrscheinlich auch einflussreichen Familie seiner verstorbenen Frau abzubrechen?

„Also ... deine Hochzeit ...", lenkte er ab.

„Meine Hochzeit ..." Ich rang mir ein Lächeln ab und fasste kurz die Pläne zusammen, die Marten für uns hatte. Das Brautkleid in Größe 34, das Datum und das in wenigen Minuten anstehende erste Treffen mit Denise, der Hochzeitsplanerin.

Leonard hörte sichtlich gespannt zu und schüttelte ab und an ungläubig den Kopf. Es war nicht schwer, ihm anzusehen, dass er von Marten noch immer nicht viel hielt. Die beiden waren einfach grundverschieden.

„Die Hauptsache ist, dass du glücklich bist", sagte er, als ich meinen Bericht beendet hatte, und nahm über den Tisch hinweg meine Hände, um sie sanft zu drücken. Damit hatte ich nicht gerechnet.

Ich sah in seine grau-grünen Augen. Feine Lachfältchen spielten um sie herum. Ich erwiderte sein Lächeln.

„Bin ich. Und du?"

„Ja. Ja, total."

„Na dann ..."

„Na dann ..."

Meine Hände lagen immer noch in seinen.

„Du fehlst mir", hörte ich mich selbst sagen, noch ehe ich meine Gedanken ordnen konnte. Ich biss mir auf die Zunge und spürte, wie ich rot anlief. „Also nicht *du!* *Ihr.* Maddie vor allem. Das WG-Leben, wir vier ... du weißt, was ich meine. Es war alles so ... so leicht irgendwie.“

„War eine spannende Zeit“, stimmte Leonard mir zu und zog seine Hände zurück.

Wir nahmen beide einen Schluck Cappuccino, als mein Blick erneut aus dem Fenster glitt. Auf einen Parkplatz, der vorhin erst frei geworden sein musste, fuhr nun ein roter, auf Hochglanz polierter Ferrari. Eine ziemlich große Frau mit endlos langem schwarzen Haar stieg aus, eine Sonnenbrille auf dem Kopf. Obwohl ich sie nie zuvor gesehen hatte, erkannte ich sie sofort. Das musste sie sein: Denise Durand, die Hochzeitsplanerin.

Auch Leonard folgte meinem Blick und erfasste die Situation binnen Sekunden.

„Na, dann mache ich mich mal besser vom Acker“, sagte er, leerte den Rest seines Cappuccinos und erhob sich. „Es hat gutgetan, mit dir zu reden, Josephin.“

Ich wollte nicht, dass er ging.

„Ja“, stimmte ich ihm zu. „Wir sollten das öfter tun. Wir sind schließlich Freunde.“

„Wie wäre es mit nächster Woche? Gleicher Ort, gleicher Tag, gleiche Zeit?“

Ich nickte, während Denise Durand sich, über den Seitenspiegel ihres Ferraris gebeugt, ihren roten Lippenstift nachzog. Leonard legte einen Zehneuroschein auf den Tisch und drückte mir zum Abschied einen Kuss auf die Wange. Dann schlenderte er davon, während die Kellnerin ihm schmachtend hinterherblickte, bevor sie mit geröteten Wangen an den Tisch gewuselt kam und seine Tasse abräumte. Typisch Leonard, dachte ich, und schüttelte schmunzelnd den Kopf. Na also. Alles gut. Alles normal. Alles freundschaftlich.

Als er das Café verließ, betrat Denise es. Sie war einen guten Kopf größer als er, und auch ihr blieb sein Charme nicht verborgen. Sie sah ihm kurz nach, bevor sie sich mit prüfendem Blick im Café umsah. Als sie zweimal an mir vorbeigesehen hatte, winkte ich ihr leicht zu, woraufhin sie, etwas irritiert wirkend, zu mir an den Tisch stolzierte. Sie trug trotz ihrer enormen Körpergröße Schuhe mit wahnsinnig hohen Absätzen, was ihr ein geradezu skurriles Erscheinungsbild verlieh. Sie sah aus wie eine Riesin.

„Jo?", fragte sie, offensichtlich immer noch unsicher, ob ich es tatsächlich war.

Ich nickte bekräftigend.

„Oh mon dieu ..." Denise ließ sich mit einem schweren Aufseufzen auf den Stuhl sinken, auf dem Leonard vor wenigen Minuten noch gesessen hatte. „Ich hatte eigentlich erwartet, eine strahlende Braut anzutreffen."

Sie hatte lange rote Fingernägel und eine raue Stimme und sprach mit so auffallend französischem Akzent, dass es wirkte, als würde sie hier gerade eine Rolle spielen.

Wortlos legte sie einen Stift und ein pinkfarbenes Notizbuch im Din-A4-Format auf den Tisch, schlug es auf einer leeren Seite auf und sah mich an. Ich wusste nicht, was ich sagen sollte. Sie ließ ihre Augenbrauen tanzen.

„Keine Sorge, meine Liebe. Wir machen aus dir eine strahlende Braut", versprach sie und schnipste mit den Fingern, um die Kellnerin zu rufen. „Einen Latte macchiato mit fettarmer Milch und einem halben Stückchen Süßstoff. Und *dépêchez-vous*! Hurtig, bitte."

Die Kellnerin schien irritiert, kritzelte sich Denises Wunsch jedoch auf ihren Block und lächelte höflich. Ich war mir sicher, dass ihr Leonard als Gast tausendmal lieber gewesen war. Verständlicherweise. *Mir* war Leonards Gesellschaft auch lieber gewesen.

„Also …", begann ich, doch Denise hob eine Hand und bedeutete mir damit, zu schweigen.

„Bitte nicht sprechen. Ich nehme gerade noch deine Schwingungen auf", sagte sie, als wäre es das Normalste auf der Welt. „Sehr, sehr wichtig für die Hochzeit. Martens Schwingungen habe ich schon gespeichert. Hier", sie legte eine Hand auf ihr Herz und blickte wichtig drein, „aber deine Schwingungen machen es mir nicht leicht. Sie sind irgendwie … trüb."

„Trüb?", wiederholte ich, unsicher, ob ich beleidigt oder amüsiert sein sollte.

„Trüb. Wie eine Pfütze. Dabei sollten sie glasklar sein wie ein wundervoller See."

Ihre perfekte Grammatik wirkte in Kombination mit dem breiten französischen Akzent ziemlich aufgesetzt. Ob Denise überhaupt tatsächlich Französin war?

Im Augenwinkel sah ich Leonards kleinen schwarzen Wagen fortfahren. Ich erinnerte mich an die Bilder, die ich mitgebracht hatte, und zog sie schon einmal aus meiner Tasche, um sie Denise zu zeigen, sobald sie meine trüben Schwingungen gespeichert hatte. Bedächtig legte ich sie nebeneinander auf den Tisch – meinen absoluten Favoriten in der Mitte – einen bodenlangen champagnerfarbenen Traum aus Seide. Als Denise meine Bilder sah, hielt sie inne und fächerte sich mit der flachen Hand Luft zu, als hätte ich keine Brautkleider vor mir ausgebreitet, sondern Fotos von Operationen am offenen Herzen oder einer Obduktion.

„Keine Seide", sagte sie streng.

„Aber ich ..."

„Keine Seide!" Mit spitzen Fingern nahm sie das mittlere Bild an sich. „Kein Taft, kein Tüll, kein Chiffon und
ganz gewiss nichts mit Spitze", zählte sie auf und sammelte nach und nach alles, was ich auf den Tisch gelegt
hatte ein, um es mir mit angewiderter Miene zurückzugeben. „Verstau es wieder in deiner Tasche, bevor es die
Schwingungen zerreißt."

Etwas verärgert tat ich, was sie verlangte.

„Ich sehe dich eher in Satin. Ja, Satin ... der Klassiker."
Sie nickte und begann mit verschnörkelten Buchstaben, all das auf der leeren Seite im Notizbuch zu notieren, was sie aufzählte. „Knielang. Schulterfrei. Pompös,
aber nicht *zu* pompös. Schlichte Schuhe mit enormem
Absatz. Du wirst vorher einige Male auf die Sonnenbank gehen müssen."

„Aber Marten ist doch auch blass", verteidigte ich
mich.

„Marten hat eine *vornehme* Blässe. Du hast eine *krank
wirkende* Blässe", sagte sie freundlich und tätschelte
mir die Hand. „Das erkennt man nur als Profi, meine
Liebe."

Ich biss mir auf die Unterlippe. Sie bemerkte nicht
einmal, wie unhöflich ihre Direktheit war.

„Und du musst Blasenpflaster tragen", fügte sie hinzu.
„Und diese Haare ...", sie deutete mit dem Finger auf
meinen Kopf, „willst du die ... so lassen?"

Ich strich mir eine Locke aus dem Gesicht. „Ich … ich weiß nicht."

„Du solltest sie zur Trauung glätten lassen. Der Friseurtermin ist schon so gut wie organisiert." Denise nickte, als wäre dies nun beschlossene Sache und schrieb mit schwungvollen Buchstaben *Haarglättung* unter die anderen Punkte.

Als das Gespräch nach einer gefühlten Ewigkeit endlich endete und ich mit rauchendem Kopf im Auto saß, um Elliot abzuholen, hatten wir eine Hochzeit geplant, die zwar versprach, bis ins Detail perfekt zu werden, aber nicht eine einzige winzige Note meiner Selbst enthielt. Vom Kleid, der Frisur und dem Schmuck über die Deko, die Blumen und die Torte hatte sie all meine Ideen in der Luft zerrissen oder mit einem angewiderten Blick abgetan und strikt durch ihre eigenen ersetzt. Selbst meinen Junggesellinnenabschied hatte sie von vorne bis hinten durchgeplant. Ich fühlte mich überfahren und bevormundet, doch Marten war so begeistert von ihr gewesen, dass ich unsicher war, ob ich ihm meine Bedenken überhaupt mitteilen sollte. Schließlich hatte er sie bloß eingestellt, um mich zu entlasten. War ich undankbar?

Als ich am Kindergarten hielt, vibrierte mein Handy. Eine Nachricht von Leonard.

Und? Wie war es?

Ich verzog das Gesicht.

Katastrophal!

Ich schickte ihm eine Sprachnachricht, in der ich alles zusammenfasste, was Denise mit mir vorhatte, und erhielt im Gegenzug eine dreißig Sekunden lange Sprachnachricht zurück, in der Leonard schallend lachte. Mit paradoxerweise wesentlich besserer Laune stieg ich aus dem Auto, um Elliot abzuholen.

Beim Abendessen sprach ich Marten vorsichtig auf meine Bedenken an, die Denise und ihre übereifrigen Hochzeitsvorbereitungen betrafen. Marten tat sich eine zweite Portion Süßkartoffeln auf und trank einen Schluck Wasser, ehe er mir antwortete.

„Sie ist ein Profi, Jo." Mit wissendem Blick betrachtete er mich über den Rand seiner Brille hinweg. „Lass sie einfach ihre Arbeit machen und gut."

„Kann ich noch ein Fleisch?", fragte Elliot.

„Kann ich *bitte* noch ein *Stück* Fleisch *haben*", verbesserte ich freundlich, legte ihm ein kleines Stück Putenschnitzel auf den Teller und schnitt es in mundgerechte Stücke. „Ich meine ja nur", ich wandte mich wieder Marten zu, „dass mir bei dieser Planung irgendwie das Wir fehlt. Das Du. Das Ich."

Marten aß und tupfte sich mit seiner Serviette gründlich den Mund ab. Schweigend sah er mich an.

„Sie ist sicher toll, und ich bin wirklich dankbar, dass du sie engagiert hast", fuhr ich tapfer fort. „Und ich bin mir sicher, dass sie nicht gerade günstig war, aber ..."

„Das stimmt allerdings." Marten lachte schallend und schüttelte den Kopf.

„Also ... ähm" Ich fühlte mich verunsichert. „Elliot, bitte lass das. Du verschluckst dich gleich!"

Elliot verdrehte die Augen.

„Verdreh bitte nicht die Augen, wenn deine Mutter mit dir spricht", verlangte Marten.

„Maddie verdreht andauernd die Augen", entgegnete Elliot.

Marten und ich tauschten einen Blick miteinander.

„Nun, Schatz ... Maddie wird *anders* erzogen", sagte ich vage.

„Nämlich gar nicht." Marten legte seine Serviette auf den inzwischen leeren Teller.

Ich biss mir auf die Zunge. Obwohl ich selbst Leonards Erziehungsansichten oft genug kritisiert und hinterfragt hatte, missfiel es mir, dass er es so sagte.

„Du wolltest eine perfekte Hochzeit, Jo", kehrte Marten unerwartet noch einmal auf das Hauptthema zurück. „Also lehn dich zurück und überlass Denise die Führung. Dann – und nur dann – *wird* es eine perfekte Hochzeit."

Kapitel 14

Manchmal braucht man einen Freund

Eine Woche später war ich bereits lange vor Leonard im Café erschienen. Ich hatte mir einen Platz am Fenster gesucht und genoss die warme Sonne, die mein Gesicht zu streicheln schien. Ich hatte mir die Fingernägel in einem dezenten Roséton lackiert und etwas Make-up aufgetragen, da am Mittag noch ein Treffen mit Denise anstand, zu dem ich Elliot mitnehmen musste, da Marten nicht früher Feierabend machen konnte. Aus irgendeinem Grund wollte ich ihr unbedingt beweisen, dass ich jene strahlende Braut sein konnte, nach der sie bei unserem ersten Treffen erfolglos Ausschau gehalten hatte.

Meine dichten, gelockten Haare hatte ich in einen strengen Dutt gezwängt und sogar Ohrringe angezogen – kleine funkelnde Creolen, die Marten mir zu unserem ersten gemeinsamen Weihnachtsfest geschenkt hatte. Ich trug einen weißen Jumpsuit, der meine Haut wesentlich sonnengebräunter aussehen ließ, als sie tatsächlich war.

Ich fühlte mich gut und sah der Begegnung mit Leonard mit Vorfreude entgegen. Dass ich Marten dieses kleine Treffen verschwieg, versetzte meinem Enthusiasmus höchstens einen kleinen Dämpfer. Er mochte Leonard nicht, und das Veilchen, das er beim letzten

Aufeinandertreffen davongetragen hatte, hatte nicht unbedingt zu mehr Sympathiepunkten geführt.

Als Leonard zehn Minuten nach der verabredeten Zeit erschien, trafen sich unsere Blicke bereits, als er zur Tür hereinkam. Ein Grinsen breitete sich in seinem Gesicht aus. Lässig trat er an den Tisch und drückte mir zur Begrüßung einen Kuss auf die Wange.

„Wusste gar nicht, dass wir ein Date haben", scherzte er. „Oder für wen haben Sie sich so aufgebrezelt, Miss Carter?"

„Bild dir nichts ein. Ich treffe mich später noch mit Denise", nahm ich ihm direkt den Wind aus den Segeln.

Leonard verzog das Gesicht, als hätte er in eine Zitrone gebissen. „Oh, das wird sicher spaßig", sagte er mit vor Sarkasmus triefender Stimme.

Ich kicherte.

Wir bestellten uns denselben Cappuccino wie beim vorigen Mal und erfreuten uns am besonders cremigen Milchschaum. Es war wirklich erstaunlich, wie schaumig er war. Nach ein bisschen oberflächlichem Smalltalk erkundigte ich mich vorsichtig nach Carlie.

„Seid ihr also ... ein richtiges Paar?"

„Sieht ganz so aus." Leonard lachte, als er meinen Gesichtsausdruck sah. „Guck nicht so entsetzt! Ich bin wahrhaftig dazu imstande, Beziehungen einzugehen und zu führen, Josephin. Du würdest dich wundern. Ich war sogar schon verheiratet."

Verlegen blickte ich in meine Tasse hinein. In den perfekten Schaum, der nur noch zu einem Drittel vorhanden war und einen Blick auf den hellbraunen Cappuccino darunter offenbarte. Dass Leonard einst an der Seite der so makellosen, aber oberflächlichen Cassidy

McEvans gewesen war, erschien mir nach wie vor unrealistisch.

„Und was sagt Maddie zu ihr?", fragte ich.

Leonard nahm einen Schluck Cappuccino und leckte sich den Schaum von der Oberlippe. „Sie kennen sich noch nicht."

„Sie kennen sich noch nicht?"

„Nö", er hob die Schultern und ließ sie wieder sinken, „ich weiß nicht, ob ich ihr Maddie vorstellen soll."

„Wieso zögerst du?"

Es war wärmer geworden. Die Sonnenstrahlen schienen sich durch das Fenster regelrecht in meine Haut zu brennen. Ich rückte mit meinem Stuhl ein wenig beiseite.

Leonard zuckte erneut die Achseln.

„Wenn du sie liebst", sagte ich so nebensächlich wie möglich, „dann stell sie einander vor."

Leonard schnaubte kurz. „Ich weiß nicht, ob ich sie liebe. Im Ernst, Josephin. Ich weiß ja nicht einmal, wie es sich anfühlt, jemanden zu lieben. Richtig zu lieben. Auf *diese* ganz besondere Art und Weise."

Ich wusste, was er meinte. Natürlich liebte er Maddie, und er liebte William, und natürlich hatte er auch seine Mutter geliebt, die so früh verstorben war. Was er meinte, war die romantische Liebe. Die körperliche Liebe. Ich schluckte.

Etwas verlegen, da sich unser Gespräch binnen Sekunden zu etwas so Tiefgründigem entwickelt hatte, blickten wir beide aus dem Fenster. Ich überlegte, was ich sagen konnte. Ein Teenagermädchen mit einem hechelnden Labrador an der Leine und Inlinern an den Füßen sauste am Fenster vorbei.

„Na ja. Du willst nicht ohne diese Person sein“, begann ich zögerlich, ohne den Blick von dem Mädchen abzuwenden. „Sie ist immerzu in deinem Kopf. Du denkst an ihre Stimme, ihre Augen, ihren Körper. An ihre Wärme. Du fragst dich, wie es ihr wohl geht und kannst es kaum erwarten, sie wiederzusehen.“

Das Mädchen war um die Ecke gebogen und aus meinem Blickfeld verschwunden.

Ich hob den Kopf und einen Augenblick zu lange sahen Leonard und ich einander an. Ich spürte, wie mir bei diesem sensiblen Thema eine heiße Röte in die Wangen schoss.

„Wow“, Leonard schien aufrichtig beeindruckt. „So geht es dir also mit Marten?“

Ich schluckte. Meine Kehle schien sich zusammenzuziehen.

„Ja. Und ... und du? Geht es dir so mit Carlie?“, lenkte ich von mir ab.

Leonard schien einen Moment nachzudenken, dann nickte er bedächtig. „Ja ... ja, doch. Ich schätze schon.“

Synchron tranken wir aus unseren Tassen. Der nunmehr lauwarme Cappuccino glitt durch meine immer noch zugeschnürte Kehle. Die Tasse war leer.

„Gut, gut.“ Leonard stellte seine offenbar ebenfalls leere Tasse schwungvoll auf den Tisch zurück, erhob sich und zückte seine Brieftasche. „Ich habe noch ein paar wichtige Termine. War schön, dich zu sehen.“

„Warte! Dieses Mal zahle ich.“ Überrumpelt davon, dass er so plötzlich gehen wollte, nahm ich ebenfalls mein Portemonnaie zur Hand und zog einen Geldschein heraus. „Und beim nächsten Mal ... wieder du?“

Würde es ein nächstes Mal geben? Leonard steckte sein Geld wieder ein und drückte mir einen flüchtigen Kuss auf die Wange.

„Ja, okay", sagte er. „Danke, Josephin." Er wandte sich zum Gehen.

„Nächste Woche, gleicher Ort, gleiche Zeit?", rief ich ihm nach.

Die hübsche Kellnerin, die ihn bereits beim letzten Besuch mit ihren Blicken ausgezogen hatte, musterte mich plötzlich hochinteressiert. Leonard hielt seine Hand mit hochgestrecktem Daumen in die Höhe und verließ das Café, ohne sich noch einmal umzudrehen. Irrte ich mich, oder hatte er nachdenklich gewirkt, als er so plötzlich aufgebrochen war? Ob ich ihm gerade die Augen geöffnet und ihm klargemacht hatte, dass er diese Carlie liebte? Ob er nun auf direktem Wege zu ihr fuhr, um sie davon in Kenntnis zu setzen? Und wenn es so war – wieso fühlte ich mich beim Gedanken daran so betroffen? Er war doch mein Freund. Und Freunde freuten sich füreinander.

Ich bezahlte und fuhr nach Hause, um noch etwas im Haushalt zu erledigen und mich damit ablenken zu können, bevor ich Elliot würde abholen müssen. Doch Rosita, unsere Putzfrau, war bereits zugange. Ihr aufdringlich blumiges Parfum kroch mir schon in die Nase, noch bevor ich sie gesehen hatte.

„Rosita, kommen Sie nicht eigentlich nur mittwochs und samstags?", erkundigte ich mich vorsichtig.

Sie war gerade dabei, die Fenster zu putzen und geriet dabei in ihrer kurzen Hose und der Bluse mächtig ins Schwitzen. Rosita war nicht mehr die Jüngste. Mit geröteten Pausbacken wandte sie sich mir zu.

„Junger Herr Mitchell hat auch den Montag gewünscht noch“, sagte sie erhitzt. „Das nicht in Ihrem
Willen, Fräulein?“

Sie lächelte verunsichert.

„Oh doch. Natürlich“, beeilte ich mich zu sagen. „Ich
war nur überrascht.“

Es störte mich nicht, dass sie hier war. Es störte mich
lediglich, dass ich nicht darüber in Kenntnis gesetzt
worden war. Langsam aber sicher überkam mich das
Gefühl, dass zurzeit vieles über meinen Kopf hinweg
entschieden wurde. Das plötzlich feststehende Hochzeitsdatum, Denise und nun Rosita – weshalb tat Marten all das, ohne mich mit einzubeziehen? Ich nahm
mir vor, ihn bei der nächsten sich bietenden Gelegenheit darauf anzusprechen.

Elliot hatte schlechte Laune und Hunger, als ich ihn
vom Kindergarten abholte. Marta steckte mir zwischen
Tür und Angel, dass er heute ein anderes Kind gebissen
hatte, verschwand dann jedoch mit einer fadenscheini-
gen Ausrede, bevor ich mehr Details erfragen konnte.
Mein Sohn ein Beißer? Niemals! Sie musste sich irren.
Ich verfrachtete ihn in seinen Autositz und fuhr mit
einem mulmigen Gefühl im Magen nach Hause. Elliot
hatte sich verändert, seit er den Kindergarten besuchte.
Natürlich hatte ich das vorhergesehen. Ich hatte nicht
nur einen Ratgeber darüber gelesen und mir eine
Menge verständnisvolle Worte und hilfreicher Erzie-
hungsmaßnahmen überlegt, um ihn emotional aufzu-
fangen. Doch Elliots Charakterwandel zog sich wie ein
Faden durch die letzten Wochen und zehrte am Haussegen. Er war frech, laut und auffallend stur.

Manchmal hatte ich das Gefühl, nicht Elliot, sondern Maddie zu Hause zu haben.

Ich warf ihm einen Blick im Spiegel zu. Er blickte mit Pokerface zurück. Ob es wirklich am Kindergarten lag? Er schien sich dort wohlzufühlen und ging gerne hin. Beschäftigte ihn also womöglich etwas ganz anderes?

„Möchtest du mir irgendetwas erzählen?", hakte ich vorsichtig nach, als wir auf die Einfahrt unseres Hauses fuhren.

„Nö." Elliot zog seine Trinkflasche aus der Kindergartentasche und trank den letzten Rest Wasser, der noch darin war.

Schweigend gingen wir ins Haus, und ich wärmte die Linsensuppe auf, die ich vorgekocht hatte. Rosita war fertig geworden und hatte das Haus schon verlassen. Ihr blumiger Parfumduft lag immer noch in der Luft. Alles glänzte und war aufgeräumt. Auf dem Esstisch stand eine große durchsichtige Vase mit dem neusten Blumenstrauß, den Marten mir mitgebracht hatte.

Wir begannen gerade zu essen, als mein Handy vibrierte. Eine Nachricht von Leonard. Ich runzelte die Stirn.

Können wir das nächste Treffen vorverlegen? Ich brauche einen Freund.

Instinktiv dachte ich an Carlie. Hatte er ihr seine Liebe gestanden? Hatte sie ihm das Herz gebrochen?

Natürlich. Wann und wo?

Während ich auf eine Antwort wartete, betrachtete ich Elliot, wie er dasaß und seine Suppe löffelte. Dass er ein anderes Kind gebissen hatte, war völlig unvorstellbar. Er doch nicht. Mein Handy vibrierte erneut.

Selber Ort, 16 Uhr?

Ich dachte nach. Das Treffen mit Denise war um 13 Uhr, und es war relativ unwahrscheinlich, dass es drei Stunden lang andauern würde. Zumindest hoffte ich, dass es von möglichst kurzer Dauer sein würde.

Ich werde da sein.

Ich steckte das Handy ein und räumte Elliots Teller vom Tisch, in den er gerade lautstark seinen Löffel hatte fallen lassen.
„Elliot!", ermahnte ich ihn.
„Entschuldigung", nuschelte er.
Schnell sortierte ich das Geschirr in die leere Spülmaschine und achtete darauf, die porentief reine Arbeitsplatte der Küche nicht zu beschmutzen, die Rosita, wie den Rest des Hauses, auf Hochglanz poliert hatte.
Mit einem immer noch nicht sehr gesprächigen, aber immerhin satten Elliot machte ich mich auf den Weg zum Treffen mit Denise. Sie hatte einen nahegelegenen Park vorgeschlagen, da sie glaubte, unter freiem Himmel meine Aura besser aufnehmen zu können, obwohl ich mich nach unserem letzten Treffen fragte, ob die sie überhaupt interessierte. Schließlich war alles, was bisher geplant worden war, ihrer Fantasie entsprungen und nicht meiner.

Denise empfing uns in einem extravaganten Outfit, das mir bereits aus einem halben Kilometer Entfernung in den Augen brannte. Es war ein kanariengelber Hosenanzug, der so eng anlag, dass es aussah, als wäre er auf ihre Haut geklebt worden. Dazu trug sie einen marineblauen Blazer, eine pinke Schleife im Haar und auffallend hässliche flache Sandalen. Ihr Lippenstift war heute rot und biss sich mit der Schleife im Haar.

Ich flehte Elliot per Gedankenübertragung an, keinen Kommentar über dieses exzentrische Erscheinungsbild abzugeben. Glücklicherweise erinnerte er sich an seine gute Erziehung, schüttelte der Hochzeitsplanerin artig die Hand und nannte auf ihre Nachfrage hin seinen Namen und sein Alter.

„Herzallerliebst", trällerte sie und bleckte ihre großen, hellen Zähne.

Ich konnte nichts dagegen tun, ich mochte Denise nicht. Und wenn Marten von ihr nicht so hin und weg gewesen wäre, hätte mich auch die Tatsache, dass sie die Beste auf ihrem Gebiet war, nicht überzeugen können, sie zu engagieren. Während Elliot mit rudernden Armen vor uns herlief und Flugzeuggeräusche machte, hielt sie mir ununterbrochen ihr mit Strasssteinchen besetztes Smartphone unter die Nase und zeigte mir Fotos ihrer ehemaligen Kunden.

„Den Fotografen habe ich bereits gebucht. Den besten. Giovanni ist ein Künstler, meine Liebe, ein Künstler", schwärmte sie und scrollte weiter durch die bunten Bilder. „Der Brautstrauß wird diesem hier ähneln." Auf dem Foto war ein hübscher kleiner Strauß mit viel Lila, Weiß und Grün zu sehen. „Vintage-Stil. Rosen und

Orchideen. Wird zum Kleid passen. Und zur Dekoration."

Ich nickte, während ich am Smartphone vorbeischielte und nach Elliot Ausschau hielt, der nun einen Stock vom Wegesrand aufgehoben hatte und damit spielte.

„Pass auf, Elliot", rief ich ihm zu. „Nicht laufen mit dem Stock! Du tust dir weh!"

Natürlich begann er daraufhin erst recht zu laufen. Ich biss die Zähne zusammen.

„Ziemlich lebendiges Kerlchen", kommentierte Denise das Geschehen. „Wird er bei der Trauung … dabei sein?"

„Natürlich!", antwortete ich entsetzt. Allein diese Frage …

„Oh, mon dieu!" Denise fächerte sich Luft zu. „Hoffentlich ist er artig."

Ich wich mit einem Lächeln aus. Dass mein Kind eines Tages nicht hören oder sich meinen Regeln bewusst widersetzen würde, hätte ich vor einem Jahr noch als Irrsinn abgetan. Was war aus diesem zurückhaltenden, süßen kleinen Jungen geworden, der am liebsten 24/7 auf meinem Arm durch die Weltgeschichte getragen worden war? Wann hatte er sich in diesen frechen, wilden Rabauken verwandelt, der …

Ich unterbrach meine eigenen Gedanken mitten im Satz, als die Einsicht mich wie ein Blitzschlag traf. Plötzlich wurde es mir klar. Elliot hatte sich nicht verändert, seit er den Kindergarten besuchte. Er hatte sich verändert, seit wir bei Leonard und Maddie ausgezogen waren. Er vermisste die beiden. Er hatte schon einmal eine Veränderung durchgemacht – nach der Trennung von Marten. Er hatte sich an Maddie orientiert, war selbstbewusster und lebensfroher geworden. Er war aus sich herausgekommen. Wie ich.

Erst als ich Denises irritierten Gesichtsausdruck bemerkte, fiel mir auf, dass ich stehen geblieben war. Sie war vorausgegangen und musterte mich nun fragend, während Elliot auf seinem Stock vor uns her ritt, als wäre dieser ein Pferd. Ich musste unwillkürlich lächeln. Er brauchte eine Freundin wie Maddie. Und ich brauchte einen Freund wie Leonard. Und sie brauchten uns! Während sie unser Leben leichter und lustiger gemacht hatten, hatten wir ihres geerdet. Irgendwie mussten wir es schaffen, diese Freundschaften in unser aller Leben integrieren zu können.

Ohne richtig zuzuhören, ging ich weiter und nickte ab und zu zustimmend, während Denise mir weiterhin Bilder von wundervollen Kleidern, einem Bräutigam mit Tränen in den Augen und einem dreibeinigen Hund zeigte, der die Ringe auf dem Kopf balancierte.

„Überlasst alles mir", sagte sie, als wir uns voneinander verabschiedeten. „Diese Hände", sie wackelte mit allen zehn Fingern, „sind magisch."

„Sicher", nickte ich, während ich Elliot in seinen Autositz verfrachtete und sie in ihren Ferrari stieg. Ich hatte so oft genickt, dass mein Nacken schon wehtat.

Ich warf einen Blick auf die Uhr. 15:40 Uhr. Fast drei Stunden, um Bilder anzusehen. Ich verdrehte die Augen.

„Elliot?" Ich wartete, bis er meinen Blick im Spiegel erwiderte. „Hast du Lust auf einen Kakao?"

Er nickte begeistert.

Wir erreichten das Café fünf Minuten vor 16 Uhr. Leonards Auto war noch nicht da, und die Frage, weshalb er mich unbedingt sprechen wollte, nahm einen immer größer werdenden Platz in meinem Kopf ein. Er hatte geschrieben, er brauche einen Freund ... ob es wirklich Carlie betraf? Oder stimmte etwas mit Maddie nicht? Besorgt nahm ich Elliot bei der Hand und betrat mit ihm das Café.

Sofort spürte man die Wirkung der Klimaanlage. War es eine Sekunde zuvor noch heiß gewesen, umspielte uns nun eine kühle Brise. Hoffentlich erkältete Elliot sich nicht. Das Café war viel voller als bei meinen vorigen Besuchen, und es waren nur noch zwei Tische frei. Beide standen nicht am Fenster, sodass mir der Blick auf den Parkplatz verwehrt bleiben würde. Der Zweiertisch würde nicht reichen, da Elliot partout nicht mehr auf meinem Schoß sitzen wollte, also steuerte ich auf einen runden Tisch mit vier Stühlen zu.

Wir hatten gerade Platz genommen, als bereits eine Kellnerin auf uns zusteuerte. Sie hatte kurzes silberblondes Haar, das sie offensichtlich mit einer Unmenge von Haarspray fixiert hatte, sodass es unnatürlich hochstand. Sie lächelte Elliot freundlich zu und zückte ihren Block, und mir fielen ihre Sommersprossen und die vollen Lippen auf. Ob der Besitzer des Cafés bewusst nur hübsche Mädchen einstellte?

„Was kann ich dir bringen, junger Mann?", erkundigte sie sich.

„Kakao", antwortete Elliot.

Ich hob eine Braue an.

„Kakao, *bitte*", ergänzte er.

„Sehr gern", die Kellnerin lachte. „Und Ihnen?"

„Ich warte noch auf jemanden, danke." Ich nickte in Elliots Richtung. „Den Kakao bitte mit Hafermilch, wenn Sie haben. Und nicht zu viel Kakaopulver. Ein Löffel genügt."

„Natürlich." Sie zwinkerte Elliot zu und wandte sich mit einer schwunghaften Bewegung vom Tisch ab, um in der Küche zu verschwinden. Irgendetwas sagte mir, dass sie sehr wohl mehr als einen Löffel Kakaopulver hineingeben würde.

Elliot sah sich um und wippte mit den Füßen. „Auf wen warten wir denn?", fragte er.

„Das wird eine Überraschung", antwortete ich geheimnisvoll. Ob er es Marten erzählen würde? Selbst wenn, würde ich es ihm bestimmt als zufälliges Aufeinandertreffen verkaufen können. Alles andere würde er nicht verstehen. „Und hör bitte auf, mit den Füßen zu wippen. Das stört die anderen Menschen hier bestimmt."

Elliot wippte noch dreimal, dann verlangsamte er das Tempo und hörte schließlich auf, nicht ohne einmal langgezogen zu seufzen.

„Wann kommt mein Kakao denn endlich?"

„Elliot!" Ich bedachte ihn mit einem tadelnden Blick. „Wir sind seit ungefähr einer Minute hier!"

„Seit einer langen Minute", ergänzte er.

Ich unterdrückte ein Seufzen. Diese Ungeduld war mir ebenfalls neu.

Die Kellnerin erschien und servierte Elliots Kakao auf einem kleinen Silbertablett und mit einer großen Sahnehaube sowie zwei Keksen. Elliots Augen weiteten sich vor Vorfreude.

„Die Sahne ist laktosefrei", versicherte die Kellnerin.

„Er ist nicht Laktose intolerant."

„Oh", sie wirkte erstaunt. „Ich dachte ... wegen der Hafermilch."

„Wir bevorzugen einfach die gesündere Alternative", erklärte ich freundlich und sah ihr förmlich an, wie sie mich insgeheim endgültig als Ökomutter abtat.

„Danke", sagte Elliot kauend, der bereits den ersten Keks ausgepackt, durch die Sahne gezogen und sich in den Mund gesteckt hatte.

Die nächsten Minuten war er voll und ganz mit seinem Kakao beschäftigt, und ich hatte genug Zeit, um nachzudenken. Die wirrsten Gedanken kamen mir in den Sinn. Was beschäftigte Leonard? Hatte er Geldsorgen? War vielleicht eine seiner früheren Liebschaften schwanger? Oder mehrere? Ich schüttelte mich, als mir das Bild von Leonard mit der knapp gekleideten Blondine in den Sinn kam. Wie er sie auf die Kommode im Flur gesetzt hatte. Auf *meine* Kommode.

Elliot schlürfte lautstark den Rest Kakao aus seinem Glas. Ich bedachte ihn mit einem mahnenden Blick und zog mein Handy aus der Tasche. Es war bereits 16:22 Uhr, und von Leonard war keine Nachricht eingetroffen. Langsam begann ich, mir Sorgen zu machen.

„Kann ich noch einen haben?", fragte Elliot und legte den Kopf schief.

„Auf gar keinen Fall!"

„Okay ..." Er legte die Stirn in Falten und dachte nach. „Aber vielleicht bestellst du dir einen und wir teilen ihn uns?"

Ich musste lachen, schüttelte jedoch den Kopf.

Um 16:35 Uhr begann Elliot, sich ernsthaft zu langweilen. Ich hatte Leonard eine Nachricht geschickt, die jedoch unbeantwortet geblieben war, und allmählich begann ich daran zu zweifeln, dass er noch auftauchen würde. Wir spielten eine Runde *Ich sehe was, was du nicht siehst*, aber es war mit jeder Minute mehr spürbar, wie der lange Tag Elliot geschlaucht hatte. Erst der Kindergarten, dann der lange Spaziergang im Park und nun das Café. Er war erschöpft. Ich nahm erneut das Handy zur Hand und tippte einen kurzen Text ein, unsicher, ob ich ungeduldig oder besorgt sein sollte.

Wo bleibst du?! Alles okay?

Zehn Minuten später beschloss ich, dass ich nicht länger warten würde. Er würde nicht kommen. Entweder hatte er es vergessen oder der Grund, aus dem er mich hatte sehen wollen, hatte ihn aufgehalten.

Mit einem unguten Gefühl im Bauch fuhr ich nach Hause und bereitete wie ferngesteuert das Abendbrot zu, während Elliot ausnahmsweise fernsehen durfte — damit ich mein Gewissen beruhigen konnte. Er schaute eine Tierdokumentation.

Marten stieß dazu, als wir gerade zu essen begonnen hatten. Ich hatte Brot, Aufschnitt und eine Rohkostplatte zurechtgemacht und knabberte gerade appetitlos an einem Stück Gurke.

„Hallo", sagte ich erstaunt, als Marten mir einen Kuss auf den Mund drückte. „Was machst du denn schon so früh hier? Hättest du etwas gesagt, hätten wir auf dich gewartet."

„Habe vergessen, Bescheid zu sagen", sagte er leichthin.

„Ja", ich schob meinen Stuhl zurück und erhob mich, um ihm die Linsensuppe vom Mittag aufzuwärmen, „das vergisst du öfter momentan."

Marten schien nicht ansatzweise zu wissen, wovon ich sprach.

„Was willst du damit sagen?", erkundigte er sich ruhig.

Ich bedachte ihn mit einem prüfenden Blick, während ich begann, die Suppe umzurühren. Er sah müde aus, in seinem glattgebügelten schwarzen Anzug, und irgendwie gleichgültig, was mich noch wütender machte.

„Ich weiß nicht", setzte ich an. „Rosita zum Beispiel. Und Denise. Oder das Hochzeitsdatum. Das wurde alles über meinen Kopf hinweg entschieden. Wieso?"

Ich sprach immer noch sehr ruhig, aber weder Marten noch Elliot war der zornige Unterton in meiner Stimme entgangen.

„Schatz, das habe ich einzig und allein getan, um dich zu schonen", verteidigte Marten sich mit einem Lächeln im Gesicht, das wirkte, als würde er meine Wut nicht ganz ernst nehmen.

„Um ... um mich zu schonen?" Ich vergaß die Suppe und stemmte die Hände in die Hüften. „Ich bin nicht zerbrechlich, Marten. Oder krank. Du brauchst mich nicht zu schonen und zu bevormunden, vor allem nicht, wenn es darum geht, mein eigenes Leben mitzubestimmen!"

In Martens Blick lag mit einem Mal etwas Vorwurfsvolles.

„Jo, jetzt überdramatisierst du", sagte er nüchtern. „Ich wollte dir lediglich das Leben etwas leichter machen, nachdem ..."

„Nachdem was?!", hörte ich mich selbst viel lauter rufen als gewollt. „Nachdem du mich abserviert und dir eine Andere gesucht hast, ja?", brüllte ich ihn plötzlich an.

Marten sah völlig entsetzt aus. Auch Elliot saß mit einem Mal kerzengerade auf seinem Stuhl und hielt das Stück Brot mit Kräuterfrischkäse, wovon er gerade noch hatte abbeißen wollen, wie erstarrt vor seinen geöffneten Mund. Es war das erste Mal, dass er mich derart wütend erlebte. Einer unserer Erziehungsgrundsätze lautete, dass wir niemals vor dem Kind miteinander streiten würden. Diesen hatte ich hiermit gebrochen. Wegen eines lächerlichen Tages in der Woche, an dem die Putzfrau unser Haus zusätzlich säuberte. Und wegen Denise. Und wegen des Hochzeitstermins. Das war doch alles gar nicht so katastrophal. Oder? Doch! Doch, das war es!

Mein Gesicht kribbelte, meine Hände begannen zu zittern, und mein Hals war so trocken, dass ich kaum mehr schlucken konnte. Mit Tränen in den Augen wandte ich mich ab. Im Hintergrund kochte brodelnd die Suppe über, während ich ohne ein weiteres Wort den Raum verließ.

Das Blut rauschte in meinen Ohren, als ich die Treppe hochlief und ins Badezimmer stürzte. Ich riss mir die Creolen aus den Ohren und rieb mir mit viel kaltem Wasser die Schminke aus dem Gesicht. Dann zog ich all die hübsche Kleidung aus, die ich angezogen hatte, um Denise zu beeindrucken, und stieg unter die Dusche.

Als ob das heiße Wasser und mein sündhaft teures Kokos-Vanille-Duschöl diesen Tag von mir abwaschen konnte. Es war einfach alles zu viel: Elliots verändertes Wesen, Denises ganze Art und Weise, Leonards merkwürdiges Verhalten, das mir Sorgen bereitete, obwohl ich es nicht wollte. Mein Gefühlsausbruch vorhin ... ich schäumte meinen ganzen Körper mit viel zu viel Duschöl ein und wusch es mit viel zu heißem Wasser wieder ab.

Was war nur geschehen seit jenem Tag, an dem wir auf der Beerdigung von Cassidy McEvans gewesen waren? Nicht nur Elliot hatte sich verändert. Auch ich hatte das getan. Ich war zerbrochen und auf wundersame Weise wieder geheilt, doch warum verschwand das Gefühl nicht, kaputt zu sein?

Als ich in die untere Etage zurückkehrte, hatte Marten Elliot bereits ins Bett gebracht. Zudem hatte er den Tisch ab- und die Küche aufgeräumt, was ungewöhnlich war, da dies eigentlich immer meine Aufgaben gewesen waren. Eine betretene Stille und der Geruch von Linsensuppe, die auf das Ceranfeld gelaufen und dort angebrannt war, lagen in der Luft.

Marten saß bei gedämpftem Licht in seinem Lieblingssessel und las ein Buch. Es war ein merkwürdiges Gefühl. So lange hatte ich mir während unserer Trennungsphase genau diesen Anblick herbeigesehnt, und nun war es Realität geworden und fühlte sich dennoch nicht richtig an. Marten klappte sein Buch zu, legte es sorgfältig beiseite, schob sich die Brille mit dem Zeigefinger hoch auf den Nasenrücken und schlug ein Bein über das andere. Wir mussten reden. Das wussten wir beide.

Ich nahm auf dem Sofa ihm gegenüber Platz und legte die Hände in den Schoß. Es war schwer, einen Anfang zu finden. Schwach erinnerte ich mich an einen Artikel über Ich-Botschaften, den ich vor einer Weile gelesen hatte, und mit denen es möglich sein sollte, seine eigene Wahrnehmung, die eigenen Emotionen, Bedürfnisse und Wünsche ohne jegliche Vorwürfe zu formulieren. Doch wie fing man noch gleich damit an? Begann man den Satz mit *Ich*? Oder war es ein *Wenn du*? Krampfhaft durchsuchte ich meinen Kopf, fand jedoch keine Lösung.

Gerade öffnete ich den Mund, um etwas zu sagen, irgendetwas, was diese unangenehme Stille durchbrechen konnte, als ein vernehmliches Klopfen durch das Haus drang. Ich schloss den Mund wieder. Marten und ich tauschten einen verwunderten Blick miteinander. Das Klopfen wurde lauter. Schier ungeduldig pochte dort jemand an unsere Tür. Neugierig geworden sprang ich auf, um sie zu öffnen. Das immer noch helle Sonnenlicht, das in den Flur fiel, offenbarte all die glattpolierte Staubfreiheit. Es war bereits recht spät.

Ich öffnete die Tür und hielt den Atem an, als Leonard vor mir stand. Völlig zusammenhanglose Fragen strömten mir bei seinem Anblick durch den Kopf. Woher kannte er diese Adresse? Wieso trug er eine Jacke, obwohl es doch so warm war? Und warum zum Teufel waren seine Augen so rot?

„Sie wollen mir Maddie wegnehmen, Josephin." Seine Mundwinkel zuckten, und paradoxerweise sah es für einen Augenblick so aus, als würde er lachen, bevor er in Tränen ausbrach.

Auch eine halbe Stunde später stand Leonard immer noch die pure Verzweiflung in den Augen. Er stellte die Tasse Tee, die ich ihm zubereitet hatte, unangerührt auf den Couchtisch zurück und fuhr sich mit beiden Händen über das Gesicht, als würde er Spinnweben entfernen wollen. Seine Finger zitterten leicht, und ich musste das Bedürfnis unterdrücken, sie in meine zu nehmen, um ihn zu beruhigen und ihm zu zeigen, dass ich da war und ihm in dieser schwierigen Situation beistehen würde. Einzig Martens Anwesenheit war das, was mich daran hinderte.

Ohne bisher auch nur ein Wort gesprochen zu haben, saß er die ganze Zeit über im Sessel, leicht nach vorne gebeugt und das Kinn in die Hände gestützt. Mit kritischer Miene hatte er Leonard, der nun mit leerem Blick vor sich hin schwieg, zugehört.

„Können wir kurz sprechen?", fragte Marten unerwartet in die Stille hinein, so laut, dass ich unwillkürlich zusammenfuhr.

Leonard und ich tauschten einen kurzen Blick miteinander.

„Ähm … klar", beeilte ich mich zu sagen. Meine Stimme klang ungewöhnlich hohl. Mein Hals war wie zugeschnürt, und in meinem Kopf sah ich andauernd nur die kleine Maddie, die ohne ihren Vater einfach nur eine unglückliche Halbwaise sein würde, der man auch das letzte Elternteil genommen hatte.

Während Marten mich am Handgelenk nahm und aus dem Raum zog, stieg das enorme Bedürfnis in mir auf, zu weinen. Es war so stark, dass ich mit aller Kraft dagegen ankämpfen musste und wie durch einen Schleier wahrnahm, dass Marten mich in die Küche zog, die Tür lautlos zuschnappen ließ und seine Finger von meinem Handgelenk löste. Während ich einen Moment brauchte, um mich zu sammeln, begann er, der meine Verfassung nicht einmal zu sehen schien, ohne Umschweife zu sprechen.

„Ganz im Ernst, Jo, wieso kommt er ausgerechnet hierher? Hat er keine Freunde oder Eltern oder so, wo er hinfahren und sich ausheulen kann?", wisperte er.

Ich hatte selten so viel Ungeduld und so wenig Empathie in seiner Stimme gehört. Und auch ein leiser Vorwurf schwang mit, so, als würde er mir still, heimlich und leise die Schuld daran geben, dass Leonard nun hier war und nicht anderswo.

„Beruhige dich, Marten", flüsterte ich beschwichtigend. „Er hat sonst niemanden. Er hat nicht sonderlich viele Freunde … glaube ich." Ich hielt kurz inne. Hatte Leonard Freunde? Ich erinnerte mich beim besten Willen nicht daran, dass wir jemals darüber gesprochen hatten.

„Eltern?", drängte Marten weiter, nun mit etwas lauterer Stimme, und ich gestikulierte verzweifelt, um ihm zu deuten, dass Leonard uns ohne Probleme hören konnte.

„Seine Mutter lebt schon lange nicht mehr. Und seinem Vater wollte er das sicher nicht zumuten", antwortete ich mit gedämpfter Stimme, und beim Gedanken an den gastfreundlichen, warmherzigen William wurde mir das Herz schwer. Das würde er nicht verkraften.

„Leonard und ich sind Freunde", ergänzte ich im Flüsterton und legte mir einen Finger auf die Lippen. „Ich bitte dich, Marten, kannst du nicht etwas Empathie für ihn aufbringen? Cassidys Eltern wollen ihm seine Tochter wegnehmen."

„Vielleicht nicht ohne Grund", entgegnete er fahrig.

Mir blieb der Mund offen stehen. „Marten!"

„Du weißt, wie ich das meine, Jo", murmelte er und sah mich durchdringend an.

Er hatte recht. Beschämt senkte ich den Blick. Hatte ich doch zu Anfang selbst gedacht, dass Leonard kein guter Vater war. Der erste Eindruck, den Maddie bei mir erweckt hatte, war alles andere als gut gewesen. Sie hatte ungepflegt und auch schlecht erzogen gewirkt, bevor ich ihre wahre Geschichte erfahren und hinter die Fassade geblickt hatte. Denn dieses ungekämmte, Zucker liebende, freche Mädchen mit dem schlechten Kleidungsstil war eine unglaublich kluge, sanfte Seele, die in ihren wenigen Lebensjahren schon viel zu viel erlebt hatte.

Und Leonard erkannte all ihre Bedürfnisse. Zwar nahm er es mit der Erziehung nicht so genau, doch er war stets zu Späßen aufgelegt, kümmerte sich rührend und gab sein Bestes. Es wäre fatal, die beiden zu trennen.

Ich wandte mich von Marten ab und ging zurück ins Wohnzimmer, wo Leonard immer noch auf dem Sofa saß und vor sich hinstarrte. Seine Teetasse war nach wie vor unangerührt.

„Kann ich dir etwas anderes anbieten?", erkundigte ich mich. „Kaffee? Wasser?"

„Nichts, danke." Leonard blickte zu mir hoch und lächelte traurig. „Ich wollte nur deinen Rat. Du bist eine tolle Mutter, Josephin. Ich wünschte ..." Er verstummte.

„Ja?", half ich nach.

Dass er mich als tolle Mutter bezeichnet hatte, fühlte sich trotz der traurigen Umstände irgendwie schön an. Ich lächelte ihm aufmunternd zu, doch er beendete seinen Satz nicht.

„Was ist mit Carlie?", hörte ich mich selbst fragen. „Ich meine ... wieso bist du nicht zu ihr gefahren?"

„Ich weiß nicht", Leonard hob die Schultern, ließ sie wieder sinken und mied meinen Blick, „ich habe nicht nachgedacht. Ich habe intuitiv gehandelt. Der einzige Mensch, mit dem ich darüber sprechen wollte ... warst du, Josephin."

Wir sahen einander an, und eine Welle der Zuneigung brach über mich herein.

In diesem Moment betrat Marten den Raum mit einer immer noch etwas säuerlichen Miene, und die Welle schien sich jäh in Luft aufzulösen. Ich spürte, wie ich errötete, denn die Situation hatte plötzlich einen bitteren, verkrampften Beigeschmack bekommen. Marten bemerkte es nicht einmal. Ohne Kommentar setzte er sich wieder in seinen Sessel, schob sich die Brille mit dem Zeigefinger zurück auf den Nasenrücken und betrachtete Leonard, als würde er sichergehen wollen, dass hier alles mit rechten Dingen zuging.

„Also", sagte ich lahm und zog das O unnötig in die Länge. „Ich denke nicht, dass sie gute Chancen haben, Leonard. Du bist ihr Vater, und das Sorgerecht liegt bei dir."

Leonard lachte unfroh, dann schlang er die Arme um seinen eigenen Körper, als würde er frieren.

„Geld ist Macht, Josephin", sagte er betrübt. „Die haben einen unglaublich guten Anwalt. Der wird mich bei der Anhörung zerreißen, falls es tatsächlich eine geben wird. Wie gesagt, die haben Fotos ihrer ungekämmten Haare gemacht, und angeblich hat sie auch ihnen gegenüber mehrfach den Wunsch geäußert, dort zu leben."

„Das hat sie ganz bestimmt nicht!", begehrte ich auf. Die Vorstellung war völlig absurd.

„Ich weiß. Aber wem wird man glauben? Den finanziell gut gestellten, gespielt besorgten Großeltern, die nur das Beste für ihr Enkelkind wollen und ihr alles bieten können, oder dem Witwer mit dem schlechten Ruf?" Plötzlich wirkte er wieder verzweifelter als zuvor.

„Leonard", ich schluckte, um den unangenehmen Kloß im Hals loszuwerden – ohne Erfolg, „wenn diese Anhörung stattfinden sollte, dann begleite ich dich, wenn du möchtest."

Marten räusperte sich vernehmlich, doch ich ignorierte ihn.

„Danke, Josephin", Leonard lächelte matt, „in zwei Wochen wird Maddie erst mal eingeschult. Die Einladung, uns zu begleiten, gilt immer noch. Für dich natürlich auch", fügte er an Marten gewandt hinzu.

„Ich danke Ihnen", sagte Marten ohne zu lächeln. Dass er Leonard siezte, obwohl dieser ihn geduzt hatte, zeigte deutlich, wie sehr er die Distanz wahren wollte.

„Gut. Ich habe euch lange genug aufgehalten. Ich mache mich dann mal auf den Weg." Leonard nickte, machte für einen Augenblick den Eindruck, als ob er noch etwas sagen wollte, erhob sich dann jedoch.

All seine Lässigkeit und Coolness schienen von ihm abgefallen zu sein. Er wirkte sogar fast ein wenig beschämt über seinen Gefühlsausbruch. Völlig untypisch für den Mann, mit dem ich mir wochenlang eine

Wohnung geteilt hatte und der weder Scham noch besonders viel Feingefühl besessen hatte. Instinktiv verglich ich ihn in diesem Augenblick mit jenem Leonard, der mich in einer Nacht so provokant angesehen hatte. Mit der betrunkenen Blonden im Arm. Auf *meinem* Schränkchen.

Schnell erhob ich mich ebenfalls und begleitete ihn zur Tür. Marten blieb sitzen, ohne ein Wort des Abschieds.

„Danke. Hat gut getan, mit jemandem darüber zu reden." Leonard hatte die Hände in den Taschen seiner zerschlissenen Jeans versenkt und wippte auf seinen Fußspitzen.

„Jederzeit, Leonard", sagte ich sanft. „Mach dir nicht so viele Sorgen. Ich weiß, dass alles gut werden wird."

Nur allzu gerne hätte ich meinen Worten selbst geglaubt. Wenn all das stimmte, was Leonard gesagt hatte und der Richter womöglich bestechlich war … ich mochte den Gedanken gar nicht zu Ende führen. Ich wollte Leonard umarmen, zum Abschied und zum Trost, doch er behielt die Hände in den Taschen und den Blick auf seine Schuhe gerichtet, auf denen er nach wie vor ein wenig wippte.

Mit einem Kloß im Hals öffnete ich die Haustür. Stickige, flirrende Luft drang ins Haus ein. Bis es draußen abkühlen würde, würden sicher noch einige Stunden vergehen. Leonard hob kurz den Blick, senkte ihn aber rasch wieder. Ich wurde den Gedanken nicht los, dass er irgendetwas sagen wollte.

„Dreißigster August?", erkundigte ich mich möglichst sachlich.

„Was? Oh ja, richtig ..." Leonard trat an mir vorbei und blieb vor dem Haus noch kurz stehen. „Maddie und ich freuen uns darauf, dich zu sehen. Und Elliot. Und ... ihn." Er nickte Richtung Wohnzimmer. „Hat er mir nicht verziehen mit dem blauen Auge, was?"

Ich wiegte den Kopf hin und her. „Nicht wirklich."

„Merkwürdig."

Wir schmunzelten beide ein wenig.

„Josephin?", Leonard löste den Blick von seinen Schuhen und sah mir direkt in die Augen. „Denkst du ... denkst du, dass das richtig ist? Das hier? Für ... für dich?"

Ich tat, als würde ich nicht verstehen, was er meinte, obwohl ich es tief im Inneren doch sofort begriffen hatte.

„Er", setzte er leise hinzu und nickte wieder in die Richtung, in der Marten wahrscheinlich immer noch in seinem Sessel saß und mürrisch dreinblickte.

Ich schluckte. Dann nickte ich träge. „Natürlich."

„Gut. Freut mich." Leonard machte einen Schritt rückwärts und brachte mit diesem kleinen körperlichen irgendwie auch einen emotionalen Abstand zwischen uns. Etwas distanzierter winkte er mir zum Abschied zu. „Dann danke noch mal. Wir sehen uns in zwei Wochen. Carlie wird auch dabei sein."

„Oh", hörte ich mich selbst sagen. „Wie schön. Dann ... bis dann."

„Bis dann."

Er lief über die Straße, die Hände immer noch in den Taschen, und ohne sich noch einmal umzudrehen. Dann stieg er in seinen kleinen schwarzen Wagen, den er auf der gegenüberliegenden Straßenseite geparkt hatte, und brauste davon. Erst als ich sein Auto nicht mehr hören konnte, schloss ich lautlos die Haustür.

Mein Kopf brummte. So viele Unklarheiten, auf die ich keine Antworten hatte. Würde Leonard seine über alles geliebte Tochter verlieren? Wieso war ich die einzige Person, mit der er darüber hatte sprechen wollen? Würde Marten uns trotz der angespannten Situation zwischen den beiden Männern zur Einschulung begleiten – oder womöglich sogar verlangen, dass nicht einmal Elliot und ich hingingen?

So viele Unklarheiten und nur eine Gewissheit. Fakt war: Ich mochte Leonard McEvans mehr, als mir guttat.

Kapitel 15

Kleiderproben und Einschulungen

„Das ist es!", rief Denise theatralisch, warf die Arme hoch in die Luft und fächerte dann mit ihren Händen vor ihrem Gesicht herum, als würde sie befürchten, jederzeit in Tränen auszubrechen und sich damit ihr Make-up zu ruinieren.

„Wirklich?" Ich drehte mich vor dem Spiegel und betrachtete mich von allen Seiten, während sowohl die Verkäuferin als auch meine übermotivierte Hochzeitsplanerin völlig überzeugt nickten.

Ich hatte bereits vor Stunden aufgehört zu zählen, wie viele Kleider ich bereits anprobiert hatte. Für mich hatten sie alle ziemlich ähnlich ausgesehen, doch Denise hatte stets irgendetwas daran auszusetzen gehabt.

„Zu lang", hatte sie mit einem Augenverdrehen gemurmelt, während sie an einem Glas Prosecco nippte. „Zu kurz", bei einem Kleid, das im Gegensatz zum vorigen aus höchstens fünf Zentimeter weniger Stoff bestand.

Die Kleider danach waren ihr zu eng, zu weit, zu voluminös, zu dunkel, zu hell und zu unförmig gewesen, während ich selbst das immer stärkere Gefühl bekam, immer dasselbe Kleid angereicht zu bekommen und dabei von einer versteckten Kamera beobachtet zu werden.

Das Kleid, auf das die beiden sich nun über meinen Kopf hinweg geeinigt hatten, entsprach ziemlich genau der Vorstellung, die Denise mir bereits bei unserem ersten Treffen im Café mitgeteilt hatte, unterschied sich aber in meinen Augen nicht wirklich von den vorigen. Es bestand aus Satin, war kühl, glatt und glänzend und reichte mir genau bis zu den Knien. Durch eine Überkreuzung des Stoffes über dem engen Brustbereich ließ es die Schultern frei, worauf Denise bestanden hatte, denn laut ihrer Aussage waren die Schultern das Schönste an mir, und ich war nach wie vor unsicher, ob ich dies als Kompliment oder als Beleidigung auffassen sollte. Ab der Taille, die von einem filigran geflochtenen Band optisch geschmälert wurde, verlief der Rock weiter und fiel weich und luftig um die Beine. Das Kleid war wunderschön, ohne Frage, aber war es wirklich *das* Kleid? War es *mein* Kleid? Während Denise' Herz eindeutig höherschlug, pochte meins in ruhigem, fast schon müdem Takt.

„Und das wird nicht etwa ein wenig zu ... *kalt* werden?", wagte ich anzuzweifeln und deutete auf meine nackten Beine und Arme. Was nun im heißen Augustwetter sehr angenehm zu tragen war, würde mich wahrscheinlich bei der tatsächlichen Hochzeit ziemlich frieren lassen.

Denise und die Verkäuferin tauschten einen Blick miteinander und amüsierten sich sichtlich köstlich über meine Unwissenheit.

„Wir heiraten im Oktober", setzte ich etwas gereizt hinzu.

„Dir wird warm sein, meine Liebe", versprach Denise theatralisch und spielte mit ihrem endlos langen schwarzen Haar, das sie heute toupiert und zu einem geflochtenen Zopf gebunden über der Schulter trug. „Weil dein Herz so voller Liebe sein wird."

Ich betrachtete mich – nach wie vor wenig überzeugt – im Spiegel. Meine Augen taten weh, so viel Weiß hatten sie in den letzten Stunden gesehen.

„Außerdem findet die Zeremonie drinnen statt", zerschlug Denise energisch meine Bedenken. „Aber wenn du unbedingt willst, besorge ich dir ein Paar hochwertige Strumpfhosen." Sie wandte sich an die Verkäuferin. „Wir nehmen es. Welche Größe ist das?"

„36", antwortete die Verkäuferin wie aus der Pistole geschossen.

„Schön. Wir nehmen es in 34", schnurrte Denise.

Ich wollte nicht so reagieren, aber ich spürte, wie ich rot anlief. Ohne meine Meinung dazu abzuwarten, sprang die Verkäuferin auf und wuselte davon, scheinbar, um das gleiche Modell in einer noch kleineren Größe zu holen, obwohl dieses bereits recht eng saß.

„Denise, ich ...", setzte ich vorsichtig an.

„Hmm?", Denise leerte ihr Proseccoglas mit einem großen Schluck. Sie sah erhitzt aus.

„Wir ... wollen eigentlich noch ein Baby. Hat Marten das nicht erwähnt?"

„Ein WAS?" Denise klang, als hätte ich ihr gerade mitgeteilt, dass ich vor der Hochzeit noch vorhatte, fünfzig Kilo zuzunehmen und mich großflächig im Gesicht tätowieren zu lassen.

„Ein Baby", wiederholte ich geduldig, obwohl ich innerlich so angespannt war, dass es sich anfühlte, als würde ich jeden Moment implodieren. „Wir versuchen seit kurzem, schwanger zu werden. Ist das ein Problem?"

Irgendeine verrückte kleine Stimme in meinem Inneren wünschte sich, dass sie es zum Problem machen würde, damit ich einen Grund hätte, sie wortlos stehenzulassen und nie wiederzusehen. Doch wider Erwarten breitete sich eine freudige Erregung in ihrem Gesicht aus.

„Das ist … *großartig!*", seufzte sie.

„Ach ja?" Ich kam nicht umhin, erstaunt zu klingen. Tatsächlich hatte ich anderes erwartet.

„Ja!" Denise klatschte eifrig in die Hände. „Die Hochzeit ist in weniger als zwei Monaten. Du wirst noch nicht dick sein, aber wenn wir Glück haben, ist dir ständig schlecht, und du nimmst automatisch ab. Dann passt dir Größe 34, verstehst du? Das ist *fantastisch!* FAN-TAS-TISCH!"

Sie strahlte über das ganze Gesicht. Es fiel mir schwer, ihre Begeisterung zu teilen, auch wenn sie wahrscheinlich recht haben würde, denn in der ersten Schwangerschaft war mir ständig schlecht gewesen.

Die Verkäuferin kehrte mit dem kleineren Kleid im Arm zurück und begann, es kunstvoll in roséfarbenes Papier einzuwickeln, bevor sie es liebevoll in eine große weiße Papptasche legte, auf der das Foto einer strahlenden Braut prangte. Wie betäubt nahm ich es entgegen. Ich wusste nicht einmal, was es kosten sollte. Marten hatte mit Denise abgesprochen, dass ich den Preis nicht erfahren würde und dass er automatisch für alles aufkam, was finanziell anfiel. Geld spielte keine Rolle, hatte er gesagt. Das tat es nie. Doch langsam beschlich mich das Gefühl, dass auch *ich* in Denise' Planung keine Rolle spielte.

Ich stellte die Papptasche in den Kofferraum, setzte die angetrunkene Denise vor ihrem Haus ab und fuhr mit Bauchschmerzen nach Hause. Es fühlte sich merkwürdig an, diesen wichtigen Bestandteil der Hochzeitsvorbereitung nun abgeschlossen zu haben, auf den ich mich schon Jahre zuvor gefreut hatte. Ich hatte mir immer ausgemalt, wie ich mich vor dem Spiegel drehen und wenden würde – doch in dieser Vorstellung war das Kleid weder aus Satin noch schulterfrei oder knielang gewesen.

Sollte ich diese kindlichen Gedanken womöglich ablegen? Schließlich war Denise der Profi und nicht ich, und wenn sie sagte, dieses Kleid sei mein Kleid, dann war es wohl so. Ich versuchte, meine Bedenken herunterzuschlucken, doch die Bauchschmerzen blieben.

Als ich nach Hause kam, saß Marten mit Elliot am Wohnzimmertisch und übte mit ihm das Zahlenschreiben. Elliot hatte seine Zungenspitze vor Konzentration herausgestreckt und malte gerade eine ziemlich perfekte Neun. Ich drückte ihm einen Kuss auf den Kopf und küsste auch Marten, der sich sofort nach dem Kleid erkundigte. Als ich mich über Denise ausließ und ihre Art und Weise, mich völlig zu übergehen, begann er zu lachen.

„Sie ist eine Künstlerin, Jo. Und Künstler sind nun einmal recht exzentrisch, zumindest die meisten. Lass sie doch einfach ihren Job machen und nimm nicht immer alles so persönlich." Er griff nach meinem Arm und zog mich unerwartet auf seinen Schoß. „Sie will nur das

Beste für uns. Und du willst doch eine Traumhochzeit haben, oder?"

Ich nickte träge. Seit ich denken konnte, hatte ich mir immer eine Traumhochzeit gewünscht. Eine Eheschließung, die bis ins Detail perfekt war und von der alle noch lange sprechen würden. Und nun, nach all den Jahren, war ich dessen irgendwie überdrüssig geworden. Lag es daran, dass Denise mir all das abnahm, was ich mir eigentlich stets selbst erträumt hatte zu tun? Oder lag mir immer noch die Tatsache schwer im Magen, dass Marten mich betrogen hatte – obwohl ich mir doch eigentlich die ganze Zeit über so sicher gewesen war, längst darüber hinweg zu sein? Aus irgendeinem Grund, den ich selbst nicht in Worte fassen konnte, war die Vorfreude auf diese Hochzeit getrübt. Wie ein grauer Nebelschleier, der sich darüber ausgebreitet hatte.

Marten blieb mein nachdenklicher Gesichtsausdruck nicht verborgen. Er runzelte die Stirn. „Du denkst doch nicht etwa immer noch an diesen Kerl und seine Probleme?", fragte er.

„Was? Nein", tat ich überrascht.

Natürlich dachte ich noch an Leonard. Es waren zehn Tage vergangen, seit er hier gewesen und mir vom Plan seiner ehemaligen Schwiegereltern berichtet hatte, das alleinige Sorgerecht für Maddie zu beantragen. Er hatte sich seit diesem Tag nicht mehr gemeldet, und obwohl ich oft nach meinem Handy gegriffen hatte und kurz davor gewesen war, ihn anzurufen oder ihm eine kurze Nachricht zu schreiben, hatte ich jedes Mal einen Rückzieher gemacht. Irgendetwas hielt mich zurück. War es die Angst davor, zu erfahren, wie sich die Sache weiterentwickelt hatte? Oder steckte mehr dahinter? Ich konnte es mir selbst nicht erklären.

„Was für ein Kerl?", fragte Elliot und blickte von seinem säuberlich vollgeschriebenen Zettel auf.

„Niemand, den du kennst." Marten deutete auf sein Blatt. „Die Fünf kannst du aber noch etwas gerader machen."

„Marten, er ist noch nicht einmal ein Vorschulkind", raunte ich ihm leise zu und rutschte auf seinem Schoß hin und her. Es war unbequem, aber ich wollte ihn nicht verletzen, also blieb ich sitzen.

„Und wenn er dann ein Vorschulkind ist, wird er alle anderen Kinder übertrumpfen", schloss Marten zufrieden.

Elliot malte seine Zahlen weiter und gab sich noch mehr Mühe damit, was Marten mit einem zufriedenen Nicken zur Kenntnis nahm.

„Ach, übrigens ..." Er klopfte auf den Tisch, als hätte er eine wichtige Ankündigung zu machen, und zog einen säuberlich zusammengefalteten Zettel aus seiner Hosentasche. „Erstens: Am zehnten September ist dein Junggesellinnenabschied. Denise sagte, dass man den traditionell zwei oder drei Wochen vor der Hochzeit feiert, aber es hat sich etwas kompliziert gestaltet, Chloe, Samantha und Liv unter einen Hut zu bekommen." Er verzog das Gesicht, und ich musste unwillkürlich lachen.

Alles andere hätte mich gewundert. Ich hatte sie alle eine lange Zeit nicht gesehen, doch dass sie sich geändert hätten, wäre erstaunlich gewesen.

„Darf ich jetzt aufstehen?" Elliot schob sein mit Zahlen übersätes Blatt Papier über den Tisch.

„Klar." Marten nahm es in Empfang. „Geh ruhig spielen."

Gedankenverloren erinnerte ich mich an die alten Zeiten zurück, als wir gemeinsam gemodelt hatten und von einer angesagten Party zur nächsten gezogen waren. Chloe war inzwischen selbst Mutter und hatte das Modeln an den Nagel gehängt, während Samantha als Curvy Model große Aufträge an Land zog und in New York lebte. Während der Kontakt zu den beiden sich auf ein Minimum begrenzte und hauptsächlich daraus bestand, dass wir uns alle paar Monate mal eine Textnachricht schickten, hatte ich von Liv ewig nichts gehört. Sie hatte noch vor Elliots Geburt einen wesentlich älteren Mann kennengelernt und das Reisen begonnen, und bis auf eine, höchstens zwei Postkarten pro Jahr gab es keinerlei Kommunikation zwischen ihr und mir. Umso mehr überraschte es mich, dass sie zugesagt hatte, bei meinem Junggesellinnenabschied dabei zu sein.

„Tess war unkompliziert", erklärte Marten, und ich verkniff mir zu sagen, dass Tess sowieso immer Zeit und vor allem immer Langeweile hatte. Martens Schwester war, obwohl sie Zwillinge waren, das exakte Gegenteil von ihm. Sie schlitterte von einer Beziehung in die nächste, war durch und durch unorganisiert und kam ständig zu spät. Eigentlich war sie wie Leonard, bloß fehlte ihr sein einnehmender Charme. Wir hatten nie besonders viel miteinander anfangen können. Ich war in ihren Augen eine prüde und überfürsorgliche Hausfrau, während ich sie als viel zu laute und unreife Person empfand, der ich ungern meine Zeit opferte. Zwar hatten wir dies nie zueinander gesagt, aber einige

Dinge mussten nicht ausgesprochen werden, um mehr als deutlich zu sein.

„Und was ist das?" Ich verdrängte den Gedanken an Tess, die sich auf meinem Junggesellinnenabschied sicher betrinken und mich mit ihrem Verhalten zum Gespött der Leute machen würde, und deutete auf den Zettel.

„Oh ..." Marten schien gerade erst eingefallen zu sein, dass er ihn überhaupt noch in der Hand hielt. Mit einer geheimnisvollen Geste reichte er ihn mir.

Ich entfaltete ihn, überflog die ersten Worte und spürte, wie mir das Lächeln aus dem Gesicht glitt, obwohl ich das gar nicht wollte. Es fühlte sich an, als hätte mir jemand etwas weggenommen. Mein Magen rumorte.

„Marten, das ... das ist ..."

„Dein Ehegelübde, genau!" Marten strahlte über das ganze Gesicht.

Er schien mein Entsetzen als Rührung fehlzuinterpretieren.

„Mein ... aber sollte ich das nicht selbst schreiben?" Mit einem Mal zitterte meine Stimme.

„*Selbst schreiben*?" Marten lachte, als hätte ich einen herrlichen Witz gemacht. „Ach Jo, du bist süß!" Er tippte mir auf die Nasenspitze. „Denise hat die Gelübde beide von einem Profi schreiben lassen. Die haben sich damit selbstständig gemacht. Schreiben auch Trauerreden und so, bei Bedarf sogar Liebesbriefe. Scheffeln Millionen damit."

Ich starrte auf das Papier in meiner Hand, unfähig, auch nur ein einziges Wort zu sagen. Meine Finger zitterten. Dunkelblaue Tinte hob sich in verschnörkelter Schreibschrift von dem schneeweißen Papier ab.

„Die machen das so, dass es selbstgeschrieben aussieht." Marten klang hellauf begeistert. „Man füllt so einen Fragebogen aus. Wie man sich kennengelernt hat, lustigste Anekdote der Beziehung, Kosenamen et cetera ..."

Plötzlich musste ich daran denken, dass Marten der einzige Mensch war, den ich kannte, der et cetera sagte. Immer noch starrte ich das Papier an und hörte zwar, dass Marten redete, verstand jedoch keine Silbe von dem, was er sagte. Alles drang wie durch eine dichte Nebelwand zu mir durch.

„Aber ... wieso?", fiel ich ihm schließlich ins Wort.

„Wieso?", wiederholte Marten völlig verdutzt. „Jo, wir wollen doch eine perfekte Hochzeit, oder? Und da sollte etwas Fundamentales wie das Ehegelübde keinesfalls laienhaft sein. Wie sähe das denn aus? Ich bitte dich. Das wäre völlig lächerlich."

Eine perfekte Hochzeit ... Perfekt. Ja. Das Kleid, die Zeremonie, das Gedeck, die Blumen, die Torte ... all das würde perfekt sein. Aber die Braut? Passte ich in all das überhaupt rein? War es das, was ich wollte? Das, wovon ich geträumt hatte?

Ich betrachtete Marten: sein akkurat gescheiteltes blondes Haar und seine blauen intelligenten Augen. Den gutaussehenden Juristen, der alles tat, damit es mir und unserem Kind gutging. Er hatte nie von mir erwartet, dass ich arbeiten ging oder viel im Haushalt erledigte. Er bezahlte eine Putzfrau, ließ meine absolute Traumhochzeit von einer gefragten Hochzeitsplanerin organisieren und wollte sogar ein zweites Kind mit mir.

Und seinen einmaligen Fehltritt hatte er mehr als wiedergutgemacht. Und als ich so darüber nachdachte, bekam ich plötzlich ein furchtbar schlechtes Gewissen ihm gegenüber. Ich fühlte mich geradezu undankbar.

Als könnte diese Geste mein unangenehmes Gefühl wieder wettmachen, schmiegte ich mich an ihn. Er roch nach Seife und teurem Parfum und strich mir, offensichtlich erstaunt über meine plötzliche Nähe, sanft mit der Hand über den Rücken.

„Meinen Junggesellenabschied hat Denise übrigens auch geplant. Sogar inklusive Stripperin“, er rümpfte die Nase, „ich habe deutlich kommuniziert, dass ich so etwas niveaulos finde, aber sie bestand darauf. Soll wohl eine Luxus-Stripperin sein.“ Er zuckte mit den Schultern. „Und wie gesagt, sie ist die Beste. Wenn sie sagt, das wird so gemacht, dann wird es so gemacht. Wir sollten uns da einfach fügen und sie für ihr Geld so arbeiten lassen, wie sie es für angemessen hält.“

Ich nickte verständnisvoll. „Es wird alles perfekt sein.“

„Ja“, er schob sich die Brille zurück auf den Nasenrücken und lächelte, „das wird es.“

Die Tage bis zum dreißigsten August vergingen wie im Flug, da Denise mir keine Zeit zur Langeweile gab. Ständig rief sie an, schickte mir Fotos von möglichen Outfits für den Junggesellinnenabschied, machte ein Riesengeheimnis aus der Location und erkundigte sich jeden Morgen, ob ich schon schwanger sei und falls nicht, ob ich Diät hielte, damit das Kleid bloß passe. Beinahe bekam man den Eindruck, dass sie dieser Hochzeit mehr entgegenfieberte als ich selbst.

Als Maddies Einschulung schließlich unmittelbar bevorstand, stellte ich gewissenhaft Martens, Elliots und mein eigenes Outfit zusammen. Schick, aber nicht zu schick, Ton in Ton, sodass niemandem verborgen bleiben würde, dass wir drei zusammengehörten. Leonard hatte Carlie und Maddie, ich hatte Marten und Elliot – und dennoch gab ich mir besonders viel Mühe an diesem Morgen, als ich Make-up auftrug und mir die Haare machte.

„Und du bist sicher, dass wir da hinmüssen?“, murmelte Marten, obwohl er die Antwort bereits kannte, und strich vor dem Spiegel im Bad seine Krawatte glatt.

Ich trug eine zweite Schicht Wimperntusche auf, bevor ich mich ihm zuwandte. „Du weißt, wie wichtig mir das ist. Und es zeugt von wahrer Größe, dass du uns begleitest, obwohl ihr ... Differenzen hattet.“

Marten schnaubte. *Differenzen* beschrieb das, was zwischen Leonard und ihm vorgefallen war, in seinen Augen wohl nicht einmal ansatzweise. Ich strich mir eine Strähne aus dem Gesicht und trat einen Schritt zurück, um mein fertiges Werk im Spiegel zu betrachten. Mein Haar fiel mir in weichen, glänzenden Wellen über die Schulter. Das hellgraue Kleid, das ich trug, schmiegte sich eng an meinen Körper und passte perfekt zu Martens ebenfalls grauem Hemd, das er über einer schlichten schwarzen Hose trug. Elliot sah wie eine unfassbar niedliche Miniversion von Marten aus, trug die gleiche Kleidung und hatte wie immer denselben Seitenscheitel.

Wir schlüpften alle in schwarze Schuhe, wobei meine einen schmalen Absatz hatten, und ich legte mir meine kleine schwarze Handtasche um und fragte mich, was das Baby wohl zu einem solchen Anlass tragen würde. Ein graues Strickkleidchen vielleicht? Und ein süßes, farblich darauf abgestimmtes Stirnband mit einer Blume … wir würden so ein perfektes Bild abgeben, wir vier. Eine richtige Bilderbuchfamilie!

Wir stiegen in den Wagen, den Marten am Vorabend noch hatte waschen lassen – einen guten Eindruck wollte er trotz der Differenzen hinterlassen, so viel war sicher – und ich gab die Adresse der Grundschule, die Leonard mir mitgeteilt hatte, ins Navigationssystem des Handys ein.

Ein angenehmes Kribbeln erfüllte meine Magengegend. Ich freute mich darauf, Maddie endlich wiederzusehen. Nach der kurzen, aber intensiven Zeit in der WG hatte es sich falsch angefühlt, sie so lange nicht sehen zu können. Ideal wäre es natürlich gewesen, wenn die Männer sich besser verstanden hätten und es kein Problem gewesen wäre, sich regelmäßig zu treffen. Doch dafür waren sie eindeutig zu unterschiedlich. Marten war exakt, intelligent und beherrscht, während Leonard chaotisch und oft albern war und seine Gefühle nicht wirklich im Griff hatte. Die Vorstellung, wie die beiden sich freundschaftlich miteinander unterhielten, war geradezu absurd.

„Darf ich Maddie das Geschenk geben?", fragte Elliot von der Rückbank aus und zappelte unruhig mit den Beinen.

„Halt die Beine still", sagte Marten.

„Natürlich kannst du ihr das Geschenk geben", ich warf Elliot im Spiegel ein Lächeln zu, „das wird sie sicher sehr freuen."

Marten hatte spür- und sichtbar schlechte Laune, riss sich jedoch zusammen und versuchte, sie sich nicht anmerken zu lassen. Nur hier und da ein verächtliches Schnauben an einer auf Rot springenden Ampel oder hinter einem besonders langsam fahrenden Auto verrieten ihn.

Im Großen und Ganzen verlief die Fahrt recht schweigsam. Elliot zappelte alle paar Minuten mit den Füßen, worauf Marten ihn anwies, dies zu unterlassen, ansonsten war es bis auf das Schnurren des Motors still.

Ich nutzte die Stille, um in mich zu gehen. Dass ich Leonard mehr mochte als gedacht, war mir nach seinem unerwarteten Besuch bewusst geworden. Dass es ohne Sinn und Verstand wäre, diesen Gedanken weiter fortzuführen, stand ebenfalls fest. Es wäre nichts als sinnfreie Spinnerei. Leonard war ein Macho, ein Chaot und ein Kindskopf. Und auch wenn er ein gutes Herz hatte und viel feinfühliger und sensibler war, als er sich anmerken lassen wollte, so wusste ich doch, dass weder er das war, was ich brauchte, noch ich das, was er brauchte.

Wahrscheinlich hatte der Schmerz über die Trennung von Marten mein Herz anfälliger gemacht, empfänglicher. Und Leonard war ohne Frage charmant, wenn er es denn gerade sein wollte. Doch mehr als eine Freundschaft würde es zwischen uns beiden niemals geben, das stand fest. Objektiv betrachtet war diese ganze Leonard-Sache nichts, was zu meinem Leben passte.

Außerdem hatte ich Marten zurückbekommen, so wie ich es mir die ganze Zeit über gewünscht hatte. Ich betrachtete ihn aufmerksam von der Seite, wie er das Lenkrad umklammert hielt und sich immer noch nicht anmerken lassen wollte, wie angespannt er war, obwohl man es ihm an der Nasenspitze ablesen konnte. Seine Augen waren immer noch so blau wie damals, als ich mich in ihn verliebt hatte. Und auch die Angewohnheit, die Brille mit dem Zeigefinger zurück auf die Nase zu schieben, war geblieben – sogar sein Sohn hatte sie übernommen.

Ja, Marten war die richtige Wahl. Die perfekte Wahl. Wenn ich ihn ansah, wusste ich, wie unser Leben aussehen würde, wie unsere Zukunft sein würde – und diese Gewissheit hatte etwas unglaublich Beruhigendes an sich. Ich war keine professionelle Balletttänzerin geworden. Ich war kein bekanntes Model geworden. Doch die perfekte Ehefrau und Mutter konnte ich immer noch sein.

Als wir auf den großen Parkplatz der Grundschule fuhren, der von einer gepflegten Rasenfläche umgeben war, sah ich sie schon von weitem. Sie fielen einfach ins Auge. Leonard strahlend, sonnengebräunt, lässig angezogen – fast etwas zu lässig für eine Einschulung, aber Leonard war nun einmal Leonard. Neben ihm Maddie, auffallend herausgeputzt mit einem straffen Dutt, einem weißen Kleid und einer riesigen knallig pinken Schultüte im Arm.

Und das musste Carlie sein. Unauffällig musterte ich sie von Kopf bis Fuß, solange sie uns noch nicht bemerkt hatten. Sie war groß, fast so groß wie Leonard, mit feinem blonden Haar, das sie elegant hochgesteckt hatte. Das schokoladenbraune Kleid, das sie trug, umschmeichelte ihren sportlichen Körper. Eine übergroße Sonnenbrille rundete das Outfit ab. Sie passte perfekt zu Leonard, zumindest rein optisch. *Sie* hätte sicher kein Problem, ein Brautkleid in Größe 34 zu tragen.

Der Parkplatz war bereits voller Autos, und überall standen kleine Grüppchen von Menschen zusammen in der Sonne und unterhielten sich.

Marten fuhr an Leonard, Carlie und Maddie vorbei in eine wenige Meter weit entfernte Parklücke, und Elliot begann vor Aufregung, sich in seinem Kindersitz von links nach rechts zu werfen und jauchzende Geräusche von sich zu geben.

„Benimm dich!", ermahnte Marten ihn streng. Kopfschüttelnd sah er mich an. „Diese ganzen Unarten müssen wir ihm austreiben. Er war doch früher immer so artig!"

Ich biss mir auf die Unterlippe. Am liebsten hätte ich ihm gesagt, dass es unnötig war, Elliot derart zu maßregeln, wo er doch ganz offensichtlich bloß aufgeregt war. Doch ich schluckte das, was ich eigentlich zu Elliots Verteidigung sagen wollte, herunter und ertrug es, dass er ihn zwang, noch weitere zwei Minuten stillzusitzen, während der Motor längst aus war.

Endlich stieg Marten als Erster aus dem Auto, ignorierte Elliots flehenden Blick und hielt mir die Beifahrertür auf.

„Danke." Ich stieg aus und beeilte mich, Elliot herauszulassen, der vor Ungeduld schon ganz rot angelaufen war, obwohl er nach wie vor reglos in seinem Kindersitz saß.

Als wir auf Leonard, Carlie und Maddie zugingen, griff Marten nach meiner Hand und hielt sie besitzergreifend fest. Leonard hob den Arm, um uns zuzuwinken, und legte denselben schließlich um die schlanke Taille seiner Freundin.

Überschwänglich begrüßte Elliot Maddie, die ungewöhnlich ruhig war und der ich die Aufregung im Gesicht ablesen konnte. Sie war sogar ein bisschen blass. Glücklich, sie wiederzusehen – und auch ein bisschen sentimental, weil sie plötzlich so groß wirkte – ging ich vor ihr in die Hocke und schloss sie in die Arme. Als sie sich kurz an mich drückte, musste ich unwillkürlich an das Abschiedsszenario denken. Schnell richtete ich mich wieder auf.

„Carlie, das sind Josephin, ihr Verlobter Marten und ihr Sohn Elliot", stellte Leonard uns einander vor. „Und das – das ist Carlie. Meine ..."

„Freundin", schloss Carlie und schüttelte erst mir, dann Marten und schließlich Elliot mit einem einnehmenden Lächeln, das ihre perlweißen Zähne offenbarte, die Hand. „Freut mich, dich kennenzulernen, Josephin. Maddie hat sehr viel von dir gesprochen."

Josephin. So nannte mich eigentlich nur Leonard. Alle anderen hatten mich mein ganzes Leben lang nur mit meinem Kosenamen Jo gerufen. Es fühlte sich komisch an, meinen Namen aus ihrem perfekt geformten Mund zu hören. Ich zwang mich zu einem Lächeln und musterte ihr Gesicht, das mich an eine Barbiepuppe erinnerte, die ich als kleines Mädchen besessen hatte. Wie alt war sie wohl? Sie sah aus, als wäre sie höchstens zwanzig.

Etwas steif standen wir uns zu viert gegenüber, während Elliot um uns herumlief und Maddie, die mit ihrer riesigen Schultüte im Arm nicht mithalten konnte, zum Spielen aufforderte. Vor ihren Füßen stand ihr Ranzen, ein kantiges quietschgelbes Ding voller Blumen, das ich ihr im Leben nicht erlaubt hätte zu kaufen. Schmunzelnd wandte ich den Blick ab.

„Wollen wir dann …", setzte Leonard an, ließ den Satz unvollendet in der Luft schweben und gestikulierte Richtung Schulgebäude.

„Klar." Ich nickte.

Wieso fühlte sich das alles so komisch an? Leonard warf mir einen Blick zu, ganz kurz, dann schulterte er Maddies Schulranzen und legte Carlie eine Hand auf die Taille. Mit etwas Abstand zu ihnen folgten wir den vielen anderen, schick gekleideten Eltern und aufgeregt hüpfenden Kindern in das Gebäude.

Die Aula der Grundschule sah exakt genauso aus wie die Aula der Grundschule, die ich als Kind besucht hatte, und instinktiv fragte ich mich, ob womöglich alle Grundschulaulas gleich aussahen. Eine große, leicht erhöht liegende Bühne war aufgebaut worden, vor der sich dutzende Reihen von Stühlen mit rotem Plastiksitz und glänzendem Metallgestell aneinanderreihten. Viele von ihnen waren bereits besetzt, und mir fiel auf, dass die meisten Kinder von ihren Eltern und Großeltern begleitet wurden. Ob Elinor zu Elliots Einschulung kommen würde? Im Geiste sah ich mich schon zwischen Martens steifer Mutter und seinem strengen Vater sitzen.

Ich fragte mich, wieso William nicht hier war, wollte Leonard aber nicht darauf ansprechen, da er sich gerade mit Carlie unterhielt. Die beiden sahen wirklich sehr vertraut miteinander aus. Ich drückte Martens Hand.

Wir quetschten uns durch die Stuhlreihen und nahmen nebeneinander Platz, wobei sowohl Marten als auch Carlie besonders darauf zu achten schienen, dass Leonard und ich nicht nebeneinander saßen. Oder bildete ich mir das bloß ein?

Marten rief Elliot erneut zur Ordnung, der auf seinem Stuhl zwischen uns beiden hin und her rutschte, während Maddie immer noch ungewöhnlich still zwischen Carlie und Leonard saß, die große Schultüte im Arm und den Ranzen vor den Füßen.

Die Aula war erfüllt von Stimmen, dem Geräusch von Stühlen, die auf dem Boden verrückt wurden, und lauten Kinderschritten. Irgendwo weinte ein Baby, und zwei Reihen vor uns fotografierte ein Vater ununterbrochen seinen Sohn mit Blitzlicht und einer riesigen schwarzen Kamera.

Ich ließ meinen Blick durch den Raum gleiten und stellte überrascht fest, dass Leonard mich ansah. Als unsere Blicke sich trafen, sah er sofort weg. Wahrscheinlich war es ihm unangenehm, dass er vor mir geweint hatte. Gefühlsausbrüche passten nicht zu dem Image des coolen Leonard McEvans. Das musste auch der Grund sein, weshalb er sich nicht gemeldet hatte. Mehr steckte sicher nicht dahinter. Ich suchte erneut seinen Blick, um ihm kurz freundschaftlich zuzulächeln und ihm zu signalisieren, dass zwischen uns alles okay war, doch er blickte stur geradeaus.

„Und du hast früher gemodelt, Josephin?" Carlie lehnte sich mit einem breiten Lächeln nach vorn und sprach über Marten und Elliot hinweg.

Ich hatte wenig Lust auf oberflächlichen Smalltalk. Ob es unhöflich wäre, sie zu bitten, mich Jo zu nennen?

„Stimmt", antwortete ich knapp.

„Wie schön", Carlie schien bemüht, dieses Gespräch aufrechtzuerhalten, „vielleicht kannst du mir ein paar Tipps geben. So von altem Hasen zu Frischling."

Alter Hase? Ich rang mir ein Lächeln ab und nickte träge.

„Hast du früher auch ständig Diäten gehalten?", fuhr sie unbeirrt fort, „ich sagte noch heute Morgen beim Frühstück zu Leonard: Nein, Lio, diesen Kaffee kann ich nicht trinken, da ist viel zu viel fette Milch drin. Nicht wahr, Lio?"

Lio?

Wann fing diese Einschulung endlich an? Ich tat, als hätte Elliot mich etwas gefragt und erkundigte mich im Flüsterton nach seinem Wohlbefinden.

Eine gefühlte Ewigkeit später betrat ein schwerfälliger Mann mit Bart und beginnender Glatze die Bühne, räusperte sich einige Male ins Mikrofon und stellte sich dann als der Schuldirektor vor. Es folgte eine kurze Ansprache seinerseits über die Geschichte der Grundschule, und auch die Konrektorin, eine resolut auftretende junge Frau mit blondem Pagenkopf, begrüßte Eltern, Kinder und Begleiter.

Während sie sprach, beobachtete ich Maddie. Sie verfolgte das Ganze mit geweiteten Augen und hielt ihre Schultüte fest umklammert, als wollte sie daran Halt suchen. Als Carlie ihr das Knie tätschelte, verspürte ich einen kleinen Stich. Ich hatte dieses Mädchen so sehr ins Herz geschlossen, dass ich beinahe eine Art Eifersucht Carlie gegenüber empfand. Innerlich schüttelte ich den Kopf über mich selbst und wandte mich wieder dem Geschehen auf der Bühne zu.

Inzwischen führte das ehemalige erste Schuljahr, das nun zum zweiten wurde, einen kleinen Tanz auf, den es erstaunlich gut einstudiert hatte. Tosender Applaus brach aus, als die Musik endete und die kleinen Tänzer sich verbeugten.

Kurz wurde es unruhig in der Aula. Das Baby von vorhin weinte immer noch. Ich erblickte es in der Reihe vor uns ganz außen. Es lag in einer Babyschale, die auf einem der Stühle stand, und der Vater schaukelte es halbherzig mit der Hand an, während die Mutter alle Hände voll mit ihren rothaarigen Zwillingsmädchen zu tun hatte, die unruhig auf ihren Stühlen herumkletterten.

Es folgte ein weiterer Tanz, dann stellten sich die Lehrerinnen der drei neuen Klassen vor, und die Erstklässler wurden nach und nach aufgerufen. Die erste Lehrerin, eine kleine Frau mittleren Alters mit Hornbrille, verkündete, dass sie die Tigerklasse leite und las nach und nach zwanzig Namen von einem kleinen Zettel ab, den sie zuvor diskret aus ihrer Gesäßtasche gezogen und entknittert hatte. Maddies Name fiel nicht. Gemeinsam mit der aufgeregt plappernden Kindergruppe verließ sie die Aula, um ihren neuen Schülern den Klassenraum zu zeigen.

Die zweite Lehrerin, die Lehrerin der Löwenklasse, war auffallend groß, vor allem im Vergleich zur ersten. Sie war in ein weinrotes Wickelkleid gehüllt und hatte unzählige Sommersprossen. Mit einem Löwenkuscheltier in der einen und einem Zettel in der anderen Hand verkündete sie feierlich die Namen ihrer neuen Schüler. Auch dieses Mal wurde Maddie nicht aufgerufen. Ich warf ihr einen Blick zu und bemerkte, dass sie immer blasser wurde. Leonard hatte ihr eine Hand auf die Schulter gelegt. Er sah mindestens genauso angespannt aus.

Die dritte Lehrerin wirkte noch sehr jung. Sie trug eine legere weiße Bluse über einer schwarzen Hose und hatte ihre braunen Locken mit einem Haarreif zurückgesteckt.

„Maddie McEvans", rief sie endlich, und Maddie sprang auf wie von der Tarantel gestochen.

Aufgeregt drückte sie ihrem Vater die Schultüte in die Hand, schnappte sich ihren Schulranzen und bahnte sich im Eiltempo ihren Weg nach vorn, wobei sie vor lauter Hast zweimal stolperte. Mit glühend roten Wangen, aber stolzem Gesichtsausdruck stellte sie sich neben die anderen Schüler und wartete, bis die Lehrerin die letzten beiden Kinder, die rothaarigen Geschwistermädchen, aufgerufen hatte.

„Wir gehen nun in unsere Gepardenklasse", verkündete die junge Lehrerin.

Ich erhaschte einen Blick auf Leonard, der tapfer lächelte, dem innerlich aber wahrscheinlich gerade das Herz ein Stück weit brach, weil sein kleines Mädchen nun schon so groß war. Ein richtiges Schulkind. Er streckte sich lässig, als der Schuldirektor wieder auf die Bühne trat und sich erneut in das Mikrofon räusperte.

„Während die Kinder ihren neuen Klassenraum erkunden, dürfen Sie sich natürlich frei bewegen. Sie sind keine Gefangenen." Er lachte über seinen eigenen Witz, und einige fielen höflich mit ein. „Sehen Sie sich den Musikraum an, besuchen Sie unsere Bibliothek, begehen Sie die Mensa. Alles steht offen. In einer Dreiviertelstunde kommen die Kinder zurück in die Aula. Anschließend können Sie vor den Tafeln Fotos schießen. Außerdem gibt es Kaffee und Kuchen. Darauf freue ich mich jedes Jahr besonders." Er tätschelte seinen runden Bauch und lachte.

Als seine Anrede endete, brach ein Tumult los. Das weinende Baby hatte sich in Rage geschrien, irgendwo fiel ein Stuhl um, und ein paar kleinere Geschwisterkinder hatten damit begonnen, Fangen zu spielen, während die meisten Elternpaare lautstark ausdiskutierten, welchen Raum sie zuerst sehen wollten.

„Ich muss Pipi", verkündete Elliot mit weinerlicher Stimme. „Die ganze Zeit schon."

„Okay, ich komme." Ich erhob mich.

„Nein, Papa soll!", verlangte Elliot.

Wir tauschten einen kurzen Blick miteinander.

„Okay", Marten unterdrückte ein Seufzen, „dann komm. Schnell."

Carlie hatte unter den Eltern eine Mutter erkannt, die sie offensichtlich kannte, und während sie zu ihr lief, um sie überschwänglich zu umarmen, blieben Leonard und ich allein in unserer Reihe sitzen. Ich warf einen Blick zu ihm herüber und sah schnell weg, als ich bemerkte, dass er mich betrachtete.

Langsam erhob er sich und ließ sich in den Stuhl neben mir sinken, in dem gerade noch Elliot gesessen hatte. Wir schwiegen einen Augenblick lang, dann nickte ich zur Bühne herüber.

„Schöne Einschulung“, sagte ich lahm.

„Ja“, Leonard nickte. „Und der Tanz war gut.“

„Total.“

„Ja.“

„Ja.“

Ich blickte auf meine Hände. „Leonard“, setzte ich an, ohne zu wissen, was ich eigentlich sagen sollte.

„Josephin ...“ Er legte mir eine Hand auf das Knie.

Überrascht sah ich auf.

„Ich ... ich werde Carlie nach der Feier einen Antrag machen.“

Plötzlich fühlte es sich an, als würde ich fallen. Erstaunt stellte ich fest, dass ich immer noch auf meinem Stuhl saß.

„H... heiraten? Leonard, wie lange kennst du sie? Einen Monat?!“

Leonard verdrehte die Augen. „Du verstehst das nicht, Josephin. Und ich dachte, gerade du kannst es verstehen. Deswegen bist du die Erste, die es erfährt.“

Ich wusste, dass er erwartete, dass ich mich für ihn freute, aber ich war geradezu entsetzt von seinem Plan.

„Ist es wegen ... der Sache mit Cassidys Eltern?“, fragte ich leise.

Leonards Schweigen machte eine Antwort unnötig.

„Ich will Maddie eine stabile Familie bieten, Jo“, sagte er schließlich, als würde er um mein Verständnis bitten. „Eine Mutter. Vielleicht ein, zwei Geschwister.“ Er lächelte schwach und strich sich mit der Hand über den Nacken, während er Carlie ansah, die mit ausufernden Gesten mit ihrer Bekannten sprach. „Sie ist ein guter Mensch, Jo. Klug und ... und liebevoll. Maddie und sie kommen gut klar.“

„Und?“

„Und mein Anwalt sagt, die Chancen stehen besser, diesen Streit zu gewinnen, wenn …“

Mein Gesichtsausdruck ließ ihn verstummen. „Du hast vor, zu heiraten, um diesen Streit zu gewinnen?!“

Plötzlich veränderte sich etwas in Leonards Blick. Sein Lächeln schwand, und er schien verärgert, als er mit leiserer Stimme weitersprach. „Was würdest du tun, wenn es um Elliot ginge?“, fragte er kühl.

„Alles.“ Ich schluckte. Allein die Vorstellung brach mir das Herz. „Aber …“

„Kein Aber!“, raunte er mir zu, als Carlie sich von ihrer Bekannten abwandte und zu uns zurückkam. „Akzeptiere es oder akzeptiere es nicht. Aber sag mir nicht, was ich zu tun habe. Dazu hast du nicht das Recht. Du nicht.“

Ich wusste, worauf er anspielte. Wir hatten ein sehr ähnliches Gespräch geführt, als Marten mich um Vergebung gebeten hatte. Damals war er derjenige gewesen, der seine Bedenken geäußert hatte.

Marten und Elliot kamen von der Toilette zurück, Marten mit seinem Handy in der Hand und Elliot mit einem ziemlich unglücklichen Gesichtsausdruck. Marten war offensichtlich so vertieft in seine E-Mails, dass er weder dies noch die Tatsache, dass Leonard, der sich nun erhob und bis gerade eben noch neben mir gesessen hatte, bemerkte.

„Wir sehen uns die Schule mal an“, sagte Leonard, ohne mich anzusehen.

Leonard würde heiraten.

Leonard würde heiraten.

Das fühlte sich so falsch an. Plötzlich erschien die riesige Aula mir viel zu eng, voll und stickig. Mein sorgfältig ausgewähltes Kleid klebte an meinem Körper, und ich schwitzte. Mit einem unwohlen Gefühl in der Magengegend zupfte ich Marten am Arm, der nach wie vor in sein Smartphone vertieft war.

„Ich will nach Hause", erklärte ich knapp.

„Was?" Er blickte kurz auf, wirkte überrascht und tippte dann rasch auf seinem Handy herum. „Okay, lass uns fahren."

Erleichtert drehte ich mich wieder um. Leonard und Carlie waren gerade noch in Hör- und Sichtweite, da sie sich ziemlich umständlich an einem älteren Pärchen vorbeiquetschen mussten, das am Ende der Reihe saß und sich einträchtig unterhielt.

„Leonard, grüß Maddie lieb von uns", rief ich ihnen halblaut nach. „Wir müssen leider fahren. Es ... es ist etwas dazwischengekommen."

Leonard nickte bloß. Er versuchte nicht einmal, uns aufzuhalten. Innerlich war er sicher längst bei dem Antrag, den er Carlie später machen wollte. Mir wurde übel bei dem Gedanken.

Ich konnte es gar nicht erwarten, aus der Schule herauszukommen. Die glühend heiße Augustsonne fühlte sich wie eine Wohltat an gegen die dicke Luft, die sich trotz offener Türen in der Aula angestaut hatte. Ohne ein Wort zu verlieren, stürmte ich vor zum Auto, während Marten und Elliot mir folgten.

„Ich glaube, ich habe mir den Magen verdorben", versuchte ich zu erklären, als Marten das Auto aufschloss und ich mich erleichtert auf den Beifahrersitz fallen ließ.

Es kam mir vor, als würde der Wagen in Zeitlupentempo vom Parkplatz auf die Straße zurollen, und erst als Maddies Schule im Hintergrund immer kleiner und kleiner wurde und schließlich ganz verschwand, ließ der Druck auf meiner Brust ein wenig nach, sodass ich atmen konnte.

Leonard würde heiraten.
Leonard würde heiraten.

Kapitel 16

Der letzte Abend in Freiheit

Ich hatte mein Handy ausgeschaltet und es in der Schublade meines Schranks versenkt. Anfangs, weil ich befürchtete, dass Leonard sich melden würde. Dann schließlich, weil ich es nicht ertrug, dass er es nicht tat. Ich hatte nicht erwartet, dass ich derart emotional beim Thema Leonard und Maddie sein würde, und doch nahm das Ganze mich nun so sehr mit, dass es die ohnehin getrübte Vorfreude auf meine bald bevorstehende Hochzeit ernsthaft in Mitleidenschaft zog.

Marten, dem ich weißgemacht hatte, dass ich das Handy ausgeschaltet hatte, um mich geistig auf die Hochzeit einzustimmen, berichtete mir mit zunehmender Gereiztheit jeden Abend nach der Arbeit, wie oft Denise ihn wegen der perfekten Parfumwahl, meines Schmucks und der Tatsache, dass das eingeplante Blumenmädchen mit Scharlach im Bett lag und bei der Generalprobe fehlen würde, belästigt hatte. Obwohl sie meine Mailadresse bekommen hatte und auch dort rege Kontakt hielt, schien sie die Tatsache zu stören, dass ich nicht mehr dauerhaft abrufbar war.

Der Junggesellinnenabschied rückte immer näher, und mir ging es immer schlechter. Ich fühlte mich schrecklich undankbar und zwang mich dazu, ein fröhliches Gesicht zu machen, meine strenge Diät einzuhalten und mich auf den Tag zu fokussieren, an dem ich Marten das Jawort geben würde. Als der Sommer sich leise, still und heimlich aus der Stadt schlich und die Tage wieder kürzer wurden, da wich mit der restlichen Bräune auf meiner Haut auch die letzte greif- und sichtbare Erinnerung an das Leben in der WG. Die warme Jahreszeit hatte begonnen, als wir zu viert den Park, den Zoo und diverse Spielplätze unsicher gemacht hatten, und nun endete sie, ohne dass wir Kontakt zueinander hatten. Bestimmt hatten Leonard und Maddie uns längst vergessen. Mich längst vergessen. Schließlich hatten sie Carlie, die die Frau an Leonards Seite und eine Art Ersatzmutter für Maddie geworden war.

Elliots Verhalten wurde immer schlimmer. Er hörte nicht auf Marten, und auf mich hörte er erst recht nicht. Er war frech, laut und ungestüm, und sein Verstand sowie seine gute Erziehung schienen sich gänzlich in Luft aufgelöst zu haben. Aber nachdem die Kinderpsychologin mir erklärt hatte, dass er meine Aufregung wahrscheinlich bloß spiegelte, konnte ich ihn etwas besser verstehen.

Und schon war er da, viel schneller als ich eigentlich wollte – der Tag des Junggesellinnenabschieds. Dass ich auf diesen Abend gerne verzichtet hätte, erwähnte ich Marten gegenüber nicht. Er musste Unmengen an Geld dafür ausgegeben haben, und ich wollte nicht undankbar sein. All das hatte er aus Liebe organisiert – oder organisieren lassen. Die meisten Frauen wagten von so etwas nur zu träumen, und mir wurde es auf dem Silbertablett dargeboten.

Denise hatte sich überlegt, dass es besonders aufregend wäre, wenn wir alle erst in der Limousine aufeinanderstoßen würden. Diese sollte also um Punkt 20

Uhr vor unserem Haus halten – nachdem sie Denise, Liz, Chloe und Samantha sowie Martens Schwester Tess, an den unterschiedlichsten Plätzen eingesammelt hatte.

Es war noch nicht einmal 19 Uhr, und ich war bereits komplett fertig geschminkt und angezogen und hatte sicherheitshalber einen Schwangerschaftstest gemacht, der jedoch negativ ausgefallen war. Nachdenklich saß ich auf dem Rand meiner geliebten viereckigen Badewanne, wippte mit dem Fuß und lackierte mir die Fingernägel in einem dunklen Rotton. Wie von Denise vorgeschrieben, hatte ich das apricotfarbene Kleid angezogen. Sie hatte uns zu Hause besucht, um meinen Kleiderschrank zu inspizieren und war, als sie es erblickt hatte, hin und weg gewesen, nachdem sie beim Anblick meiner Strickjackensammlung schier angewidert das Gesicht verzogen hatte.

Beinahe stur betrachtete ich mich im großen Badezimmerspiegel und reckte das Kinn vor. Es war nur ein Kleid. Einfach nur ein Kleid. Nichts außer der unschönen Erinnerung an eine Nacht mit zu viel Alkohol, die damit geendet hatte, dass ich ihn vollgekotzt hatte, verband es mit Leonard. Es gab so vieles mehr, was dieses Kleid bereits erlebt hatte. Angestrengt rief ich mir ein Date mit Marten in Erinnerung, bei dem ich es getragen hatte. Und eine seiner Geburtstagsfeiern sowie eine Gartenparty kurz vor der Schwangerschaft. Entschlossen nickte ich meinem Spiegelbild zu. Ja, dieses Kleid hatte schon einige besondere Momente mit mir gemeinsam erlebt – und ein Leonard McEvans würde daran nicht rütteln.

Ich wartete, bis der Nagellack getrocknet war, dann verstaute ich ihn wieder im Badezimmerschränkchen und trug ein wenig Parfum auf. Mein Blick glitt zum kleinen Wecker, der auf der Ablage zwischen unseren Zahnputzbechern stand. 19:08 Uhr. Ich seufzte. Am liebsten hätte ich bis zum nächsten Morgen vorgespult, dann hätte ich den Junggesellinnenabschied schon hinter mich gebracht. Ich hasste mich selbst für den Gedanken. Der arme Marten. Er tat und machte und hatte nicht den blassesten Schimmer davon, wie unzufrieden ich eigentlich war. Und das nur, weil nicht alles nach meiner Nase lief. Ich konnte mich selbst nicht verstehen und nur inständig hoffen, dass sich meine verirrte innere Einstellung bis zur Hochzeit noch ändern würde. Schließlich wollte ich die strahlende Braut sein, die glückliche Braut, die perfekte Braut. Und nicht die depressiv verstimmte, die mit allem unzufrieden war und miese Laune verbreitete.

Ich legte den Kopf schief und musterte mich im Spiegel. Die Diät, die Denise mir auferlegt hatte, hatte bereits angeschlagen. Mein Gesicht wirkte etwas schmaler, meine Wangen ein wenig hohl. Selbst das Kleid schien nicht mehr so eng anzuliegen wie normalerweise. Obwohl ich anfangs skeptisch gewesen war, wusste ich nun mit Gewissheit, dass mir das Brautkleid in Größe 34 passen würde. Der Appetit war mir sowieso schon vor einer Weile abhandengekommen, sodass es kein Problem darstellte, weniger zu essen.

Ich betrachtete meine blauen Augen, deren Wimpern ich viel auffälliger mit schwarzer Mascara getuscht hatte als normalerweise, und meine braunen Locken, die ich offen trug, obwohl Denise nie einen Hehl daraus gemacht hatte, wie schrecklich sie sie fand. Weshalb ich sie zur Trauung glätten lassen sollte. Mein Blick glitt weiter über meine glänzenden, mit Lipgloss benetzten Lippen und das Rouge auf meinen Wangen. Und das Kleid. Dieses Kleid! Urplötzlich versank ich in einer Erinnerung, in der ich es getragen hatte.

Es war der Abend, an dem Marten und ich unsere Verlobung bekanntgemacht hatten. Vor seinen Eltern, meiner Mutter und einem Haufen Freunde und Bekannter, die für mich damals wichtig gewesen waren, nun jedoch keine Rolle mehr in meinem Leben spielten. Es war ein kühler Abend gewesen, und grauer Nebelschleier hatte in der Luft gehangen, während dezente klassische Musik erklungen war. Wir hatten mit Champagner angestoßen – für mich nur ein Glas, da am Folgetag ein kleiner Modeljob anstand. Es ging zwar um Sonnenbrillen, aber mit glasigen, verkatert dreinblickenden Augen hatte ich am Set dennoch nicht auftauchen wollen.

Elinor, nachdem sie uns zurückhaltend gratuliert hatte, hatte mich später am Abend unter dem Vorwand beiseitegenommen, sich die Wohnung zeigen zu lassen, in der wir damals gewohnt hatten, und die sie zum ersten Mal gesehen hatte.

„Und das ist das Gäste-WC", hatte ich gesagt, obwohl ich gespürt hatte, dass sie die Wohnung nicht tatsächlich interessierte und dass sie aller Wahrscheinlichkeit nach auch kein zweites Mal herkommen würde.

„Jo", hatte sie gesagt, und auch jetzt noch konnte ich mich an ihren Blick erinnern, als wäre es gestern gewesen, „Jo, versau das nicht. So einen Mann wie den findest du nicht noch mal."

„Ich weiß“, hatte ich geantwortet, „Marten ist großartig. Und er liebt mich.“

Und sie hatte zustimmend genickt, obwohl wir beide gewusst hatten, dass dies nicht das war, was sie gemeint hatte. *Marten hat Geld*, war das, was sie eigentlich hatte sagen wollen, *Marten kann dir dein Leben finanzieren. Mach das bloß nicht kaputt, so wie du schon deine Tanzkarriere kaputtgemacht hast.*

Ich zuckte zusammen, als Marten ohne anzuklopfen die Badezimmertür öffnete und eintrat. Bewundernd ließ er seinen Blick über mich gleiten.

„Wow, Jo“, er nickte anerkennend, „du siehst toll aus an deinem letzten Abend in Freiheit.“

Er hatte es scherzhaft gesagt, aber irgendwie hatte es einen üblen Beigeschmack. Mit zwei großen Schritten trat er hinter mich, zog etwas golden Glänzendes aus seiner Hosentasche und ließ es nahe vor meinen Augen hin und her baumeln. Es dauerte einen Moment, bis ich erkannte, dass es eine Kette war. Eine besonders filigrane goldene Kette mit einem hübschen kleinen Anhänger in Form eines doppelten Herzens.

„Oh Marten, die ist wunderschön“, sagte ich wahrheitsgemäß.

„Dann passt sie zu dir.“ Gekonnt legte er sie mir um und verschloss sie in meinem Nacken. Angenehm kühl lag sie auf meiner Haut. Ich betastete den zarten Anhänger und trat näher an den Spiegel heran, um ihn betrachten zu können.

„Einfach so?“, fragte ich.

Marten erwiderte meinen Blick über meine Schulter hinweg im Spiegel. Er schob sich die Brille hoch auf den Nasenrücken.

„Einfach so. Ich bin froh, dass wir unsere Differenzen hinter uns lassen konnten.“

Differenzen? Aus seinem Mund klang es, als wären wir beide daran schuld gewesen. Und als hätten wir ein paar kleine Meinungsverschiedenheiten gehabt. Dabei hatte er mich zuerst betrogen und dann verlassen, damit seine Neue meinen Platz an seiner Seite und in unserem Haus hatte einnehmen können. Das war mehr als eine Differenz. Wesentlich mehr. Und plötzlich keimte ein Gefühl von Wut in mir auf. Mit scharfen Klauen und spitzen Zähnen. So wütend hatte ich mich ewig nicht gefühlt. Ich war selbst überrascht davon.

Obwohl ich bereits fertig geschminkt war, griff ich nach meinem Puderpinsel und fuhr mir damit einige Male über das Gesicht, nur um mir die Wut nicht anmerken zu lassen. Marten schien nichts davon zu bemerken.

„Also gefällt sie dir?“, fragte er.

„Hmm?“ Nur kurz ertrug ich es, ihm im Spiegel in die Augen zu sehen.

„Die Kette, Jo. Die Kette.“

„Oh ...“ Ich nickte.

Jo, versau das nicht. So einen Mann wie den findest du nicht noch mal.

Die Wut in mir zog ihre Klauen und Zähne wieder ein und rollte sich zusammen, und ich drehte mich zu Marten um und umarmte ihn.

„Ich liebe sie. Danke, Marten.“

Um Punkt 20 Uhr rollte eine ellenlange lilafarbene Limousine in Schrittgeschwindigkeit an den vielen gepflegten Vorgärten vorbei und kam vor unserem Haus zum Stehen. Ich sah sie durch das Küchenfenster, und obwohl ich gewusst hatte, wie sie aussehen würde, war der direkte Anblick doch weitaus überwältigender als ich erwartet hatte.

„Bis nachher, Marten", sagte ich und drückte ihm einen kurzen Kuss auf den Mund, bevor ich mir meine Jacke von der Garderobe nahm und meine Handtasche griff.

„Viel Spaß, Jo. Amüsier dich gut!"

An der Haustür warf ich einen Blick zurück zu ihm, wie er so dastand, die Hände in den Taschen seiner schwarzen Stoffhose und mit seinen tiefblauen Augen. Ich eilte noch einmal zurück, um ihn erneut zu küssen.

„Danke, Marten!", flüsterte ich, dann lief ich hinaus und schloss lautlos die Haustür hinter mir, um Elliot nicht aufzuwecken.

Denise sorgte bereits für ausgelassene Stimmung. Im Inneren der Limousine lief ohrenbetäubend laute Musik. Sie stieß die Tür auf, griff nach meinem Arm und zog mich mit einem unerwarteten Ruck hinein, sodass ich mit einem Stolpern auf der Sitzbank landete. Peinlich berührt lächelte ich in die Runde, etwas unsicher, wie ich sie alle begrüßen sollte, wo ich drei von ihnen seit Ewigkeiten nicht gesehen hatte und die anderen beiden nicht besonders gut leiden konnte.

„Los, los!", brüllte Denise und klopfte auf ihre großen Oberschenkel. „Die Braut ist an Bord!"

Ich hatte noch nie in einer Limousine gesessen, doch der Innenraum sah genauso aus, wie ich es von Filmen her kannte. In einem irgendwie spacigen, lila Neonlicht erstreckte sich eine lange, wellenförmige Sitzbank aus glattem, weißem Stoff gegenüber von einer verschließbaren Minibar. Am hinteren Ende des Wagens gab es eine weitere kleinere Sitzbank, auf der Liv und Chloe Platz genommen hatten. Offenbar ebenso schüchtern und unsicher angesichts unserer langen Trennung winkten sie mir zu. Sie waren beide in schlichte Cocktailkleider gehüllt und hielten bereits ein Glas Sekt in der Hand.

Neben mir saß Denise, daneben Tess die einen schrecklichen und unvorteilhaften Jumpsuit aus Jeans trug, und neben ihr Samantha, die sich in ein Minikleid geworfen hatte, das aussah wie eine Discokugel. Sie wirkte wie ein Star.

„Oh mon dieu, unsere süße Jo", trällerte Denise mir ins Ohr und legte einen ihrer langen Arme um meine Schulter, um mich im Takt der Musik hin und her zu schaukeln. „Der letzte Tag in Freiheit!"

Wieso sagte das ständig jeder? Ich rang mir ein Lächeln ab. Und wieso war ich so steif? Befangen versuchte ich, meine Arme und Beine etwas zu lockern. Ich lächelte den anderen unbeholfen zu, unterließ es jedoch, ein Gespräch anzufangen. Für Smalltalk war die Musik hier einfach viel zu laut.

„Das ist Henry!", brüllte Denise mir ins Ohr und wies mit ausgestrecktem Zeigefinger auf den Fahrer, der sie wundersamerweise über den Krach der Musik hinweg verstanden haben musste, denn er tippte sich an seinen Hut.

„Hallo", sagte ich mit dem dumpfen Gefühl, dass mein Gruß von der Musik verschluckt wurde.

Ich fühlte mich fehl am Platz. Dazu gezwungen, fröhlich zu sein und überheblich zu feiern, obwohl ich lieber im Bett liegen und schlafen würde. Ich fühlte mich unwohl und bildete mir auch ein, ab und zu eine leichte Übelkeit zu verspüren, aber der Schwangerschaftstest, den ich vor meinem Aufbruch noch gemacht hatte, war schließlich negativ gewesen. Schade eigentlich, denn das wäre ein toller Grund gewesen, um das Ganze vorzeitig abzubrechen.

Innerlich war ich wütend auf mich selbst. Warum war ich so furchtbar pessimistisch? Warum genoss ich all das nicht einfach – diesen Abend, diese Vorfreude, diesen Luxus?

Denise sorgte für so viel Stimmung, dass es niemandem auffiel, wie still ich war. Immerhin einmal hatte diese Frau etwas Gutes an sich. Wenn auch unabsichtlich.

Als die Limousine zum Stehen kam, um uns an unserem ersten Ziel, wie Denise verkündete (es gab mehrere davon?!) abzusetzen, straffte ich die Schultern und zwang mich zu einem strahlenden Lächeln.

Der Junggesellinnenabschied begann im *Club Diamonds* und endete, um genau zu sein, auch dort. Denise hatte sich recht schnell schmollend an die Theke verzogen, nachdem ich mir etwas Mut angetrunken und ihr gesagt hatte, dass ich weder Lust auf all die witzigen kleinen Aktionen hatte, die sie sich für mich überlegt hatte, noch den albernen Hut tragen würde, den sie eigens dafür mitgebracht hatte. Daraufhin hatte sich das Ganze irgendwie zerstreut. Chloe und Samantha waren auf der Tanzfläche zugange, Tess hatte irgendwo etwas Essbares entdeckt und sich verdünnisiert, und Liv und ich standen am Rande derselben, hielten je ein Getränk in der Hand und taten, als amüsierten wir uns prächtig. Dabei sah sie aus, als wäre sie am liebsten auch irgendwo anders. Obwohl wir uns früher so viel zu erzählen hatten, herrschte nun ein unangenehmes Schweigen. Schließlich gab ich mir einen Ruck, um wenigstens ein wenig Smalltalk zu führen. Und da mir kein anderes Thema einfiel, berichtete ich ihr von Elliot. Und dann von seiner Charakterwandlung. Und schließlich von Maddie und sogar von Leonard. Der Alkohol schien meine Zunge zu lösen.

„Also, wenn ich an deiner Stelle wäre", sagte Liv schließlich, nachdem sie mit zwei Flaschen Mixery in der Hand von der Bar zurückkam, „würde ich Marten in den Wind schießen und diesen Leonard klarmachen. Du musst ihn ja nicht heiraten oder so. Nur ... du weißt schon ..." Sie zwinkerte vielsagend.

„Das würde ich niemals tun", stellte ich sofort klar. „Ich bin durch und durch organisiert und diszipliniert. Wie Marten. Und Leonard ist ... er ist ...", ich rang nach Worten, „... er ist chaotisch. Er ist unpünktlich. Er ist egoistisch. Ich würde immer wieder Marten wählen." Entschlossen reckte ich mein Kinn vor.

„Die Vernunft in dir würde immer wieder Marten wählen", korrigierte Liv, und mir fiel auf, dass ihre Stimme nunmehr leicht angesäuselt klang. „Aber wer ist stärker, Jo? Dein Herz oder deine Vernunft?"

„Liv, ich *bestehe* doch aus Vernunft", kicherte ich.

Liv kicherte mit, und wir verfielen in einen heftigen Lachflash.

„So tiefsinnig haben wir uns damals nie unterhalten“, stellte sie begeistert fest, als wir endlich mit dem Lachen aufgehört hatten und uns die Lachtränen aus den Augenwinkeln rieben.

„Du hast recht“, stimmte ich ihr erstaunt zu, und plötzlich war der Abend gar nicht mehr so übel wie gedacht.

Es war 2 Uhr nachts, als wir mehr oder weniger einstimmig beschlossen, nach Hause zu fahren. Die Limousine hatte die ganze Zeit über auf dem Parkplatz vor der Tür des Clubs gestanden, und instinktiv fragte ich mich, wie teuer es wohl gewesen war, sie zu mieten. Denise war sturzbetrunken. Ihr französischer Akzent klang nun noch gestelzter als sonst, und hin und wieder vergaß sie ihn ganz. Chloe, nur dezent nüchterner als Denise, hing in Samanthas Armen und heulte ihr vor, wie sehr sie sie für ihre Modelkarriere beneidete und wie anstrengend es doch war, Mutter zu sein. Tess machte einen recht stabilen Eindruck, hätte am liebsten noch einen Zwischenstopp bei einer Pizzeria gemacht und sank zufrieden lächelnd in die glatte Sitzbank der Limousine.

Nach und nach fuhr Henry zu den Adressen, an denen er sie abgeholt hatte – zuerst zu Denise, da er wohl befürchtete, dass sie ihm sonst die Limousine vollkotzen würde.

Es folgten Tess' Wohnung, Samanthas Hotel und schließlich das Haus der Bekannten von Chloe, in dem sie untergekommen war, um vom Junggesellinnenabschied ausnüchtern zu können. Zuletzt waren Liv und ich übrig. Die ganze Angespanntheit, die auf der

Hinfahrt noch in der Luft gelegen hatte, war verpufft, und wir bewegten uns ausgelassen im Takt der nun leiseren Musik, die aus den Boxen der Limousine klang.

Als sie an dem Motel, in dem sie übernachtete, bevor sie am nächsten Tag wieder heimfliegen würde, ausstieg, umarmten wir uns lachend und versprachen uns, zukünftig in Kontakt zu bleiben.

„Ich freue mich schon auf die Hochzeit", sagte sie gut gelaunt.

Die Hochzeit. Die hatte ich in den letzten Stunden beinahe vergessen. Ich winkte ihr zu und sank in die Sitzbank zurück.

„Henry?", fragte ich, sobald er wieder losfuhr. „Können wir noch einen kleinen Abstecher machen, bevor Sie mich nach Hause bringen?"

„Natürlich, Miss Carter."

Erleichtert sank ich zurück in die glatte Sitzbank. Ich war eindeutig angetrunken, aber eigentlich nicht betrunken genug, um das rechtfertigen zu können, was ich nun tun würde.

Als die Limousine in die Straße einbog, in der Elliot und ich vor wenigen Monaten gewohnt hatten, zog sich mein Magen ruckartig zusammen. In der Dunkelheit, die sich über die vielen Mehrfamilienhäuser gelegt hatte, sah alles ganz anders aus. Henry bremste langsam ab und ließ die Limousine vor dem Haus zum Stehen kommen, in dem ich so viel geweint und so viel gelacht hatte wie wohl nie zuvor in meinem Leben.

„Danke, Henry." Etwas schwindlig war mir nun doch, als ich mich von der Sitzbank aufrappelte und die Tür öffnete. „Geben Sie mir ein paar Minuten."

Eiskalte Nachtluft empfing mich, als ich aus der sicheren Wärme der Limousine schlüpfte. Mit angehaltenem Atem und unsicheren Schritten stakste ich auf das Haus zu. Kurz schloss ich hoffnungsvoll die Augen, dann bemerkte ich erleichtert, dass die untere Haustür zu meinem Glück nur angelehnt war. Schicksal oder Zufall? Angetrunken und euphorisch wie ich war, redete ich mir selbst Ersteres ein.

Ich schlich die vielen Stufen im Treppenhaus hoch, bemüht, nicht allzu laut zu atmen. Irgendwie war ich außer Puste. Mein Kopf fühlte sich seltsam leicht an, und irgendetwas gab mir das Gefühl, plötzlich einen inneren Antrieb zu besitzen. Als würde mich eine Art Magnet anziehen.

Ich kam vor Leonards und Maddies Tür zum Stehen, außer Atem und mit noch zittrigeren Beinen als zuvor. Eine Welle des Zweifels bahnte sich an, doch bevor sie ganz über mich hereinbrechen konnte, hob ich die Hand, schloss sie zur Faust und klopfte an.

Während ich wartete, schlug mir das Herz bis zum Hals. Es dauerte eine ganze Weile, bis sich in der Wohnung etwas regte. Plötzlich stieg Angst in mir hoch. Angst vor seiner Reaktion. Doch es war zu spät.

Als ein verschlafen aussehender Leonard McEvans die Tür öffnete, verschluckte ich mich vor Schreck an meiner eigenen Spucke und geriet so sehr ins Husten, dass ich knallrot anlief und Leonard mir auf den Rücken klopfen musste. Tränen rannen mir über das Gesicht.

Nachdem der letzte Hustenanfall mich geschüttelt hatte, wich Leonard wieder zurück, lehnte sich lässig an den Türrahmen und verschränkte die Arme vor der

Brust. Die Müdigkeit war aus seinem Gesicht gewichen. Abwartend musterte er mich.

„Du trägst das Kleid", merkte er mit rauer Stimme an.

„Ja ..." Ich blickte an mir herab, als ob ich sichergehen wollte, dass ich es wirklich trug und bewegte mich ein wenig hin und her, damit es um meine Beine herumschwang.

„Du bekommst es nicht selber auf." Leonard schluckte deutlich sichtbar.

„Ich weiß", flüsterte ich.

Wir starrten einander an. In seinen grau-grünen Augen blitzte etwas auf, bevor er den Blick abwandte und auf seine eigenen nackten Füße blickte. „Was machst du hier, Josephin?" Der raue Unterton war aus seiner Stimme gewichen. Er klang nüchtern, beinahe distanziert.

„Ich ... ich war auf einem Junggesellinnenabschied. Auf meinem", setzte ich unnötigerweise hinzu.

Leonard seufzte leise. „Josephin, du bist betrunken. Carlie und Maddie schlafen und ..."

„Leonard", ich senkte meine Stimme zu einem beschwörenden Flüstern, „ich bin nur hier, um dir etwas zu geben."

„Und was?" Sein Blick fiel automatisch auf meine leeren Hände.

„Das hier." Ich atmete noch einmal tief ein und wieder aus, dann trat ich einen Schritt auf ihn zu. Nah, ganz nah. Ich umfasste sein Shirt oben am Brustansatz, zog ihn an mich heran und presste meine Lippen auf seine.

Leonard McEvans küsste viel sanfter als erwartet und ganz anders als in dem Traum, den ich einst in der WG gehabt hatte. Der Kuss war leise, war zärtlich, war kurz.

Viel zu kurz. Als ich meine Lippen von seinen löste, öffnete er nur ganz langsam die Augen. Ich ließ meine Finger von seinem Shirt gleiten.

„Was war das?", wisperte er atemlos.

„Das war ein Abschied", wiederholte ich seine eigenen Worte vom Juni. „Mach's gut, Leonard McEvans."

Leonard blickte mir ein letztes Mal direkt in die Augen.

„Mach's besser, Josephin Carter."

Kapitel 17

Abschied um Abschied

Am darauffolgenden Morgen betrachtete ich mit geröteten Augen und fiebrig glänzenden Wangen mein ansonsten sehr bleiches Spiegelbild. Unverwandt linste es zu mir herüber, die Augen zu schmalen Schlitzen verengt.

Ich putzte mir zum bereits zweiten Mal an diesem Morgen die Zähne, um den widerlichen Geschmack von Erbrochenem loszuwerden. Auch die pochenden Kopfschmerzen, die ich seit dem Aufwachen verspürte, waren nicht von schlechten Eltern. Ich fühlte mich hundeelend.

Marten, der sich bereits für das Meeting, das an diesem Samstag stattfinden sollte, in Schale geworfen hatte, betrat gutgelaunt das Badezimmer, dessen Tür ich – in Ermangelung von Zeit, da mein Magen rebelliert hatte – nur angelehnt hatte.

„Na, verkatert?", fragte er fröhlich, drückte mir einen Kuss auf die Wange und musterte amüsiert mein bleiches Spiegelbild.

Ich beugte mich über das Waschbecken und spuckte den Zahnpastaschaum aus. Endlich hatte der intensive Pfefferminzgeschmack den des Erbrochenen überdeckt. Unnötig lange spülte ich mir mit Wasser den Mund aus.

So dankbar ich darüber gewesen war, dass Marten bereits tief und fest geschlafen hatte, als ich in der Nacht nach Hause gekommen war, so sehr traf es mich nun, ihm unter die Augen treten zu müssen. Beschämt mied ich seinen Blick.

Ich hatte Leonard geküsst. Bewusst und leidenschaftlich und nicht annähernd betrunken genug, um es darauf schieben zu können. Ich hatte Leonard geküsst. Und es hatte sich so gut angefühlt. So intensiv. So richtig. Wie konnte sich etwas, das so falsch war, so richtig anfühlen? Ich hatte Leonard geküsst – und ich hatte Marten betrogen. Und das, obwohl wir im Folgemonat heiraten würden. Und obwohl ...

Ich kniff die Augen zusammen, als ein erneuter Brechreiz in mir emporstieg. Es fühlte sich an, als würde in meinem Magen ein kleines Feuer ausbrechen, das in rasanter Geschwindigkeit durch meine Speiseröhre flammte. Als mir jäh klar wurde, dass ich es nicht unterdrücken konnte, war es schon fast zu spät. Die Zahnbürste glitt mir aus der Hand und fiel mit einem dumpfen *Klonk* ins Waschbecken.

Ich schlug mir die Hand auf den Mund, gestikulierte wild, um Marten zu bedeuten, dass er beiseitegehen solle, und fiel vor der Toilette auf die Knie. Im allerletzten Moment riss ich den Deckel hoch, als die Magensäure bereits mit einem widerlichen Geräusch ins Toilettenwasser spritzte. Begleitet von einem stechenden Schmerz in der Magengrube, der mir alle Luft zum Atmen nahm, krampfte sich mein Körper noch zweimal, dreimal, viermal würgend zusammen, bevor es ebenso plötzlich endete, wie es begonnen hatte.

Marten hatte mit einem dezent angewiderten Gesichtsausdruck Abstand vom Ort des Geschehens genommen und musterte mich nun, offenbar hin- und hergerissen zwischen dem Drang, fortzulaufen und der Verpflichtung, mir zu helfen.

„Das ist echt das beschissenste Timing, das es je gab", würgte ich gequält hervor.

„Für einen Kater?" Marten schnalzte mit der Zunge. „Du hättest nun wirklich nicht derart übertreiben müssen. Dann würdest du dich jetzt nicht so schlecht fühlen."

„Davon spreche ich doch gar nicht. Ich habe keinen Kater, Marten!"

Marten, dem immer noch der Ekel ins Gesicht geschrieben stand, schielte kurz nervös Richtung Tür. Stöhnend richtete ich mich auf, betätigte die Toilettenspülung und angelte den kleinen länglichen Plastikstreifen von der Fensterbank, den ich zum Trocknen dort hingelegt hatte. Marten nahm ihn mit spitzen Fingern an.

„Du bist ... schwanger?"

Ich nickte kraftlos. Schweigend betrachteten wir die beiden rosafarbenen Striche, die sich auf dem Kontrollfeld gebildet hatten. Mieses Timing, kleines Baby. Ganz mieses Timing.

Liebevoll legte ich die Hände auf meinen Bauch, der noch ganz flach war, aber sich bald schon wölben würde. Wachsen würde. Und trotz des miesen Timings würde ich dieses Baby über alles lieben. Schließlich tat ich es bereits jetzt.

Die Übelkeit zog sich wie ein roter Faden durch das Wochenende. Ich hatte Hunger, aber keinen Appetit, und zudem war ich furchtbar müde. So müde, dass es mir schwerfiel, die Augen offen zu halten.

Marten war geschäftlich unterwegs, und Elliot war anstrengender denn je, was sich mit meiner zunehmenden Schwäche und Gereiztheit wenig gut vertrug. Ich schleppte mich mit ihm zum Spielplatz, doch als ein Regenschauer über uns hereinbrach, sank sowohl Elliots als auch meine Laune rapide.

Am Samstagabend kamen leichte, krampfartige Schmerzen hinzu, nicht so stark, dass ich mich gesorgt hätte, aber dennoch ziemlich unangenehm. Meine Bauchdecke war berührungsempfindlich und fühlte sich irgendwie gespannt an, wie bei einem Muskelkater nach einem ausgedehnten Sporttraining. Bei Elliot hatte ich mich anders gefühlt damals, das wusste ich noch ganz genau. Ob das dafür sprach, dass es ein Mädchen werden würde?

Ich war heilfroh, als er Sonntagabend im Bett lag und ich auf der Couch die Beine ausstrecken und die Augen schließen konnte. Gedanklich wünschte ich mich bereits in die Zukunft, in der die Schwangerschaft fortgeschrittener und die Übelkeit und das allgemeine Unwohlsein weniger wären. Ich speicherte mir gerade eine Erinnerung im Handy ein, um am nächsten Morgen frühzeitig bei meiner Frauenärztin anzurufen und einen Termin zu vereinbaren, als es an der Tür klopfte. So leise und zaghaft, dass ich es im ersten Moment als Hirngespinst abtat und erst beim dritten oder vierten Mal richtig wahrnahm.

Überrascht erhob ich mich und eilte zur Tür. Es würde wohl Marten sein. Merkwürdig. Ob er seinen Schlüssel vergessen hatte?

Herbstluft wehte mir entgegen, als ich die Tür öffnete. Und obwohl sie so kalt war, wurde mir mit einem Mal ganz heiß. Und dann wieder kalt. Und schließlich wieder heiß.

Vor der Tür stand kein Geringerer als Leonard. Er atmete schwer, als wäre er zu Fuß hierhergelaufen, und in seinen grau-grünen Augen blitzte ein Funke von Wahnsinn auf. Sekundenlang starrten wir einander an, während ich mein Gehirn auf der Suche nach irgendetwas durchwühlte, was ich hätte sagen können. Bei unserer letzten Begegnung hatte ich ihn geküsst, und weder die einstige Vertrautheit noch die kurzzeitige Distanziertheit lagen zwischen uns. Stattdessen schien etwas völlig anderes in der Luft zu schweben: etwas, das ich nicht in Worte fassen konnte, selbst wenn ich es gewollt hätte.

„Willst du reinkommen?", fragte ich nach einer gefühlten Ewigkeit unsicher.

Doch Leonard schüttelte bloß den Kopf. Unerwartet heftig zog er mich an sich, verschränkte seine Arme auf meinem Rücken und legte sein Kinn auf meinen Kopf. Er war trotz dieser unangenehmen Kälte warm und roch gut.

„Ist dir je aufgefallen, wie perfekt du in meinen Arm passt?", murmelte er erstaunt.

Ich brachte kein Wort hervor. Es fühlte sich so richtig an. Und so falsch zugleich. Es war vollkommen paradox. Es *war* mir aufgefallen. Jetzt gerade, in diesem Augenblick.

Leonard ließ die Hände von meinem Rücken sinken, legte sie auf meine Schultern und hielt mich ein Stück weit von sich weg. Dann sah er mich an, als würde er mich zum ersten Mal sehen.

„Ich liebe dich, Josephin Carter."

Mir stockte der Atem. Hatte er das gerade tatsächlich gesagt? Jetzt? *Jetzt*?!

Im Augenwinkel sah ich Martens Auto auf die Garageneinfahrt rollen. Im Licht der Straßenlaternen glänzte es unnatürlich weiß. Leonard schien es entweder gar nicht zu bemerken oder aber es war ihm egal. Ich trat einen Schritt zurück, und seine Hände glitten von meinen Schultern und prallten kraftlos an seinen Körper, als wären jegliche Muskeln aus ihnen verschwunden.

Marten stieg aus dem Auto und schlug die Tür zu. Schemenhaft sah ich ihn auf uns zukommen. Oh Gott, geschah das hier gerade wirklich? Und wieso? Mein Körper fühlte sich wie betäubt an. Völlig unfähig, irgendetwas zu tun, blieb ich stehen und sah abwechselnd Leonard und Marten an, die beide ihren Blick nur auf mich gerichtet hielten. Was würde Leonard jetzt tun? Marten wieder schlagen? Oder umgekehrt? Würde hier überhaupt irgendwer irgendwen schlagen?

Marten kam neben uns zum Stehen, blickte mit ausdrucksloser Miene vom einen zum anderen und streckte Leonard dann zu meiner Überraschung die Hand entgegen.

„Guten Abend", sagte er unerwartet höflich, trat neben mich und legte mir einen Arm um die Schulter, „hat Jo Ihnen die erfreuliche Nachricht schon mitgeteilt?"

Leonard sah mir kurz in die Augen, dann schüttelte er den Kopf. „Nein ...", seine Stimme klang heiser, „... nein, noch nicht. Ich glaube, das wollte sie gerade tun."

Leonards und Martens Blicke brannten auf meinem Gesicht. Ich wusste nicht, ob ich lachen, weinen oder mich übergeben sollte.

„Wir ...“, setzte ich an, doch es fühlte sich an, als wäre meine Zunge plötzlich angeschwollen und bewegungsunfähig.

„Wir ...“ Ich blickte hilflos von Leonard zu Marten. Ich wollte das nicht sagen.

„Wir sind schwanger“, verkündete Marten an meiner Stelle und drückte mir einen feuchten Kuss auf den Mund, mit dem ich nicht gerechnet hatte.

„Oh ...“, Leonard schluckte deutlich sichtbar, „... wow. Herzlichen Glückwunsch.“ Er verzog seinen Mund zu einem Lächeln, das es nicht schaffte, seine Augen zu erreichen.

„Leonard ...“, begann ich schwach.

Er versenkte die Hände in den Taschen seiner zerschlissenen Jeans, während Martens Arm auf meinen Schultern sich unangenehm schwer anfühlte.

„Ich freue mich für euch, wirklich.“ Ohne mir noch einmal ins Gesicht zu blicken, wandte Leonard sich zum Gehen. „Wie gesagt – ich habe nicht viel Zeit. Muss jetzt auch los. Man sieht sich.“

„Einen schönen Abend noch“, rief Marten ihm ausgesprochen freundlich hinterher und zog mich ins Haus zurück.

Wie ferngesteuert ging ich zurück ins Wohnzimmer, steuerte auf das Sofa zu und nahm das Motorgeräusch von Leonards Auto wahr, das immer leiser wurde, bis es sich ganz aus meiner Hörweite entfernt hatte. Marten folgte mir und erzählte irgendetwas Belangloses von dem Meeting und dem Abendessen mit den anderen Juristen.

„... und dann sagte er, dass eine Frau die Stelle genauso gut besetzen könnte wie ein Mann ..."

Ich liebe dich, Josephin Carter.

„... die Muscheln, hervorragend. Die Sauce etwas fad, um ehrlich zu sein ..."

Ich liebe dich, Josephin Carter.

„... keine Tischmanieren, ernsthaft Jo, das kannst du dir nicht vorstellen ..."

Ich liebe dich, Josephin Carter.

„... und von einem Mann Mitte fünfzig erwartet man generell ..."

„Ich bin echt müde", fiel ich Marten ins Wort.

Leonards Gesichtsausdruck hatte sich in meinen Kopf eingebrannt. Mir tat alles weh. So oft hatten wir uns nun schon voneinander verabschiedet – war dieser Abschied jetzt endgültig? Zumindest fühlte es sich so an. Es tat weh, richtig weh, in jeder einzelnen Faser meines Körpers. Vor allem aber schmerzte mein Unterbauch zunehmend und wurde nun zusätzlich von einem unangenehmen einseitigen Ziehen in der Leistengegend begleitet. Es fühlte sich fast an wie ... wie Wehen. Plötzlich begann ich zu schwitzen. Mein gesamter Körper schien sich krampfartig zusammenzuziehen.

„Marten", ich rang nach Luft, „ruf einen Krankenwagen, ich ... irgendwas stimmt nicht."

Und dann wurde alles schwarz.

Ich wusste es schon, bevor ich die Augen aufschlug. Ich wusste es, ohne zu sehen, wo ich war und ohne mir erklären zu lassen, was geschehen war. Ich wusste es, weil ich mich leer fühlte. Und beraubt.

Das grelle Krankenhauslicht an der Decke des Raums blendete mich im ersten Moment, bis ich einige Male geblinzelt und festgestellt hatte, dass es tatsächlich gar nicht so grell war. Auf dem Nachttisch standen Blumen. Marten stand mit dem Rücken zu mir am Fenster, blickte hinaus und telefonierte leise. Benommen wie ich war, schnappte ich nur wenige unzusammenhängende Gesprächsfetzen auf. Diese jedoch genügten, um zu erfahren, dass es nicht um mich ging, sondern um Zahlen.

Ich räusperte mich vernehmlich und versuchte, mich in meinem Bett etwas aufzurichten. Ich fühlte mich etwas schwindlig, aber der Schmerz war fast weg. Er pulsierte nur noch ganz leicht und dumpf tief in mir drin, bereit dazu, ganz zu verschwinden.

Marten wandte sich zu mir um und legte sich kurz einen Finger auf die Lippen, um mir zu verstehen zu geben, dass ich noch einen Moment warten sollte. Als er das Gespräch mit einem alten Juristenwitz, den ich nie verstanden hatte, beendet hatte, veränderte sich der Ausdruck in seinem Gesicht von munter zu mitfühlend und dies so schnell, dass es fast wie Schauspielerei wirkte.

„Der Arzt kommt gleich", sagte er und warf nervös einen Blick zur Tür. „Er … ähm … wird dir alles erklären."

„Er muss mir nichts erklären." Ich strich die kratzige Bettdecke glatt, die auf meinen Beinen lag. Ich wusste es doch schon längst.

„Wo ist Elliot?", setzte ich hinzu.

„Rosita passt auf ihn auf."

„Rosita?!“

„Ich habe sonst niemanden erreicht, Jo.“ Eine Spur von Ungeduld lag in Martens Stimme.

„Okay“, ich strich mir mit beiden Händen über das Gesicht, als wollte ich einen Schatten fortwischen, der nicht verschwinden wollte, „wie lange muss ich hierbleiben?“

„Ähm ...“ Ein weiterer Blick in Richtung Tür. Marten versuchte so zu tun, als würde er das erneute Vibrieren seines Handys nicht hören. „Ich glaube, es fiel das Wort ambulant.“

Sichtbare Erleichterung legte sich in sein Gesicht, als es an der Tür klopfte und ein großgewachsener Arzt eintrat – ein Mittvierziger mit Halbglatze und Hornbrille. Marten nutzte die Gelegenheit, um sein Handy aus der Hosentasche zu ziehen, entschuldigend zu gestikulieren und aus dem Zimmer zu verschwinden. Der Arzt wirkte minder erstaunt.

„Soll ich warten, bis er wieder da ist?“, erkundigte er sich.

„Nicht nötig“, ich schob das Kinn vor, „sagen Sie es mir einfach.“

„Gut.“

Sobald er zu sprechen, sich vorzustellen, zu erzählen begann, was passiert war, da glitt ich fort aus diesem Raum. Nicht mein Körper – nein, der blieb und nickte sogar hin und wieder verständnisvoll. Aber meine Seele kapselte sich ab, während einzelne Worte und Sätze wie durch eine dichte Watteschicht zu mir durchdrangen.

„Eine Eileiterschwangerschaft ... gar nicht so ungewöhnlich ... Sie sind noch jung ... beim nächsten Mal ...

das Schwangerschaftsgewebe wurde operativ entfernt ... durch eine Eröffnung des Eileiters ... eine Not-OP war unumgänglich ... Sie dürfen gehen, wenn es Ihnen besser geht ... sicher schon heute Nachmittag ... der Rückgang des HCG-Wertes muss regelmäßig überprüft werden, bis er nicht mehr nachweisbar ist ... die Frucht wird vom Körper abgebaut ...“

Moment mal. Innerhalb weniger Sekunden waren meine Seele und mein Körper wieder vereint. Ich legte die Stirn in Falten.

„Die *Frucht*?“

„Der Embryo, der sich in Ihrem Eileiter eingenistet hat, Miss Carter.“

„Das Baby, meinen Sie. Ich ... ich habe am Freitag Alkohol getrunken. Ein wenig. Ich hatte vorher einen Test gemacht, aber der war negativ und ...“ Meine Stimme brach.

Ich hatte das Gefühl, weinen zu müssen, aber keine einzige Träne kam.

„Sie trifft keine Schuld“, erklärte der Arzt ruhig. „Eine Eileiterschwangerschaft kann jede Frau treffen. Das hätten Sie nicht verhindern können.“

„Meine Periode kam unregelmäßig“, ich schüttelte den Kopf, „deshalb war ich nicht darauf vorbereitet. Sonst hätte ich es vielleicht früher bemerkt.“

„Sie trifft keine Schuld“, wiederholte der Arzt lediglich. „Ihr Eisprung hat sich wahrscheinlich verschoben. Das kommt vor, Miss Carter.“

Mein Blick glitt aus dem Fenster. Es regnete schon wieder. Es regnete ständig in letzter Zeit. Ich vermisste den Sommer.

Der Arzt sprach weiter, doch ich hörte ihm nicht mehr zu. Irgendwann sank mein Kopf auf das Kissen, und ich schloss die Augen. Ich wollte nur schlafen. Einfach nur schlafen.

Marten war wieder da. Ich roch sein Aftershave, noch ehe ich die Augen geöffnet hatte. Als ich ihn ansah, beeilte er sich, sein Smartphone schnell in der Hosentasche verschwinden zu lassen. Ich tat, als hätte ich es nicht bemerkt.

„Der Arzt meinte, du solltest vielleicht zur Überwachung eine Nacht im Krankenhaus bleiben", sagte er nüchtern.

„Okay."

„Da war heute Morgen ein Brief für dich im Briefkasten. Keine Ahnung, vielleicht irgendwas für die Hochzeit." Marten legte einen kleinen weißen Briefumschlag auf den Nachttisch, auf dem nur mein Name, aber keine Adresse stand. Dann klopfte er auf den Nachttisch.

„Gut, dann ... fahre ich mal nach Hause und kümmere mich um Elliot." Er drückte mir kurz einen obligatorischen Kuss auf den Mund. „Mach dir keinen Kopf, Jo. Du trägst keine Schuld. Wir beide nicht. Es hat halt nicht geklappt. Beim nächsten Mal wird es funktionieren."

Ich nickte träge. Würde es ein nächstes Mal geben? Ich wollte kein nächstes Mal. Ich wollte ein dieses Mal. Und ich wollte auch nicht allein sein. Doch Marten war bereits durch die Tür verschwunden, ehe ich mich dazu durchgerungen hatte, ihn zu bitten, bei mir zu bleiben.

Ohne jegliches Zeitgefühl wälzte ich mich halb wach, halb dösend von einer Seite auf die andere. Und jedes Mal, wenn die Tür aufging, zog sich kurz alles in mir zusammen. Erwartete ich wirklich, dass Leonard mich besuchte? Nach allem, was passiert war? Erwartete ich, dass er wiedergutmachen würde, was mir geschehen war? Das konnte er nicht. Das konnte niemand.

Ohne ernsthaftes Interesse, sondern nur um mich abzulenken, griff ich nach dem Briefumschlag, den Marten auf dem Nachttisch hinterlassen hatte. Es war tatsächlich nichts außer meinem Namen darauf – keine Adresse, kein Absender, keine Briefmarke und kein Poststempel. Merkwürdig. Wer auch immer ihn geschrieben hatte, musste ihn persönlich bei uns eingeworfen haben.

Vorsichtig öffnete ich ihn und zog einen linierten Zettel heraus, der nur halbseitig mit eng aneinandergedrängten Buchstaben beschrieben worden war.

Josephin,
vielleicht will man manchmal genau das, was man nicht haben kann. Und vielleicht ist manchmal genau das, was man eigentlich nicht will, das Richtige. Weil es vernünftiger ist.
Maddie und ich werden aus dieser Wohnung ausziehen. Ich denke schon länger darüber nach, aber fest steht dieser Entschluss erst seit wenigen Minuten. Ich kann es mir nicht mehr länger leisten, die Miete alleine zu tragen. Und obwohl ich bleiben wollte – um Maddies Willen, wegen der Erinnerung an Cassidy – bin ich mir nun ehrlich gesagt nicht mehr sicher, ob schmerzhafte Erinnerungen das sind,

was wir brauchen. Vielleicht wäre ein neuer Ort besser. Frisch und frei von alten Lasten.

Tu mir einen letzten Gefallen, Josephin. Du hattest ein Leuchten in den Augen, als wir in der WG gelebt haben – einen Funken – aber er ist erloschen. Ich würde dich am liebsten schütteln, um zu sehen, ob die Josephin, die ich kenne, da irgendwo noch drinsteckt, in dieser starren, oberflächlichen Hülle. Hol dieses Leuchten zurück, wo auch immer du es verloren hast. Hol es dir zurück.

Ich denke nicht, dass wir uns wiedersehen werden, Josephin. Ich will nicht Abschied um Abschied um Abschied erleben.

Und bitte – verbrenne diesen Brief. Du weißt, er könnte meinem Ruf als egoistischer Frauenheld schaden.

Leonard

Ich las den Brief wieder und wieder, und ganz leise begannen Tränen auf das Papier zu tropfen. Sie verwischten die Tinte, bis all die Schrift verschmiert und all die Worte unlesbar waren.

Kapitel 18

Der Ruf des Herzens

„Willst du, Josephin Carter, den hier anwesenden Marten Mitchell zu deinem dir rechtmäßig angetrauten Ehemann nehmen, ihn lieben und ehren, bis dass der Tod euch scheidet? Dann antworte jetzt mit ja, ich will."

„Ja, ich will."

„Und willst du, Marten Mitchell, die hier anwesende Josephin Carter zu deiner dir rechtmäßig angetrauten Ehefrau nehmen, sie lieben und ehren, bis dass der Tod euch scheidet? Dann antworte jetzt mit ja, ich will."

„Ja, ich will."

Denise klopfte übertrieben in ihre großen, langen Hände.

„Gut, gut, gut. Sehr gut", rief sie. „Also, *du* warst gut, Marten. *Du* hingegen, Jo, mon dieu, mon dieu ... ich glaube dir das *Ja, ich will* nicht. Ich *spüre* es nicht. Ich empfange gar keine Ja-Schwingungen."

„Gar keine?", fragte ich mit glühenden Wangen.

„Gar keine", Denise schüttelte betrübt den Kopf, „ich glaube, ich brauche frische Luft. Wir machen zehn Minuten Pause."

Und mit vielen weiteren mon dieus verließ sie den Saal.

Ich seufzte resigniert und beschloss, mir im Nebenraum etwas zu essen zu holen. Hatte ich es anfangs auch für übertrieben gehalten, einen Saal allein für die Generalprobe zu mieten und einen Caterer zu beauftragen, so sehr verstand ich es nun. Diese Generalprobe hatte um zehn Uhr am Morgen begonnen und nun war bereits die Sonne untergegangen. Elliot hatte bereits am Mittag das Handtuch geworfen und stattdessen mit Spielen begonnen, Chloe hatte inzwischen aus lauter Verzweiflung wieder angefangen zu rauchen, Liv gähnte nonstop und Jeff, Martens Trauzeuge, war sogar schon einmal eingenickt. Jedes einzelne Mal hatte Denise etwas an der Probetrauung auszusetzen – mal lief ich zu langsam, mal zu schnell, mal lächelte ich zu wenig, ein anderes Mal dann zu viel. Neun von zehn missglückten Versuchen gingen auf mein Konto. Zumindest laut Denise. Es war zum Verzweifeln.

Ich nahm mir im Nebenraum eine kleine Schüssel Obstsalat – langsam kehrte endlich der Appetit zurück – und setzte mich ans Fenster, um ihn zu essen, als Liv sich zu mir gesellte. Ich hatte nicht wirklich Lust auf Gesellschaft, wollte sie aber nicht vergraulen und nickte ihr einladend zu.

„Na du", sagte sie. „Ist der gut?"

Und ohne meine Antwort abzuwarten, nahm sie sich ebenfalls ein Schälchen Obstsalat und setzte sich damit auf die Fensterbank. Eine Weile lang aßen wir schweigend und beobachteten Denise, die – offenbar einem Nervenzusammenbruch nahe – im Regen meditierte.

„Er wird nicht kommen, Jo", sagte Liv plötzlich beinahe beiläufig in die Stille hinein, pickte eine Blaubeere aus ihrem Obstsalat und steckte sie sich in den Mund. „Nicht zur Generalprobe und auch nicht zur Hochzeit."

Die Erdbeere in meinem Mund, die gerade noch so süß geschmeckt hatte, kam mir auf einmal gallebitter vor.

„Ich weiß nicht, wovon du sprichst", behauptete ich matt.

„Du weißt genau, wovon ich spreche." Liv aß genüsslich weiter, bevor sie ihre Ansprache fortsetzte. „Was ich sagen will, Jo ... warte nicht darauf, dass er kommt und diese Hochzeit für dich verhindert. Das wird er nicht. Niemand wird das. Außer dir selbst."

Und damit stellte sie ihre leere Schale beiseite und verließ leichtfüßig den Raum. Ihre Worte wiederholten sich wie ein Mantra in meinem Kopf.

Warte nicht darauf, dass er kommt und diese Hochzeit für dich verhindert.

Tat ich das? Wartete ich darauf, dass Leonard mir diese Entscheidung abnahm, die ich selbst nicht zu treffen wagte? Aber ich wollte Marten doch heiraten ... oder? Es war immer das gewesen, was ich gewollt hatte. Doch warum war ich dann jetzt so angespannt? Warum empfand ich keine Vorfreude auf diesen Tag, von dem ich mein ganzes Leben lang geträumt hatte? Lag es wirklich nur an Denise und ihrer bevormundenden Art, die Hochzeit zu planen? Tief im Inneren wusste ich, dass es nicht so war.

„Jo, kommst du?" Marten steckte seinen Kopf zur Tür herein und schob sich mit dem Zeigefinger die Brille hoch auf den Nasenrücken. Er sah genauso erschöpft aus, wie ich mich fühlte.

Einen Moment lang sahen wir einander in die Augen, dann brach es aus mir heraus.

„Marten, ich will dich nicht heiraten."

„Was?" Er lachte trocken auf, dann erkannte er die Ernsthaftigkeit in meinem Gesicht und schien aus allen Wolken zu fallen. „WAS?!"

„Ich will dich nicht heiraten“, wiederholte ich heiser. „Ist das ein Witz?“

„Kein Witz.“ Ich fühlte mich plötzlich seltsam sicher, fast ein wenig übermütig. Das Blut in meinen Ohren rauschte pulsierend.

Marten stieg nun eine leichte Röte ins Gesicht. Ob vor Zorn oder Überraschung konnte ich nicht sagen. Vielleicht war ihm auch einfach nur warm. Mit einem großen Schritt trat er in den Raum hinein, schloss lautlos die Tür hinter sich und sah mich an, als hätte ich endgültig meinen Verstand verloren.

„Du erwartest ernsthaft von mir, dass ich diese Hochzeit absage? So kurz vorher? Nach all dem Geld, das ich in die Vorbereitungen gesteckt habe?!“

Ich nickte entschlossen. Dieses Mal würde ich mir kein schlechtes Gewissen einreden lassen.

„Es tut mir leid, Marten, aber …“, setzte ich an.

Marten lachte unfroh. „Es tut dir *leid*?“ Schnaubend atmete er ein und wieder aus. „Komm schon, Jo. Du hast einen schlechten Tag. Lass uns das Ganze hier abbrechen und morgen noch mal …“

„Es gibt kein Morgen, Marten! Ich. Will. Dich. Nicht. Heiraten.“

Marten fuhr sich mit der flachen Hand über das Gesicht. Es schien, als würde er sich erst einmal sammeln müssen. Als er seine Sprache wiedergefunden hatte, klang er auffallend ruhig und beherrscht.

„Wir werden diese Hochzeit nicht absagen. Das ist hier kein Hollywoodfilm. Das ist das Leben, Jo. Also reiß dich, verdammt noch mal, zusammen und …“

„Du hast recht“, fiel ich ihm ins Wort. „Das ist das Leben. *Mein* Leben.“

Meine Hände hatten nie in meinem Leben so gezittert wie in diesem Augenblick. Was, wenn er schon aus der Wohnung ausgezogen war und ein Nachmieter mir die Tür öffnen würde? Wenn die Fahrt hierhin umsonst gewesen war und ich ihn nie wiedersehen würde? Okay, das war vielleicht etwas melodramatisch. Ich würde ihn trotzdem wiedersehen können. Irgendwie. Irgendwo. Aber ich wollte ihn jetzt sofort. Ich brauchte ihn jetzt sofort.

Ich warf einen letzten Blick in den Rückspiegel, um mir aufmunternd zuzunicken. Ich war nur dezent geschminkt, trug jedoch ein weißes Kleid, da Denise darauf bestanden hatte, um die Probe realistischer zu gestalten. Meine Locken hatte ich hochgesteckt und mit einem breiten weißen Haarband versehen. Ich sah wirklich aus wie eine Braut. Das verlieh dem Ganzen tatsächlich ein wenig Hollywoodflair. Marten hatte gar nicht so unrecht gehabt.

Ich huschte über die Straße. Das Adrenalin hatte mich aufgeputscht, aber warmhalten konnte es mich nicht. Ich fror schrecklich in meinem knielangen, schulterfreien Kleid, das meinem echten Brautkleid nachempfunden worden war. Es war ein Probekleid. Ich hatte bisher nicht einmal gewusst, dass es so etwas überhaupt gab.

Hoffnungsvoll legte ich meine Hände an den Griff der unteren Haustür. Doch dieses Mal hatte ich kein Glück. Sie war verschlossen. Mit klappernden Zähnen und schlotternden Knien drückte ich auf die oberste Klingel. *McEvans* stand auf dem Schild. Vor wenigen Monaten hatte dort noch *McEvans / Carter* gestanden.

Nichts geschah. Ich wartete und wollte gerade noch einmal klingeln, als die Haustür surrte. Leonard hatte sie aufgedrückt. Er war also da! Freudig erregt drückte ich die schwere Haustür auf und nahm immer zwei Stufen auf einmal. Wieder fühlte es sich an, als würde ein großer Magnet mich anziehen.

Ich kam vor Leonards Haustür zum Stehen, und als er sie öffnete, gab ich ihm keine Zeit, zu reagieren.

„Erinnerst du dich an den Brief, den du mir geschrieben hast?", brach es aus mir heraus. „Du hast geschrieben, mein Leuchten sei verschwunden, erinnerst du dich? DU bist mein Leuchten, Leonard McEvans!" Ich hatte alles herausgepresst, ohne zu atmen. Nun rang ich nach Luft.

Leonard sah mich einen Moment lang mit unergründlichem Blick an, dann krempelte er sich den linken Ärmel seines Langarmshirts hoch. Der rechte war bereits hochgekrempelt. Nun fiel mir auch auf, dass er aussah, als wäre er gerade auf dem Sprung. Er trug eine schicke schwarze Hose, ein dunkelrotes Langarmshirt und Sneaker. Seine Haare waren mit Gel zur Seite gekämmt, und er hatte sich rasiert.

„Klingt ja spannend", sagte er dann nur milde beeindruckt.

Ich spürte, wie etwas in mir zerbrach. Das hatte ich mir anders vorgestellt. Aber sowas von anders! Leonard ließ mich im schwach beleuchteten Flur stehen, verschwand in der Wohnung und kehrte mit einer schwarzen Lederjacke zurück, die er sich lässig über die Schulter legte. Ich erhaschte einen Blick ins Innere der Wohnung. Sie sah, bis auf einige große Umzugskartons, leer aus.

„Du hast ihn vor dem Altar stehenlassen?", fragte Leonard schier belustigt.

„Sozusagen." Ich blickte an mir herab und ersparte es mir, ihm zu erzählen, dass die Hochzeit erst am zehnten Oktober sein sollte und dies nur ein Probekleid war.

„Respekt", kommentierte Leonard nüchtern. „Also dann demnächst zweifach alleinerziehend, hm?"

Ich schluchzte unwillkürlich. „Es ... es war eine Eileiterschwangerschaft", würgte ich hervor.

Leonard schwieg.

„Oh. Das tut mir aufrichtig leid, Josephin", sagte er schließlich leise.

Ich rieb mir mit dem Handrücken über das tränennasse Gesicht und blickte ihm in die Augen. In diese funkelnden grau-grünen Augen.

Schnell senkte er den Blick. „Ist sonst noch irgendwas? Ich bin verabredet."

Mein Hals fühlte sich wie zugeschnürt an. „Leonard", setzte ich mit einem flehenden Unterton in der Stimme an. „Ich verstehe, dass du immer noch verletzt bist."

„Verletzt?", Leonard lachte. „Oh Josephin, es gehört einiges mehr dazu, einen McEvans zu verletzen. Überschätz dich mal nicht."

Er spielte den Unnahbaren. Aber ich würde mich nicht wegschubsen lassen. „Du hast diesen Brief geschrieben", fuhr ich mit Tränen in den Augen fort. „Und für dich war das ein Schlussstrich. Das verstehe ich, Leonard, wirklich, aber ..."

„Du *verstehst* das?! Dann verstehe *ich* nicht, wieso du hier bist", fiel Leonard mir kühl ins Wort.

Er wollte die Haustür hinter sich zuziehen, aber ich machte einen Schritt auf ihn zu.

„Ich habe Marten verlassen, Leonard. Ich ... ich habe lange gebraucht, um mich das zu trauen. Vielleicht zu lange. Und das tut mir leid und ... und ich erwarte nicht, dass du mich hier und jetzt wortlos und leidenschaftlich küsst und es ein Happy End gibt." Ehrlich gesagt hatte ich das schon erwartet, aber das behielt ich besser für mich.

Leonard sah mich an. Immer noch skeptisch und kühl, aber immerhin hatte er die Tür nicht ganz zugezogen und wartete.

„Ich habe Marten verlassen", wiederholte ich, als würde es irgendwie helfen, diese Tatsache ein zweites Mal durch den Raum schweben zu lassen. „Und ich habe Elliot bei ihm gelassen, weil ... weil er sein Vater ist und es okay ist und weil ich diesen Moment jetzt für mich brauche." Ich stemmte die Hände in die Hüften und sah ihn entschlossen an. So entschlossen, wie man eben sein kann, wenn man Rotz und Wasser heult und in einem Probe-Brautkleid in einem schlecht beleuchteten Flur steht. „Ich werde nicht gehen, Leonard McEvans."

„Gut." Leonard zuckte mit den Achseln und stieß die Tür ein Stück weit auf. „Dann bleib. Es ist fast nichts mehr hier, aber in deinem alten Zimmer habe ich für die letzten zwei Nächte eine Matratze liegen lassen. Von mir aus kannst du hier schlafen. Ich bin sowieso nicht hier."

Zaghaft betrat ich die Wohnung, während er im Flur stehen blieb und mich hineinließ, ohne mich richtig anzusehen.

„Und Maddie?", setzte ich alles in einen letzten verzweifelten Versuch, die Kälte in seinem Inneren zu brechen.

„Maddie ist nicht dein Problem", antwortete er abweisend.

„Oh, okay." Ich nickte betreten.

„Na dann …", sagte er, „ich muss los. Mein Date wartet. Mach die Haustür zu, wenn du gehst." Damit zog er die Tür hinter sich zu und ließ mich zurück.

Wie betäubt blieb ich stehen. Nein, so hatte ich mir das nicht vorgestellt. Ich starrte die Tür an, als würde er jeden Moment zurückkommen, doch das tat er nicht. Der dumpfe Schlag der unteren Eingangstür ging mir durch und durch.

War das alles? War das das Ende? Hatte ich Marten und Leonard an einem Tag verloren? Ziellos lief ich durch die Wohnung, die so leergeräumt viel größer wirkte als ich sie in Erinnerung hatte. An den Wänden hatten sich, dort, wo die Möbel gestanden hatten, dunkle Ränder abgezeichnet. Ein einsamer Besen stand in der Ecke, daneben ein Müllsack und ein noch nicht entfalteter Umzugskarton. Die Wohnung wirkte ausgestorben, fast schon unheimlich, und es war schwer vorstellbar, dass sie noch vor kurzem voller Leben gewesen war.

Ich raffte mich dazu auf, mir im Badezimmer mein verweintes Gesicht zu waschen und empfand Denise gegenüber einen Anflug von grimmiger Dankbarkeit – schließlich war die wasserfeste Schminke ihre Idee gewesen oder eher gesagt ihr Befehl. So kam es, dass ich nicht, wie erwartet, über und über mit Mascara beschmiert war und aussah wie ein trauriger Panda. Das dezente Make-up war noch an seinem Platz, nur meine nach unten gezogenen, immer noch zuckenden Mundwinkel und die geröteten Augen deuteten darauf hin, dass ich geweint hatte. Mit dem letzten kleinen Handtuch, das neben dem Waschbecken hing, trocknete ich mir das Gesicht ab. Sofort flossen neue Tränen, still und ohne mein Zutun.

Leonard hatte recht gehabt, als er von der Matratze in meinem ehemaligen Zimmer erzählt hatte. Dieser Raum war der, der noch am saubersten aussah. Ich erinnerte mich, dass er vor meinem Einzug frisch gestrichen worden war. Neben der einsam daliegenden Matratze gab es eine kleine Lampe am Boden und daneben lag – ich musste es hier vergessen haben – das Bild, das Maddie für Elliot im Kindergarten gezeichnet hatte, als er krank gewesen war. Eine vierköpfige Familie, bestehend aus Leonard, Elliot, Maddie und mir, umringt von lauter Herzen. Die Vorstellung, dass Leonard es sich neben seinen einsamen Schlafplatz gelegt und es angesehen hatte, war zugleich bedrückend und berührend. Also hatte er doch noch nicht damit abgeschlossen. Aber seine Abweisung vorhin war unmissverständlich gewesen, seine Kälte eindeutig.

Ich legte mich mit meinem Kleid und all der wasserfesten Schminke so bequem wie irgend möglich auf die Matratze, nahm die Zeichnung in die Hände und betrachtete sie im schwachen Licht der kleinen Lampe. Vorsichtig fuhr ich mit dem Finger die Umrisse der kleinen Gestalten nach. Leonard. Elliot. Maddie. Ich. Als ich von der perfekten Familie geträumt hatte, hatte sie immer aus Marten, Elliot, einem Baby und mir bestanden. Doch ob das nach außen hin Perfekte tatsächlich das war, was perfekt war? Perfekt für mich?

Natürlich konnte ich nicht schlafen. Ich hatte auch nichts anderes erwartet. Das Adrenalin, das mir den ganzen Abend wie ein Feuerwerk durch den Körper geschossen war, schien sich gar nicht abbauen zu wollen, sodass ich hellwach, mit geöffneten Augen auf der Matratze lag und abwechselnd an die Decke und auf Maddies Zeichnung schaute. Auch mein Handy nahm ich zur Hand, legte es jedoch wieder beiseite. Es gab niemanden, mit dem ich sprechen wollte.

Und während ich dalag, versuchte ich in meinem Kopf mein Leben zu ordnen, dessen perfekte Struktur zerfallen und das nun das reinste Chaos war – schon wieder! Ich würde neu planen, mir eine Wohnung nehmen und mit Marten klären müssen, welche Tage Elliot bei wem verbrachte.

Es war 1:15 Uhr – ich hatte gerade einen Blick auf das Handy geworfen – als ich Schritte im Hausflur hörte. Ich hielt den Atem an. Und dann, mit einem flauen Gefühl im Magen, erkannte ich das Geräusch eines Schlüssels, der sich im Schloss umdrehte. Wieder Schritte, dann fiel die Tür leise zu. Leonard war zurückgekommen. Ob er allein war?

Angestrengt versuchte ich, ruhig zu atmen, als ich seine Schritte näherkommen hörte. Ich wollte nicht, dass er wusste, dass ich noch wach war. Ich schloss die Augen, als er ins Zimmer trat. Leise, ganz leise kam er näher. Es wurde schwerer, ruhig zu atmen. Als er die Decke beiseiteschlug, hielt ich ganz den Atem an. Und dann, wie selbstverständlich, legte er sich zu mir. Er schmiegte sich an meinen Rücken, legte seinen Arm um mich und zog mich so nah an sich heran, dass kein Blatt mehr zwischen uns gepasst hätte. Sein warmer Atem im Nacken ließ mich erschaudern.

„Keine Dates mehr?", flüsterte ich heiser, denn schon wieder liefen die Tränen.

„Keine Dates mehr, Josephin", flüsterte er zurück.

Unsere Atemzüge synchronisierten sich zu einem. Und seine Wärme kroch über meine Haut, durch sie hindurch, bis in mein Innerstes, bis in meine Seele, bis in mein Herz.

Kapitel 19

Epilog

Anderthalb Jahre waren vergangen, seit Leonard und ich uns füreinander entschieden hatten. Eins, seit Leonard sich mit Cassidys Eltern ausgesprochen hatte, was dafür gesorgt hatte, dass das distanzierte Verhältnis um Maddies Willen endlich entspannter wurde. Ein halbes, seit Maddie mich gefragt hatte, ob sie mich Mama nennen dürfe – wie Elliot.

Es war März. Die Sonne hatte eine Stärke, die man ihr so früh im Jahr noch nicht zugetraut hätte. Mit geschlossenen Augen lag ich auf dem Liegestuhl im Garten und genoss die Wärme auf meinem Gesicht, bis Jackson seinen kleinen Kopf von meinem Brustkorb nahm und ein leises Wimmern von sich gab. Fast zeitgleich legte sich ein Schatten über uns. Ich blinzelte schläfrig und lächelte.

„Geh zu deinem Daddy." Vorsichtig reichte ich ihn an Leonard weiter.

Leonard bettete das Köpfchen unseres Sohnes sanft an seine Brust, und wieder ziepte mein Herz auf dieselbe Art und Weise, in der es das schon damals in Williams Garten getan hatte. Es hatte oft geziept in den letzten eineinhalb Jahren: Wenn ich sah, wie liebevoll Leonard mit Elliot umging und keinerlei Unterschiede zwischen den Kindern machte. Bei unserer Hochzeit. Bei Leonards Freudentränen, als er Jackson vor drei

Monaten im Kreißsaal zum ersten Mal im Arm gehalten hatte.

„Bereit, Josephin McEvans?", fragte er und wiegte Jackson leicht hin und her.

„Bereit." Ich erhob mich aus meinem Liegestuhl und blinzelte ins Licht hinein. Dort, wo die Sonne am höchsten stand, tauchte sie unser Haus in rotgoldenes Licht. Maddie und Elliot spielten Fangen. Es war ein wundervoller Tag. Wie aus einem Traum gewebt.

„Trinken wir noch einen Kaffee, bevor alle kommen?", fragte Leonard, als wir auf dem Weg zum Haus waren. „Ich weiß, du liebst meinen Kaffee."

„Oh, er ist ganz okay", neckte ich ihn und zuckte lässig mit den Schultern.

„Ganz okay?", Leonard tat empört. „Du *liebst* ihn, gib es zu!"

Ich lächelte. „Ich liebe *dich*."

„Das genügt mir", sagte Leonard gnädig, während Jackson auf seinem Arm unzufrieden zu zappeln begann. Vorsichtig hielt Leonard ihn ein Stück weit von sich und musterte ihn. „Ich glaube, er bekommt Hunger. Willst du ihn noch stillen, bevor alle kommen?"

Alle – das waren Liv mit ihrem Lebensgefährten, Elinor, William, Debbie und Jay aus dem Geburtsvorbereitungskurs sowie Leonards Kollegen Paolo und Mike. Die Einweihungsfeier unseres Hauses war längst überfällig, doch da im rasanten Alltag mit drei Kindern das Auspacken der Umzugskartons zunächst zweitrangig gewesen war – wie so vieles andere – hatten wir sie auf den heutigen Tag verlegt.

Ich setzte mich mit Jackson auf das Sofa und begann ihn zu stillen, während Leonard die Kinder hereinrief, um nachzusehen, ob sie zumindest halbwegs sauber sein würden, wenn der Besuch eintraf. Liebevoll betrachtete ich Jackson. Er war Leonard wie aus dem Gesicht geschnitten. Ein hübsches Baby mit braunem Haar und grau-grünen Augen. Er war aufgeweckt und grundzufrieden.

Leonard hatte mir damals einiges verschwiegen. Dass Cassidy Maddie Geld vermacht hatte, das sie an ihrem achtzehnten Geburtstag erhalten würde, war mir bewusst gewesen. Dass sie Leonard jedoch laut Testament ihre beiden Kanzleien und somit sämtliche Rechte daran vererbt hatte, nicht. Und dass er aus Stolz nie auch nur einen Cent der Gewinnausschüttung in die Hände genommen hatte, nicht einmal um die Miete zu finanzieren.

Der Verkauf der Kanzleien hatte uns dann quasi über Nacht zu einem kleinen Vermögen verholfen, wovon wir das Meiste jedoch auf die Sparbücher der Kinder verteilt hatten. So hatte Cassidy doch noch etwas Gutes getan, bevor sie gestorben war, und auch Leonard hatte es so endlich geschafft, seinen Frieden mit ihr zu schließen.

Nachdem Jackson an der Brust eingeschlafen war, bettete ich ihn behutsam in seinen Stubenwagen und zupfte mein bordeauxrotes Kleid glatt. Auf Zehenspitzen, um ihn bloß nicht aufzuwecken, schlich ich aus dem Wohnzimmer in den Flur und verharrte kurz vor dem großen ovalen Spiegel, der neben der Garderobe angebracht war.

Leonard kam aus der Küche und trocknete sich seine Hände an einem Geschirrtuch. Als er mich sah, stellte er sich neben mich, und einen Moment lang

betrachteten wir uns im Spiegel, wie wir so dastanden
– müde, aufgeregt, vor allem aber glücklich.

Leonard machte Anstalten, mich zu küssen, doch ich
drehte den Kopf beiseite. „Mitbewohner küsst man
nicht“, scherzte ich lachend.

„Ich schon“, sagte er rau. Mit der rechten Hand umfasste er mein Kinn, während die andere sich an meinen Rücken legte und mich mit sanfter Gewalt an ihn
heranzog.

In dem Moment klingelte es an der Tür. Leonard
seufzte bedauernd, küsste mich sanft und wandte sich
dann von mir ab, um die Tür zu öffnen.

Und vielleicht war er das – der perfekte Moment. Und
vielleicht, ja vielleicht, hatte all das passieren müssen,
um mich hierherzubringen – in dieses Haus, zu diesem
Mann. Mit diesen drei wunderbaren Kindern an der
Hand.

Nach all den Jahren, in denen ich die Perfektion gesucht hatte, hatte ich mein Leuchten gefunden – und
ich würde es niemals wieder hergeben.